カズオ KAZUO ● ISHIGURO イシグロ

〈日本〉と〈イギリス〉の間から

shonaka takayuki 荘中孝之

春風社

カズオ・イシグロ――〈日本〉と〈イギリス〉の間《はざま》から

目次

まえがき

本書は〈日本〉と〈イギリス〉をおもな参照軸として、カズオ・イシグロの作品を考察しようとするものである。

イシグロは一九八二年に長編第一作『遠い山なみの光』を発表して以来、現在までのところ七冊の単行書を世に送り出している。ほかにも彼はいくつかの短編やテレビドラマ、映画の脚本などを執筆しているが、それでも四半世紀以上にわたる活動において、これはかなり寡作の部類に入るだろう。もちろんそのことと作家自身への評価は別であり、第三作目の『日の名残り』（一九八九）がイギリス文壇最高の栄誉とされるブッカー賞を受賞し、第六作目の『わたしを離さないで』（二〇〇五）も、『タイム』紙が選ぶ一九二三年から二〇〇五年出版のベストブック一〇〇冊に、他の名立たる作品とともに選ばれるなど[1]、イシグロはすでに作家としてほぼ揺るぎない地位を築いたように思われる。

イシグロに関する研究も近年目覚しい展開を見せており、日本でもそのデビュー以来多数の論文が発表されてきた。最近では柴田元幸や斉藤兆史といった、比較的一般にその名を知られた研究者もしばしばイシグロに言及している。また書評やエッセイ等でその作品が取り上げられることも多く、イシグロへの関心はますます高まっている。博士論文のレベルでもイシグロを主題にしたものがあり、(2)そのほかにも数名の研究者が、イシグロをおもな考察の対象として研究に取り組んでいる。しかし日本ではまだ今のところ、まとまった単独のイシグロに関する研究書は数少ない。

一方海外ではブライアン・シャファーによる『カズオ・イシグロ研究』が一九九八年に出版されたのを初めとして、その後現在までに相次いで数冊のイシグロについての専門書が公刊されてきた。それらのなかでは、それぞれの時点における英語でのイシグロ研究の動向がまとめられ、各著者が多くの文献に言及している。しかしそれは完全に英語での研究に限られたものであり、日本でも優れた研究がなされているにもかかわらず、邦文のものにはまったく触れられていない。英語と日本語双方の成果を十分に駆使した、網羅的なイシグロ研究の公表が待たれるところである。

また国内の研究ではイシグロ自身が以前、日本との関係が強調されることを過度に嫌っていたためか、あるいはその論調がいささか我田引水になることを恐れてか、イシグロと日本との関係に踏み込んだものは意外に少ない。特にイシグロと日本の作家との関係を本格的に考察しようとしたものはほとんど見当らない。海外の研究ではイシグロ自身が影響を受けたと認める、小津安二郎の映画との関係を考察したものはあるが、(3)日本の作家との関係については簡単に触れられている程度で、いまだ十分に論じられたことはない。それは一因として各研究者自身の言語能力や、日本文学・文化への理解に限界があるためであろう。

そこで本書の前半では特に、イシグロと日本との関係にあえてこだわってみたい。この作家がどれほど生まれた国と自身との関連を否定しようとも、そこには切っても切れない紐帯があると言うべきだろう。一九五四年、日本人の両親のもと長崎で生まれたイシグロは、一九六〇年に五歳で一家揃ってイギリスに発つ。その後も数年のうちに帰国する予定で、しばらくは日本の漫画や雑誌を母国から送ってもらっていたらしい。その後一家のイギリス滞在は次第に延び、イシグロの日本への関心も急速に薄れていく。しかし二〇代の頃に再び祖国への興味を強烈に抱き始めたという。彼の初期短編や長編一、二作の舞台にも日本が選ばれていた。イシグロの作家としての出発点にまず、「日本」という要素があったことは確認しておきたい。

しかしこの作家を日本との関係だけで論じようとするのは不十分である。イシグロは三作目以降その舞台を日本に設定していないし、主人公も日本人ではない。場所はイギリスから特定不能なヨーロッパのとある地点、上海などへと移り、主要な登場人物もイギリス人や中国人、その他ヨーロッパの人々、あるいはクローン人間である。たしかにその省略の多い文体や主人公らの自己を抑制しがちな態度に、日本的なものを見出そうとするのは不可能ではないかもしれない。けれどもやはりこれを全作品に適用しようとするのは牽強付会というものであり、またあまりにもバランスを欠いた、かなり偏った読みになってしまう恐れがある。それゆえ本書後半の各章では、日本との関係には特に拘泥しない。

今やむしろイシグロは国際的な作家と言うべきであり、おそらくこの作家を特定の地域に結びつける必要などないのだろう。それは英語で作品を書く人気作家のひとつの宿命なのかもしれない。彼はあらゆる国々の読者を対象にして作品を執筆し、それらは世界各国の言語に翻訳され、そして作品宣伝のために作家自身、出版社が行なうブックツアーで世界中を駆け巡る。それでもイギリスに住むイシグロが、イギリスを舞台にした作品を書いたりイギリス人を主人公に設定するとき、たとえしばしば指摘されるその土着性の希薄さとの関連においても、この作家とイギリスとの関係もまた考察されねばならないだろう。

イシグロは現在のイギリスという地点から、自分自身が完全に部外者ではない生まれ故郷である過去の日本を振り返り、またその内側にいながらにして、彼自身が完全に内部の者とも言い切れない立場からイギリスを見ている。そして母国語ではない英語で日本とその国の言葉を再現し、母国語ではない英語でイギリスやその国の文化を冷徹に切り取っていく。そこにイシグロ独特の、対象との微妙な距離感が生まれているように思われる。そこで日本のほかにもう一つの参照軸を、イギリスに設定してみたい。

本書第1章ではまず、イシグロが英国文壇に登場するにあたって、自己の出自を大いに利用したのではないかということを考察する。つまり彼が初期の習作的短編や長編第一作において原爆を何らかのかたちで取り上げているのは、作家としての巧妙な戦略であったのではないかということを、アメリカで架空の被爆者詩人アラキ・ヤスサダという人物が捏造され、一部で物議を醸した事件を参考にしながら検証していく。

続く第2章においては、イシグロが長編第一作『遠い山なみの光』を執筆する際に、かなり具体的にある日本文学作品を参照した可能性を探ってみる。いくつかのインタヴューでイシグロは、自己の創作における日本文学からの影響を否定し、むしろ西洋文学との関係を強調しているのだが、実はこのデビュー長編において、彼がたびたび違和感を示していたはずの作家、川端康成が執筆した『山の音』からの影響が濃厚に見られることを、作品間の対比を通して提示する。

第3章では、日本を舞台にしたイシグロの第二作『浮世の画家』に関連する翻訳の問題を取り上げる。この作品の邦訳をめぐって数名の作家や英文学者、翻訳者自身をも巻き込んだ論争が起こったのであるが、そこではイシグロ自身が想像した日本語を英語で書き表し、それをまた翻訳家が日本語へと変換する際に生じた原文との齟齬が課題となった。これを考察することはまた、日英におけるイシグロ文学の受容の違いを探索することにつながるであろう。

次に第4章においては、前二作と対照的にイシグロがその舞台をイギリスに設定し、一人も日本人を登場させないことで、完全に「日本色」を脱したはずの『日の名残り』のなかにも「日本」の影響が見られることを、谷崎潤一郎の『文章読本』や「陰翳礼讃」を参照することで検討してみたい。イシグロの文体やテーマの設定、その他主人公の態度や倫理観、物語の進行等、作品のあらゆる要素に谷崎が「日本的」と考えるものが投影されていることを示してみる。

第5章では、その圧倒的な分量と夢のように不可解な内容からして、これまでのイシグロ作品のなかでもっとも難解と思われる、『充たされざる者』について三つの観点から考察する。一つはイシグロ自身がブックツアーによって世界中を駆け巡るという状況、二つ目はインタヴュー等からうかがわれるさまざまな伝記的事実、そして三つ目は本作品の設定や展開と先行作品との関係。そこからこの作品が、上記三点の必然的な帰結であったということを証明してみたい。

そして第6章では、イシグロの作品における母性憧憬を、長編第五作『わたしたちが孤児だったころ』を中心に探る。彼の作品には初期の頃から母性への憧れと父性への嫌悪がしばしば見られるのであるが、この第五作においてそれが顕著に観察されることを、エディプス・コンプレックス理論やイシグロの伝記的事実を参照し、さらに作品の時代設定や執筆時期を考慮しながら検討する。

第7章は、イシグロの代表作の一つと言うべき初期短編「夕餉」について、特に川端の『山の音』最終節と対比させながら考究する。この短編における場面設定や技法、イシグロのジェンダー表象、そして自殺や心中のモチーフを戦略的に用いたことの功罪が検証され、さらに彼の作家としての特筆すべき資質の一つであると考えられる、ある特定の価値観だけを支持しない態度が指摘される。

最後に第8章においては、イシグロの長編第六作『わたしを離さないで』を取り上げ、フロイトのある論考を参照しながら、「オリジナル」と「コピー」という作品の主題の一つを考えてみる。そこではさらにスティーヴン・ミルハウザーやヴァルター・ベンヤミンの「複製」に関する論考にも言及され、本作品に登場するクローンの持つ本質的な性質が探求される。

そのあとの補論1では、日本国内でのイシグロの受容と研究の動向を追っている。前述したように海外ではすでに数冊のイシグロに関する研究書が出版されており、それらのなかで英語によるイシグロ研究には十分触れられているので、ここでは特にこれまでの日本におけるイシグロの受容と研究を整理しておく。それは本書第1章以降に対する導入の役割も果たしている。

補論2は、イシグロと長崎の関係を作品と伝記的事実、資料やインタヴューをもとにたどっている。そこではこの作家にとって、長崎に象徴される日本や幼年時代が非常に重要であったことが示されると同時に、もはやイシグロは特定の時代や場所にとらわれることなく、現実と虚構、あるいは現在と過去の境界を超えてその本領を発揮していることがあきらかとなるであろう。

ここで最後に、本書における筆者の基本的な研究の方針を示しておきたい。本論では比較文学の立場から考察を進めている。イシグロのような経歴を持つ作家は、とりわけこの分野において興味深い対象と思われる。ここから見えてくることも少なからずあるだろう。

しかし厳密な意味での比較文学的研究方法のいくつかにも、課題や限界が存在することもまた事実である。例を挙げれば、比較文学における伝統的な研究手法の一つ影響関係の考察にしても、ある作家の書簡やインタヴュー、エッセイ等での言葉や蔵書、受けた教育などを検証し、さらに作品間の緻密な比較考証によって、他の作家や作品からの影響を特定できる場合はむしろ稀であると思われる。通常一人の作家は他の多くの作家や作品からさまざまな影響を受けており、それらが渾然一体となってある作品に結実するはずである。そこには文学以外の多種多様なテクストも関係しているだろう。一つの作品はまさに、インターテクスチュアルな網の目のなかに存在するのである。またたとえある作家が他の作家や作品からの影響を明確に認めていたとしても、そのことが実際作品中に反映されている跡を十分に確認できなければ、それは事実として認定されえない。作家の言葉を過度に重要視するのは、ニュークリティシズムでいうところの意図に関する誤謬である。

さらに、いささか矛盾するようであるが、運よくある作家や作品の影響源を指摘できたとしても、それだけで事足れりとするのでは、それらの研究に資するところ大とは言いがたい。すべての作家・作品を過去のものと結びつけるだけであれば、個々の人物や生み出された成果の独立性や固有性を無視することになる。それはあらゆる作品を古代の物語や聖書と結び付けようとする、還元主義的な神話批評へと向けられた非難と重なるものであろう。やはり影響の考察は何らかの意味で、その作家や作品独自の解釈に向かうものでなければならないと考える。

そこで筆者は本論において、影響と対比の方法を厳密に区分していない。このなかでは比較的、影響の実証的研究に従事していると思われる、第2章でのイシグロの長編第一作『遠い山なみの光』と川端の『山の音』との関係考察にしても、後者の前者に対する影響を指摘しつつも、作品間の対比を通してイシグロ作品のモチーフや人物・場面の設定、全体の構造等をあきらかにしようとしている。つまりここで主張したいのは、実際に影響関係が存在したのか否かということよりもむしろ、両作品を対比することが、このイシグロの長編解釈に大いに貢献するはずだということである。それは同じく『遠い山なみの光』とアラキ・ヤスサダというテクストを対比した第1章や、初期短編「夕餉」と川端の『山の音』最終節を対比させながら考究した第7章についても同じことが言える。またイシグロの第三作『日の名残り』のなかにも「日本」の影響が見られるということを、谷崎潤一郎の文章を参照しながら検討した第4章においては、後者の『文章読本』や「陰翳礼讃」といった作品がイシグロに影響を与えたと述べようとしているのではない。ここでは曖昧で実体のない「日本的なるもの」の参照枠として、谷崎のそうした小論を引き合いに出しているのである。

ただし本書第5章、6章、8章においては、特に比較文学的考察方法を採用していないことを認めなければならない。しかし第5章において取り上げた、ヨーロッパの特定不能な場所が舞台の『充たされざる者』や、第6章で扱う、ロンドンや上海を舞台に展開する長編第五作『わたしたちが孤児だったころ』においても、現在イギリスに住むイシグロの創作に、幼少期を過ごした日本での記憶が濃密に反映されていることをあきらかにしようとした点で、比較文学的と言えるかもしれない。つまり現在とは異なった言語文化での体験・記憶を語る作家の言葉を一種のテクストと考えるならば、それとの対比で小説という文学テクストを考察することもやはり、ごく控えめに言って一つの比較文学的研究法ではないかと思われるのである。テクストを読むという行為も一種の体験・記憶であり、現実の体験・記憶を語る作家の言葉もたしかにテクストの一種である。そこに厳然とした境界を設定することは意外に難しいかもしれない。もちろんここで作品の解釈をすべて作家の伝記的事実と関連付けようとする、旧態依然とした批評方法の復活を目指しているわけではない。それでも六作目の『わたしを離さないで』を論じる第8章は、たとえオーストリア出身のフロイトやドイツのベンヤミン、アメリカのミルハウザー、その他日本の作家や哲学者の言葉を援用しているとはいえ、やはりそれは比較文学的考察とは言えない。ここでは特にそうした手法にこだわらず、その時点で最善と思われたアプローチを採ったにすぎない。

イシグロ自身日本からイギリスに渡り世界的に活躍する作家へと成長していったように、その作品世界も次第に広がっている。しかし本書はこの作家の部分的な要素であるにすぎない、〈日本〉と〈イギリス〉に特に焦点を絞っている。それでもここにカズオ・イシグロという作家の一つの核とも言うべきものがたしかに存在するのであり、また逆にそのことによって、彼の作品にはそれだけに収まりきらない広がりと奥行きがあるのだということを理解していただければ、本書を刊行した意義はあったと考えたい。

注

（1）これは"All Time 100 Novels"と題して、『タイム』紙の批評家レヴ・グロスマンとリチャード・ラカヨが、一九二三年から二〇〇五年に英語で出版された本のなかから選んだものである。次のアドレスを参照のこと。〈http://www.time.com/time/2005/100books/the_complete_list.html〉

（2）国内では次のものがある。三村尚央「Kazuo Ishiguro 研究──どこにも属さない国際作家としての挑戦」（広島大学、博士論文、二〇〇五年受理）、松岡直美「カズオ・イシグロの小説における『ポストモダンへの転向』──『国家』から『語り』へ」（日本大学、博士論文、二〇〇六年受理）。日本人による海外での博士論文としては次のものがある。Oyabu, Kana.（大藪加奈）"Cross-Cultural Fiction: The Novels of Timothy Mo and Kazuo Ishiguro."（Ph.D. thesis, University of Exeter, England, 1995.）

（3）Mason, Gregory. "Inspiring Images: The Influence of the Japanese Cinema on the Writings of Kazuo Ishiguro." *East-West Film Journal* 3:2（1989）: 39-52. 国内では坂口明徳が以下の論文で、小津のイシグロへの影響を考察している。坂口明徳「カズオ・イシグロの中の小津安二郎の日本──カズオ・イシグロ『わたしたちが孤児だったころ』考」横山幸三監修『英語圏文学──国家・文化・記憶をめぐるフォーラム』京都：人文書院、二〇〇二年、二一四─二三二頁。

第1章　カズオ・イシグロと原爆

——アラキ・ヤスサダ事件を参照して

1　イシグロのデビューと習作短編

カズオ・イシグロのデビュー当時、その作品や作家自身の持つ日本的特質がイギリス読書界で大いに注目されたが、そこでイシグロが非常に順調なスタートを切ることができたのも、この日本性による部分が大きかったと思われる。しかし、ただイシグロが日本生まれで日本を舞台にして小説を書いたというだけでなく、彼が長崎生まれの日本人で長崎をその作品の舞台に設定したということ、さらに物語の背景に原爆を浮かび上がらせたということが、イシグロの円滑なデビューに一定の貢献を果たしたとも考えられるのである。

イシグロがイギリスのイースト・アングリア大学大学院創作科に在籍していた一九七九年から一九八〇年頃、同じ大学院で博士号取得を目指していた小説家のクライヴ・シンクレアは、イシグロとの思い出の一つをこう語っている。

私は博士号取得を目指しており、イシグロはマルカム・ブラッドベリーの創作科に在籍していた。……原則として生徒の一人が書いた物語が授業の前に配られ、それから議論したものだ。イシグロの最初の作品は「Jを待ちながら」というもので、……すばらしくなかった。どこにその舞台が設定されていたのか思い出せないが、日本でないことはたしかだった。彼が日本について書いたとき、それらの作品はとてもよかった。(1)

この「Jを待ちながら」という日本ではないどこかに設定された、シンクレアが言うところのあまり出来栄えの良くなかった作品のあとに書かれた物語の一つが、「奇妙なときおりの悲しみ」と題された日本を舞台にした短編であると考えられる。この作品は一九八〇年に『バナナズ』という比較的マイナーな雑誌に掲載され、その後一九八一年にフェイバー&フェイバー社から刊行された新人作家短編集『イントロダクション7』にも収録されてその巻頭を飾っている。このほとんどイシグロのデビュー作とも言える短編は、その翌年の一九八二年に出版され王立文学協会賞を受賞し、カズオ・イシグロの名を一躍世に知らしめた長編第一作、『遠い山なみの光』の原型と見なされる作品である。物語はイギリスに住む語り手の日本人女性が、戦時中の長崎における親友との思い出を語るというものだが、その親友は最後に原爆で亡くなる。わずか一五ページ足らずの作品のなかで、実際に原爆が直接描写される個所は作品終盤のほんの数行に限られるが、戦時中の記憶のすべてがその一瞬に収斂されていくという点で、原爆の炸裂は非常に大きな効果を発揮していると言えるだろう。

私が二度とヤスコを見ることはなかった。次の日、あの爆弾が落ちたのだ。あんな空は初めて見たし、あの雲は途方もない大きさだった。そしていたるところ炎であった。ヤスコは死に、彼女のお父さんも死んだ。ほかの人たちも死んだ。角で魚を売っていたおじさんも、私の髪を切ってくれていたおばさんも、新聞を配達していたあの男の子も。[2]

ジェームズ・キャンベルがこの作品を評して「繊細で創造的な精神の作品[3]」と述べるように、たしかにこの単文を中心とした非常に簡潔で抑制された文章が逆に、主人公女性が負った心の傷の深さを巧みに表現していると言えるかもしれないし、我々読者はその背景にある出来事の大きさを想像することもできるだろう。その後語り手は次のように述べる。「原爆で私は何も大きな怪我はしなかったし、今ではそのせいで負った怪我の跡もない。私の娘たちは健康に生まれ、障害もない。私はあれを落としたものに対して何ら恨みもないのだ。というのもあれは戦争だったのだから。そして戦争とは奇妙な出来事なのだから[4]」。そして語り手は、最近自分の娘が核兵器反対の請願書にサインしてくれるよう頼みにきたときのことを思い出すのだが、彼女はそれに署名はするものの、心のなかでは今や自分はそうした核の問題とは何ら関係がないと思っていることが述べられる。最後にこの物語は、語り手が長い間やめていた趣味の絵を再び始めようと考えるところで終わる。

このように大上段に振りかぶらずに、あくまでも主人公女性の心の回復の軌跡を描くという点に、このデビュー作品におけるイシグロの主眼はあったと考えられる。しかしながら我々読者のなかには、このあまりにも淡彩な原爆の描写や、主人公女性の戦争や核問題に対する無関心で無責任な態度に、何か飽き足らない思いを抱く者もいるかもしれない。被爆体験のない二〇代半ばの作家修行を始めたばかりの青年にとって、やはり原爆は途方もなく大きすぎるテーマだったのだろうか。

2　長編第一作における原爆の表象

しかしイシグロはひるむことなく、この習作的短編をさらに発展させ、長編第一作『遠い山なみの光』を完成させるのである。ところがここで原爆の問題はさらに深く追求されるのではなく、より間接的に描かれることになる。物語は「奇妙なときおりの悲しみ」と同じく、イギリスに住む日本人女性が長崎での昔の思い出を語るという回想形式を取っているが、その思い出される過去は先の短編と違い、戦時中ではなく戦後数年たった一九五〇年頃に設定され、原爆はより遠景に退いている。

そのころには、すでに最悪の時期はすぎていた。朝鮮で戦争がおこなわれていたのでアメリカ兵の数の多さはあいかわらずだったが、長崎では、それまでにくらべると一息ついた穏やかな時期だった。世の中が変わろうとしている気配があった。わたしは夫と、市の中心部から市電ですこし行った、市の東部にあたる地区に住んでいた。家のそばに川があって、戦前にはこの川岸ぞいに小さな村があったと聞いたことがある。だがそのうちに原爆が落ちて、あとは完全な焦土と化したのだった。すでに復興が始まっていて、やがて、それぞれが四十世帯くらいを収容できるコンクリート住宅が、四つ建った。[5]

たとえば「奇妙なときおりの悲しみ」では、原爆投下に関して“The next day the bomb fell”と過去形で直接思い出されるのに対して、ここではそれは“But then the bomb had fallen”と過去完了による表現となっており、その思い出されている過去よりさらに以前の出来事として記述されている。バリー・ルイスはこの個所を評して、「これは、おもにそのゆるぎない平静さゆえに、すばらしい文章である。それはほとんど不動産業者のメモからの抜粋であるかのごとく読める。原爆によって引き起こされた荒廃は、都市計画課の無頓着さと同じ落ち着きでもって言及される(6)」と述べ、イシグロの冷静な筆致を賞賛している。しかしその他語り手の口から何らかのかたちで原爆について触れられるのは、非常に限定された箇所でしかない。たとえば戦時中のことを述べるのに、「戦争中の悲劇と悪夢」(一三)であるとか、主人公の女性が義理の父の家に連れて来られたときのことを振り返って、「わたし、頭が変だと思われたんじゃないかしら。……あのころのわたしはどんな娘でした? 頭が変に見えまして?」(五八—五九)と語る程度である。この言葉を受けてその義父は、「あんたはひどいショックを受けていたよ、あたりまえのことだがな。生きのこった人間はみんなショックを受けていたんだ」(五九)と答えるが、これらの言葉はむしろクリシェとも言うべきものではないだろうか。

たしかに登場人物の多くが原爆で家族や恋人を亡くし、それによって心に傷を負っていることが次第にわかるが、その痛みなどが直接描写されることはない。イーディス・ミルトンはこの点に関し次のように述べている。

物語は、語り手の記憶を辿りながら、長崎の原爆投下後に始まる。しかしその出来事は物語の中心にあるのだ。ほとんど触れられない、わずかに仄めかされるだけの長崎の破壊は、原爆から生き延びた者たちの置き間違えられた人生や、ばらばらになった存在の様態によってのみ規定される、ある真空地帯のように思われる。しかしこの作品では語られていることはしばしば、語られずに置き去りにされていることほど重要ではないのだ。原爆の炸裂を取り巻くあの空白になった日々が、現在の生活のパラダイムとなっている。[7]

ミルトンが言うように、この語られない空白の部分こそ作品の中心にあり、登場人物たちの生活を規定する重要な意味を持っているとも考えられるが、彼らが原爆によって後遺症に苦しむわけでも、またそのことについて何らかのはっきりした感情を表出するわけでもない。原爆はあくまでも遠景に霞んでいるだけである。ここでもやはり主題は原爆ではなく、むしろ日本からイギリスに連れて来て自殺した娘と主人公女性との関係や、そのことに対する彼女の罪の意識といったものが、作品の主要なテーマとして前面に提示されている。しかしなぜイシグロはデビュー当時、これら二つの作品でわざわざ連続して原爆を扱いながら、それにもっと踏み込もうとしなかったのだろう。

3 原爆を描く作家の態度

ここで我々は、そもそもイシグロにとって原爆とはどのような存在であったのか、考えてみる必要があるかもしれない。一九五四年一一月八日、戦後九年以上たって長崎に生まれたイシグロは、原爆についてこのように語っている。

私はいつも原爆のことを知りながら、また知らずに大きくなりました。私はいつ、自分が初めて日本語で原爆を意味する、ゲンシバクダンという表現を聞いたのか思い出せません。まるでそれはいつもそこにあるかのようでした。というのも人々は、たとえば長崎のある建物のことを言うのに、彼らは、あれは原爆の前に建てられたとか、あの橋は原爆まではあそこにあったなどと言ってました。今思うと、あの頃私は子供でしたから、大人たちは（原爆で）死んだ人のことは語らなかったのでしょう。でも私は、長崎には過去と現在を分断することになった、この出来事があるのを知っていました。(8)

原爆によって過去と現在のあいだに一つの区切りを付けられた長崎に生まれ育ったイシグロにとって、その出来事は不可解なものだったに違いない。たとえばイシグロの母は原爆を体験しているし、また親類にも多くの被爆者がいたようである。そのように直接語られずとも街やそこに住む人々の心の内に、原爆の影は遍在していたと言えるだろう。イシグロの母親は彼のデビュー短編出版ののちに初めて、自身の被爆体験について語ってくれたという。しかし彼女は原爆によって負傷したものの、そのことによって死体の焼却や負傷者の救護にあたることがなかったため、逆にその真の恐ろしさを知らずに済んだというのである。(9)この話を聞いたイシグロ自身が、当時どれほどその悲惨さを十分に想像し、核の問題について深く考察しえたのだろうか。

また、そもそもイシグロが長崎を作品の舞台に選ぶことに、実際にどの程度積極的な理由があったのだろう。先の引用に続いてイシグロ自身が、「人々が長崎と聞いてすぐに原爆のことを思い出すのはわかっています。でも私にとって長崎こそ自分の知っている唯一の日本であり、私の子供時代そのものなのです[10]」と語るように、このこと自体はごく自然であったと考えられる。たしかに第三作目の『日の名残り』で、一九八九年に英国文壇最高の栄誉とされるブッカー賞を受賞した直後に、ほぼ三〇年ぶりの帰国を果たしたイシグロは『毎日新聞』のインタヴューで、「作家になったのも、この貴重な国をとどめておくためだったと言ってよい[11]」と語っているが、その二年前の一九八六年に第二作目の『浮世の画家』を発表したあとの『読売新聞』でのインタヴュー記事には、「日本を書くことはそれほど重要、切実ではなかった。書き始めた時、日本の記憶が明白にあったというに過ぎない[12]」という文章が見られる。また一九九〇年には文化人類学者の青木保によるインタヴューで、長編第一作について尋ねられこう答えている。

小説の舞台に関する私の態度は常にテクニカルで、映画監督がロケ地を探すのに似ていました。実際あの最初の小説は、私が書き始めたときは舞台はイギリスだったのです。一九七〇年代のイギリスの西部でした。しかしすぐに私は、同じ話で、長崎を舞台に使うことに決めました。このことは私がどうやって小説の舞台を選ぶかということを示しているかもしれません[13]。

さらに原爆を描いたことについては、一九八六年『ブックス・アンド・ブックメン』誌上で、舞台が長崎であるだけに、主題に破綻をきたしても書かざるをえなかったと述べているのだが、[14] 一九九〇年には『朝日ジャーナル』のインタヴューで、第一作の舞台を長崎に設定したのは、長崎に生まれて原爆に強い印象を受けたからなのかと聞かれ、「いや、原爆は付随的なものです。あの本を書いた頃の私にとって重要だったのは、子供の頃の記憶やイメージを記録に残すことでした。……私の想像上の長崎を本の中で再現してみたかった。それが主な動機だったような気がします[15]」と答えている。作家自身が一つの問いに対してつねに一貫して同じ答えを持っているとは限らないし、我々は作品について述べる作者の言葉を扱うときには、くれぐれも注意しなければならない。しかしこうした数々のイシグロの矛盾した言葉に遭遇するとき、我々は彼が日本の長崎を舞台にし、原爆を描くことに実際どれほど重要で切実な意味があったのだろうかと疑問に思わざるをえない。

4　イシグロのデビューと原爆

そして実は、イシグロがデビュー当時作品のなかで原爆を扱ったのは、彼自身のかなり意識的な戦略であったという指摘が、『サンデー・タイムズ・マガジン』の記事に見られるのである。

イシグロがあの小説の舞台を長崎にし、原爆の存在をぼんやりと浮かび上がらせようとしたとき、彼はそれが出版社や大衆の目を引く方法であるだろうということを十分に知っていました。

すべての作家は自分のセールスポイントが必要だと（仲間の作家、クライヴ・シンクレアによって）一度彼に指摘されたのです。[16]

さらにこの「すべての作家はセールスポイントが必要だ」とイシグロに助言したとされるシンクレア自身、市場の圧力のせいでイシグロは第一作の舞台を長崎にしたのではないかとも述べている。[17] 作品執筆時にこうしたイシグロ本人や出版社側の戦略性が実際どれほど働いたのかは不明であるが、この第一作長編出版の翌年に『ガーディアン』誌に発表した文章のなかでイシグロは、「私は長崎に生まれたことを深く感謝するようになった。というのもただその事実だけで、私はたやすく世界的な重要性を獲得することができたのだから」という意味のことを述べている。[18] こうしてイシグロ自身が認めるように、長崎を舞台に原爆を描いたことによって、イシグロの作品が一定の注目を集めたことはほぼ間違いないようである。イシグロのデビュー当時、特にその点だけが強調されたわけではないが、たとえばペネロピ・ライヴリーが「日本での過去を思い出す悦子の設定は気まぐれなものではない。それは長崎であり、そして原爆の影はその場所や人々をおおっている」[19]と述べるように、多くの批評家が作品中での原爆の存在を的確に指摘している。さらに『ガーディアン』誌は「原爆後の人生」、また『タイム・アウト』誌は「ホロコーストのあと」という見出しのもとにイシグロのインタヴュー記事を掲載している。そしてまたイシグロ自身が次のように述べている。

長崎は批評家のアイロニーから私を守ってくれさえしました。彼らは一様に謹厳で礼儀をわきまえており、あきらかに、実際そこで生まれた者によって書かれたあの街についての本を酷評するのは、趣味が悪いと考えているようでした。……それに特典として、私は周りの者から、社会的に鋭敏でラディカルな人間だとみなされるという経験をしました。[20]

このように、彼が原爆を語ることにはさまざまな特別の扱いが付随してきたのである。

そもそも原爆を語るとき、その作家の主体性や対象に向かう態度といったものが厳しく問われがちであるが、この点においてイシグロは非常に特殊な立場に位置すると言える。日本で生まれ育ちながら、五歳でイギリスに渡り、その後は完全にイギリスで教育を受けて成人した彼は、自身「父母のおかげで少し日本人だが、大部分は英国の影響下で作られた。人種差別にさらされたこともなかった。私は幸運なMixtureなのです。日本人でなければとも英国人でなければとも考えない[21]」と語るように、彼の主体意識は曖昧である。そのことがまさにイシグロの立場の特殊性であり、彼が日本や原爆を語るときの独特の距離感を生み出しているとも思われる。しかし長崎生まれで十分に原爆を語る資格はあると考えられながら、完全な日本人でも完全なイギリス人でもないと見なされる彼は、たとえば日本人が原爆を語るときにしばしば付随する、アジアへ侵略した加害者としての祖国の戦争責任などからは、一定の免責を受けてしまうのである。

5　アラキ・ヤスサダという言説の戦略性

ここで参照したいのが、一九九〇年代半ばにアメリカで起こったアラキ・ヤスサダ事件である。この頃アメリカのいくつかの詩を扱う雑誌に、広島で被爆したアラキ・ヤスサダという人物の遺稿が、三名の日本人の英訳というかたちで発表された。のちにこれは被爆者の名を借りた、いわゆるホークスであることが発覚したのだが、今でも真の作者は不明のままである。『原爆の亡霊――核の時代に応える詩人たち』を編纂し、被爆者と非‐被爆者双方による数多くの原爆に関する詩を読んだというジョン・ブラッドリーをして、「原爆についてこれまでに書かれたなかで、もっとも感動的で啓蒙的な詩の一つ[22]」と言わしめたのはこのような作品である。

狂った娘とピカドン
一九四五年十二月二十五日*

野菜畑のなかを歩いていた
夜遅く。僕は見つけて驚いたのだ
切断された僕の
狂った娘の頭が、地面にころがっているのを。

彼女の目は上を向いていた、僕を見つめて、恍惚としているかのように……

（遠くからだとそれは
石のように見えたのだ、光の輪を背にして、
まるでピカドンによってそこに吹き飛ばされたかのように。）

一体お前は何をしてるんだ、と僕は言った、
お前は馬鹿みたいだぞと。

男の子たちが私をここに埋めたのよ、
彼女はむっつりとして言った。

彼女の黒い髪が、ほうき星のように、後ろにたなびいていた……

しゃがみ込んで、僕は引っ張った、その
蕪を根っこから。

＊原爆の直後、多くの生存者は広島を囲む中国山地の丘陵地帯へ移動した。ヤスサダと娘の場合も同様であった。(23)

夜の野菜畑を歩く語り手が、蕪を原爆で亡くなった自分の娘の頭だと思い込むという、やや狂気じみた幻想的なこの詩を、そこまでブラッドリーに感動的と言わしめる要素は何なのだろう。

　この詩の下に付けられた訳者によるとされる注は、この作品の「本物らしさ」を高める働きをしている。そしてこの隣のページには、三人の翻訳者によるヤスサダの紹介が付されているのだが、この紹介文もまたヤスサダ本人の真正性を高める働きをし、さらにその生涯に対し、読者の憐憫の情をひく効果を持っている。ちょうどこのヤスサダの詩が発表された一九九五年、アメリカでは原爆展を計画したスミソニアン航空宇宙博物館館長、マーティン・ハーウィットが退役軍人団体の圧力で辞任に追い込まれている。当時スミソニアンに届いた約三千通の手紙のうち約九割が、「米国兵の犠牲を食い止め、戦争終結をもたらした原爆投下に異議を唱える展示会はいらない」などと反対を表明するものだったようである。(24)

こうした状況のなかでヤスサダの事件が起きたことは何だったのか。『ボストン・レヴュー』誌、四・五月号でこの事件を分析したスタンフォード大学教授マージョリー・パーロフは、ヒロシマとホロコーストは詩を読むような知識層の罪の意識に、もっとも強く訴えるテーマだと説明している。さらに多文化主義のなかで、抑圧されてきた少数派への関心が高まり、普通の白人男性の詩では読者の興味をひくことが難しくなった、そのような状況をアラキ・ヤスサダ誕生の背景と見ている。(25)この分析はもちろん、イギリスにおけるイシグロ登場の背景を説明する場合にも、少なからず当てはまるだろう。

またスミソニアン航空宇宙博物館の原爆展中止に見られるようにアメリカでは、そしておそらくはイギリスでも、原爆を表現するときその内容はけっしてあからさまに、その悲惨さを直接訴えるものであってはならないのである。リチャード・M・マイナー編纂の『ヒロシマ——三人の目撃者』に収録された原民喜や大田洋子、峠三吉といった日本の代表的被爆作家の作品のように、けっして原爆の悲惨さや恐ろしさを直接的に描写したり、強く平和を訴えるものであってはならないのである。ヤスサダの作品は彼自身が発表したものではなく、あくまでも「発見されたもの」として公開された。さらに彼自身の哀れを誘うその一生や、アメリカの詩人を尊敬し英語を習うといった架空の彼の性向等をも考え合わせた場合、そうした徹底的なまでのアラキ・ヤスサダという言説全体の間接性、受動性、感傷性、劣性、従属性、そして詩人の真正性がアメリカの文学界で受け入れられたのであろうと思われるのである。それはちょうど、長崎生まれの日本人が原爆について言及したのを、イギリスの批評家が厳粛に敬意を持って迎え入れたと、イシグロ自身が観察しているのと同じ状況である。

この事件の張本人と考えられているケント・ジョンソンの狡猾さは、初めこのヤスサダの作品をいかにも本物らしく見せるために、数々の仕掛けを巧妙に配置し作者の「真正性」により作品の価値を高め、テクスト外の事実によって読者の関心をひこうとしているのに、いったんこの作品の虚構性が暴かれるや否や、ポストモダニズムでは常套句の「作者の死」といった概念を持ち出し、作者不在の正当性を主張したり、そのことによって逆に多くの無名の被爆者との連帯が可能になるのだ、などといった詭弁とも言える言辞によって自己の責任を回避しようとしていることにある。あるいはこの作品の虚構性が暴かれるもととなった数々の瑕疵が、初めからジョンソンの不注意なミスによるものではなく、のちに偽作であると露見することまで、彼が計略して仕掛けた罠であったとも考えられる。ジョンソンはヤスサダが架空の人物であることは認めているが、自分の創作ではないと主張し、朝日新聞の取材に対しても「大学時代の友人だったトサ（翻訳者の一人）が書いた。だが、それも仮名で彼の本名や国籍は一切明らかにできない(26)」と話している。トサは広島の悲劇に影響されていたと語るのだが、その彼も今は亡くなったというのである。イギリスにおけるイシグロの場合と同じく、あるいはそれ以上にアメリカでは、原爆を語る者の主体性とその対象に向き合う姿勢などが厳しく問われるはずだが、この事件では最後までそれはぼかされたままなのである。

マージョリー・パーロフはこの事件に関して、ヤスサダのテクストは「悲劇」に見舞われた者への感情移入を誘引するだけで、その悲惨な出来事をより広い文脈に置き、「責任と罪をめぐるより困難な疑問」を投げかけることがないと述べている。

彼〔ヤスサダ〕の作品は我々に何の要求もしない。我々はときに、何ら真剣に、そこに関わってくる倫理的な問題を深く考察することなく、ヤスサダが人生の絶頂期（彼は原爆のとき三八歳であった）に見舞われた悲劇を強調しかねない。ヤスサダという文書は、我々が成さねばならないであろう、いかなる選択も提示することなく、我々が関わるであろう、いかなる道徳的、心理的議論をも誘引することがない。(27)

続けて彼女は、作者だけでなく読者の側にも、いつもすでにそこにある対象を厳しく批判的に見る意思が必要なのだと述べている。この事件は作者だけでなく、その作品を受け入れる読者の側の審美眼をも試すものであったのである。

6　原爆を語ることの困難

イシグロの場合は、イギリス人でも日本人でもないという第三者的な独特のアイデンティティのありようが、そしてアラキ・ヤスサダ事件の場合は、作者そのもののアイデンティティが不明のままであるという点が、原爆という高度に政治的で感情的になりがちな問題を語るときの強みであり、また弱みでもあると考えられる。しかし、作品の質や作者の戦略性の有無は別としても、アラキやイシグロの作品がもう一度何らかのかたちで、原爆という問題に我々を向き合わせてくれたこともたしかである。長崎で被爆した林京子の芥川賞受賞作品「祭りの場」に次のような場面がある。一九七〇年一〇月一〇日の『朝日新聞』に載った「被爆者の怪獣マンガ小学館の『小学二年生』に掲載、『残酷』と中学生が指摘」の記事に対して、語り手がこのように語る。「事件が印象強く残ったのは確かである。『忘却』という時の残酷さを味わったが、原爆には感傷はいらない。これはこれでいい。漫画であれピエロであれ誰かが何かを感じてくれる。三〇年経ったいま原爆をありのまま伝えるのはむずかしくなっている」(28)。これとは反対に、イシグロはイギリスにおける原爆文学の出現にこのような懸念を表明していた。

私の心配は、しかしながら、原爆文学というジャンルの出現がそれ自身、自己満足を助長させるのではないかというものである。しかもとりわけ狡猾な性質のものをである。見かけ倒しの作品は、大量虐殺という領域を、それがSFの領域に近似し始めるまで、なじみのあるものにし、さらには美化しさえするかもしれない。それは我々が今住んでいる〔世界の〕危険の現実性を思い出させるのではなく、忘れさせるのを手助けするであろう。そして見かけ倒しの作品のせいで、やがて我々はその主題に飽きるであろう。すべては過ぎ去り、危険も同様に過ぎ去ったという幻想を生み出すであろう。(29)

この引用部分における、原爆を扱った見かけ倒しの作品がSFに近似するほどまでに、大量虐殺という領域をなじみのものにし、それを美化しさえするかもしれないというイシグロの指摘は、アラキ・ヤスサダ事件を振り返ってみるときに、もう一度我々が考えてみなければならないものかもしれない。そしてさらに続けてイシグロは、原爆を扱うことが逆に核の問題を曖昧にし、作家としての真摯な態度の存在証明としてのみ役立つことのないよう、そのような詐欺的で不誠実な作品を避けるべく、作家や読者のみならず、出版に携わる者すべてが努力しなければならないと語っている。

しかしこのような意見を表明することによって、イシグロは原爆を語った自己を第三者的に傍観し、正当化しようとしているとも考えられる。スージー・マッケンジーはこの文章を評して、「イシグロは自分自身の作ったルールでプレイしている。ここには彼のほかの作品には見られない何か奇妙で、どこか狡猾で不誠実な調子がある」(30)と述べている。

そしてこのイシグロの言葉はそれを発したはずの自分自身にもう一度帰ってくるのである。つまり、原爆という軽々しく扱うことがためらわれてしまうはずのテーマを、けっして無名の作家が自身を売り出していく手段としてなどではなく、どれほど深く真剣に自己に関わる問題として捉えていたのか。もちろんその判断は非常に困難なものであり、誰がどのようにすれば原爆を語ることができるのかという疑問の前で我々は、複雑な感情にとらわれたまま立ちすくむことになるのかもしれない。

注

（1）Sinclair, Clive. "The Land of Rising Son." *Sunday Times Magazine.*（11 January, 1987）. 36.
（2）Ishiguro, Kazuo. "A Strange and Sometimes Sadness." *Introduction 7*. London: Faber & Faber, 1981. 25.
（3）Campbell, James. "Kitchen Window." *New Statesman.*（19 February, 1982）. 25.
（4）前掲 Ishiguro 25.
（5）Ishiguro, Kazuo. *A Pale View of Hills*. London: Faber & Faber, 1982. 10-11.（邦訳『遠い山並みの光』小野寺健訳、東京：早川書房、二〇〇一年。）以下同書からの引用は括弧内に頁数のみ記すこととする。
（6）Lewis, Barry. *Kazuo Ishiguro*. Manchester: Manchester University Press, 2000. 38.
（7）Milton, Edith. "In a Japan Like Limbo." *New York Times Book Review.*（9 May, 1982）. 13.
（8）Wachtel, Eleanor. "Kazuo Ishiguro." *More Writers & Company*. Toronto: Vintage Canada, 1996. 20.
（9）Mackenzie, Suzie. "Between Two Worlds." *Guardian.*（25 March, 2000）. 14.
（10）前掲 Wachtel 21.
（11）『毎日新聞』（一九八九年一二月一日夕刊）、九面。

(12)『読売新聞』(一九八七年九月一四日夕刊)、七面。
(13)青木保「カズオ・イシグロ――英国文壇の若き旗手」『中央公論』(一九九〇年三月号)、三〇四頁。
(14)Tookey, Christopher. "Sydenham, Mon Amour." *Books and Bookmen.* (March, 1986). 34.
(15)和田俊「カズオ・イシグロを読む――英ブッカー賞受賞作家ルーツをたどる長崎への旅」『朝日ジャーナル』(一九九〇年一月五日)、一〇一頁。
(16)前掲 Sinclair 36.
(17)前掲 Sinclair 36.
(18)Ishiguro, Kazuo. "I Became Profoundly Thankful for Having Been Born in Nagasaki." *Guardian.* (8 August, 1983). 9.
(19)Lively, Penelope. "Backwards & Forwards." *Encounter* 58:6 (1982): 86-91.
(20)前掲 Ishiguro "I Became Profoundly Thankful for Having Been Born in Nagasaki." 9.
(21)『朝日新聞』(一九八九年一一月二九日)、七面。
(22)Araki, Yasusada. *Doubled Flowering: From the Notebooks of Araki Yasusada.* New York: Roof Books, 1997. 1.
(23)前掲 Araki 11.
(24)『朝日新聞』(一九九七年八月五日夕刊)、一面。
(25)Perloff, Marjorie. "In Search of Authentic Other: The Poetry of Araki Yasusada." Araki 148-168.
(26)『朝日新聞』(一九九七年八月九日夕刊)、一面。
(27)前掲 Perloff 165.
(28)林京子『祭りの場・ギヤマン・ビードロ』東京:講談社、一九八八年、三三頁。
(29)前掲 Ishiguro "I Became Profoundly Thankful for Having Been Born in Nagasaki." 9.
(30)Mackenzie, Suzie. "Into the Real World." *Guardian.* (15 May, 1996). 12.

第2章　カズオ・イシグロと川端康成

——遠い記憶のなかの日本

一九八二年にカズオ・イシグロは長編第一作、『遠い山なみの光』でもって実質的にイギリス文壇に登場した。七〇年代に停滞気味の観があった英国文壇では、八一年にインド系のサルマン・ラシュディが『真夜中の子供たち』でブッカー賞を受賞した頃から急速に、異国的要素を持った作家たちが活躍し始める。これはイシグロ自身も認めるところであるが、当時イシグロはかなり戦略的に自身の「日本性」を武器にし、適切に時流に乗ったのである。(1) そのときイシグロの創作に一定の影響を与えた可能性のある、一つの日本文学作品が存在する。それは川端康成の戦後を代表する小説、『山の音』(一九五四)である。

1　イシグロと川端の接点

これまですでに言われてきたように、イシグロの初期作品に描かれた日本は、彼が幼年期を過ごした長崎での記憶と、イギリスに渡ってから育まれた想像の世界が渾然一体となったものであった。(2) そこで特に小津安二郎の映画から影響があったことはイシグロ自身も認めており、(3) この点についてはすでにいくつかの先行研究がある。(4) しかし日本文学との関わりについては彼のデビュー当初から多く指摘されながら、(5) いまだ本格的に論じられたことはない。彼にとって「日本文学を読むことはチャレンジ」であり、自分は「日本文学の良い読者とはいえ」ず、「テクニックの面では(中略)かなりイギリス的な作家だと思っていました」と言うように、イシグロはむしろこれまで自身と日本の文学との距離をつねに強調し、西洋文学からの影響を認めてきた[6]。イシグロの日本語能力は彼自身も認めるとおり、故国を離れた五歳の頃で止まったままであり、彼は漢字が読めない。それゆえイシグロは翻訳を通してでしか日本文学に触れておらず、その数も漱石や谷崎、井伏、三島などの作品を数点ずつと限られている[7]。そしてあるインタヴューで川端に関して意見を求められたとき、イシグロはこう答えている。「『雪国』を英訳で読んだのですが私には非常に淡く、詩的すぎて、分りづらい世界です。それにとても退屈でした[8]」。その他のインタヴューでも彼は、繰り返し川端作品への違和感を述べているのだが、しかし我々はここで即座に、イシグロが川端から何ら影響を受けていないと断じることもできない。彼がこれらのインタヴューで必ずしも本心を語っているとは限らないし、意識的あるいは無意識的に隠しているものもあるかもしれない。何よりも、自己欺瞞やもっとも重要なことが語られないというのは、イシグロ作品の特徴であったのだから。

イシグロは別のインタヴューで、初め上記のものと同じく川端との距離を示しながらも、全体として彼に対し、それらとはあきらかに違った態度を表している。「川端みたいな作家など、私はかなり不可解でよそよそしく感じます。というのも彼は非常に異なった伝統に属するからですが、それと同時に彼は長い短編のようなものを書くので魅力的でもあります[9]」。ここでイシグロが川端の作品を「長い短編のような」と形容するのは、その小説ではしばしばプロットが存在しないからだということであるが、その後彼は尊敬する作家としてつねに挙げるチェーホフと日本人作家の類似点について、次のように述べている。「チェーホフや何人かのこうした日本の作家は、そんなことあまり気にしなくていいんだと示してくれています。私はほとんど止まりそうなくらいゆったりとしたペースというこの考えに、本当に惹かれ始めています」。この「ゆったりとしたペース」という考えは、イシグロが影響を受けたと認める小津の映画にも通じるものである。[10]

イシグロが川端作品のいくつかを読み、それらに対して戸惑いを覚えながらも、同時に抗いがたい魅力を感じていることはたしかなようであるが、イシグロが『山の音』に言及したことはいまだかつてない。イシグロがこれまでに読んだと認める川端作品のいずれもが一九五〇年代に英訳され、川端のノーベル文学賞受賞対象作品となっているのに対し、『山の音』はその対象とはなっていないし、受賞後の一九七〇年に初めて翻訳されている。やはりこの作品はイシグロがその序文を書いている、一九八六年に発表されたペンギン版『雪国と千羽鶴』に比べると、欧米における知名度はそれほど高くない。しかし『山の音』は小説の完結を待たずに、イシグロが生まれた一九五四年に成瀬巳喜男の監督で映画化されている。イシグロは小津や黒澤、溝口とならんで成瀬の映画を見たと語っているので、[11]あるいは小説のほうではなく、映画化された『山の音』がイシグロの創作に影響を与えた可能性もある。だがここで検証したいのは、どちらかを特定するということではなく、いずれのかたちにしてもこの作品からイシグロが何らかの影響を受けたという可能性であり、また何よりも両者を対比することによって、イシグロの作品解釈に寄与する部分が必ずやあると思われる。以下に具体的な作品の分析を通じて両者の異同を考察し、『遠い山なみの光』の設定やテーマ、構成などをあきらかにしていきたい。

2 作品の形式・時代設定・象徴

『山の音』は一九四九年九月から複数の文芸誌に独立した短編のかたちで断続的に発表され、イシグロが生まれたのと同じ年、一九五四年の四月に完結している。こうした発表形態のゆえに『山の音』は、最初から強靭に構築された筋立てにしたがって、物語が発展していくような性質の作品ではないと言える。一方ブライアン・シャファーは『山なみの光』を評してこのように述べている。「『山なみの光』は早熟な第一作である。微妙に皮肉がきいており、緊密に構成されていて、文体は抑制されている――しかし感情的・心理的には一触即発の状態である」[12]。イシグロの作品はかなり短期間に執筆され、初めから一冊の書として発表されたのであり[13]、このような執筆期間や発表形式の違いがそれぞれの作品に与えた影響は大きいと思われる。

しかし物語の構成においてこの二作は、それほどかけ離れていないのである。たしかに『山の音』は一見無秩序に書かれているような印象を受けるが、そこに有機的な構造性を見る論者もいる。たとえば長谷川泉は、『山の音』の舞台には信吾らの鎌倉と、浮世の生活の場である東京を連ねる現実社会と、観念のなかに回想の姿として出現する信州」とがあり、「『山の音』の設定は、時間と場所の、この交錯する場に成立する物語である」としている[14]。『山なみの光』でも、イギリスの郊外に暮らしている語り手悦子が、昔長崎に住んでいた頃の数週間の出来事を回想するという形式が取られている。ただしこちらでは回想が物語の大半を占め、『山の音』で主人公信吾が過去の信州のことを何度か思い出すのとは差異がある。さらに『山なみの光』では『山の音』における「浮世の生活の場である東京」に対応する所はなく、強いて言えばそれは次女のニキが暮らすロンドンということになるであろうか。

また両作品の時代設定にも共通点が見られる。『山の音』の物語中の時代は執筆の時期とほぼ同じと考えられる。この作品にはいくつかの新聞記事が引用されているが、武田勝彦の調査によればそれらは一九五二年のものであるという。[15] また越智治雄も指摘するとおり、この物語には一年余りの時間的な枠が与えられており、しかもその途中「冬の桜」の章で満年齢が採用されたと明記されていることから、『山の音』は一九四九年から一九五〇年にかけてその時間が設定されているということになる。[16] 一方『山なみの光』は長柄裕美が指摘するとおり、そのおもな設定は一九五一年頃であったと推定される。[17] 戦争の影はいまだ強いが、戦後の復興によって次第に豊かになり、時代がたしかに移り変わっていこうとするこの状況は、両作品ではっきりと捉えられている。

アメリカの軍用機が低く飛んで來た。音にびっくりして、赤んぼは山を見上げた。飛行機は見えないが、その大きい影が裏山の斜面にうつつて、通り過ぎた。……「この子は空襲を知らないんだね。戦争を知らない子供が、もういっぱい生れてるんだね。」(川端 四二六)

そのころには、すでに最悪の時期はすぎていた。朝鮮で戦争がおこなわれていたのでアメリカ兵の数の多さはあいかわらずだったが、長崎では、それまでにくらべると一息ついた穏やかな時期だった。世の中が変わろうとしている気配があった。(イシグロ 一〇―一一)

さらにこの時代設定は両作品の大きなテーマと関わってくる重要な事柄である。よく知られているように川端は、太平洋戦争にも基本的に動ずることのなかった、政治を「冷やかに見過している」作家であった。しかし兵藤正之助は「昭和二十年代の川端康成『山の音』論」において、書簡や作品から戦中・戦後の川端の心理を探り、敗戦がこの作家に与えた影響が意外にも大きかったことを指摘している。[18]そして越智治雄は作品後半であきらかになってくる戦後批評を捉え、「『山の音』は戦争をくぐり抜けなければ絶対に書かれなかった作品」であり、ここで示されているのは「敗戦、再生という川端自身の戦後の姿勢でもあるのだ」と述べている。[19]さらに佐伯彰一は「家長の哀しみ――『山の音』」で、主人公の信吾は「家庭でも職場でも（中略）無力な一老人にすぎない」とし、この作品が「老いたる家長、敗れたる家長の物語である」と述べている。[20]

一方『山なみの光』で川端の描く信吾に対応する人物、緒方誠二は息子からも半ば疎まれ蔑まれ、戦前に「心から国のことを思って、立派な価値のあるものを守り、次の時代に伝えるように努力した」（イシグロ 二〇八）軍国教育を、かつての教え子から紙面で批判されている。自身直接戦争を体験していないイシグロは、自らの主題についてこのように語っている。「戦争が終わり、社会の価値観がすっかり変わってしまったときに、過去の価値観をよしと信じてきた人たちは一体どういうふうに生きるのか、とても興味があります。それが僕のテーマです[21]」。この緒方こそイシグロの言う「過去の価値観をよしと信じてきた」人物であり、ポール・ベイリーの言葉を借りれば「旧体制の不安定な柱」である。[22]彼はまた二作目の『浮世の画家』における戦争画家小野益次、三作目の『日の名残り』における執事スティーヴンスへと発展していく人物であり、この三作はともに戦後の一九五〇年代に設定されていた。もちろんこれらの点を捉えて、イシグロと川端の関係をことさらに強調することはできないが、ここではまず『山なみの光』における設定が、『山の音』のそれと通底していることを確認しておきたい。

そしてこれら二つの作品ではさまざまな象徴が効果的に使われている。『山の音』におけるもっとも重要なものは、作品のタイトルともなっている「山の音」の象徴性であろう。物語の始め、半ば、終わりの三箇所に現れる「山の音」を、主人公信吾は「死期を告知されたのではないか」(川端 二四八)と恐れるのだが、『山なみの光』でも悦子が、自殺した娘、景子が以前引きこもっていた部屋から物音を聞く場面が二度、小説の半ばと終わりにある。それは作品中で読者に強い緊張を強いる一瞬であり、この物語を強烈に覆う怪奇小説的雰囲気を醸し出す箇所の一つでもある。(傍点は筆者による)

風の音か、海の音か、耳鳴りかと、信吾は冷静に考へたつもりだつたが、そんな音などしなかつたのではないかと思はれた。しかし確かに山の音は聞えてゐた。魔が通りかかつて山を鳴らして行つたかのようであつた。(川端 二四八)

そのとき、一瞬だったが、景子の部屋の中で音が聞こえた気がした。戸外の鳥の声にまじって、小さいけれどもはっきりと音がしたのだ。わたしは立ちどまって耳を澄ましてから、ドアに向かって歩き出した。(イシグロ 二四七—二四八)

ここで注意したいのは、両作品においてほかでもないその音をたしかに聞いたと強調することによって、それぞれの音に対する読者の注意を喚起していることである。イシグロ作品におけるこの音の象徴性について特に言及した論考は認められないが、一つには自殺した娘からの呼びかけであると解釈することもできるだろう。結局それは階下の台所で次女のニキが立てた音であったということがわかるのだが、イシグロはこの場面だけでなく、その他の箇所においても超自然的な現象や存在の可能性を示唆しながら、それらを明示することを巧妙に避けている。これは同じく怪談の要素を多分に含んだ短編「夕餉」についても言えることであり、バリー・ルイスはこの小説家が「何か心霊的なものというよりもむしろ、記憶の幻影に引きつけられている」[23]と述べ、イシグロの作品に見られる不可思議な現象がヘンリー・ジェームズのそれに近いと指摘する。ここではそうした現象が、両作品において主人公たちの不安や恐れを象徴するものとして表出されていることに注目しておきたい。

3 登場人物名とその性格造型

次に登場人物の名前を検討してみる。『山の音』の主人公は尾形信吾、六二歳。『山なみの光』でも同じ姓の Ogata（邦訳では緒方）という人物が、名は Seiji（誠二）となっているが、語り手の義父として重要な役割を果たしている。そして『山の音』で尾形信吾がひそかに性愛の情を抱く、息子の嫁、菊子の名は、『山なみの光』では他家に嫁いでいった緒方誠二の娘のそれとして現れる。もっとも『山の音』

の菊子は他家から嫁いで来て尾形という姓になっており、この作品において必要不可欠な登場人物であるが、『山なみの光』の Kikuko（菊子）は緒方家から他家に嫁いだということになっており、作品中でも親孝行の娘というような共通点はあるものの、わずかに言及されるだけで特に重要な位置を占めていない。その他『山の音』の尾形信吾の妻、保子の名が、『山なみの光』では語り手の友人の義姉の名（Yasuko=靖子）として使われている。また信吾の息子と、イシグロ作品における主人公の知人女性の息子が、同じ修一という名前になっている。ただしこれはイシグロの場合、翻訳では『山の音』の修一と同じ漢字が使われているが、原文では "Suichi" となっており、やはりこれは「スイチ」あるいは「スーイチ」としか読めない。しかしこうして見ると、イシグロの作品では『山の音』における尾形家の父、母、息子夫婦という主要登場人物四名の名が、若干の曖昧な部分はあるにしろ、すべて使われていることになるのである。

またイシグロは一部の登場人物の性格造型を、かなりな程度まで『山の音』に負っていると思われることができる。たとえば『山なみの光』の主要登場人物の一人、万里子のモデルを『山の音』の里子に求めることができる。里子は夫との不和が原因で実家に戻ってきている娘、房子の長女であるが、その「房子の結婚の不幸が子供の里子に暗いしみをつけている」（川端 三四三）のであり、信吾の妻、保子が「里子は異常なところがありませんか。ときどき妙な目つきをして」（川端 五〇五）と言うように、やや奇矯な娘として設定されている。一方『山なみの光』に登場する万里子は、語り手悦子が知り合った女性佐知子の娘であり、父親はおらず、母親が「あの娘は私と違って明るい性質じゃないみたいなのよ」（イシグロ 三四）と言うように、陰鬱な少女として描かれている。例として二人がそれぞれの作品中で最初に描写される個所を挙げてみよう。

房子が風呂敷から手拭や着替へを出す、その背に上の子の里子はくつついて、むつつりと立つてゐた。この子は來てからまだひとことも言はない。うしろから見ると、里子は頭の毛の黒く濃いのが目立つた。（川端 二六二）

万里子は膝までの簡単な綿の服を着て、髪も短く刈っていたので、顔は男の子のように見えた。彼女はにこりともせず、ぬかるんだ土手に立ったわたしのほうを見上げた。……女の子はあいかわらず黙ってわたしを見つめていた。（イシグロ 一七—一八）

そして『山の音』の里子は大人に油蝉の羽を切らせておもちゃにするような、残酷なところのある娘であるが、イシグロの作品では子供が蜘蛛を捕らえ、語り手の悦子を脅かす。里子と万里子の性格造型は近似しており、ともに類似した場面が設定されそのなかで行動させられている。もっとも『山の音』における里子の役割は特に重要なものとは考えられず、たとえば一つのアクセントとしてその機能を果たしているにすぎない。この少女に関しては岩田光子がわずかに「ここでは房子の存在が、その子里子も含めて、女としても人間としても、信吾夫婦の最も劣性の遺伝子を継承した権化のように、酷薄な描かれ方をしている」(24)と言及している程度である。しかしイシグロは川端が『山の音』のなかで時折点描するだけの里子を自作においてより前面に押し出し、より不気味な存在として描いている。そしてイシグロが万里子と名づけたこの少女は、語り手悦子の自殺した娘、景子と重なりあうように描かれており、より複雑に物語のなかに組み込まれているのである。イシグロはあるインタヴューで、『山なみの光』の「筋や登場人物はすべて僕の想像です[25]」と答えているが、登場人物とその名前に関してはまったくの想像とは言えないかもしれない。

4　二人の女性の対立的構造

『山の音』のテーマの一つは、「舅と嫁とのあいだの自然に出てしまう親しさの感情、不倫な恋にまでは進まないそのデリケートな状態が、この作品の主題となっているのだ[26]」という山本健吉の指摘を待つまでもなくあきらかであり、『山なみの光』でもこの義父と嫁の微妙な距離は保持されているが、それよりもさらに重要な人物関係は、二人の女性の対立的構図である。

『山なみの光』における語り手悦子とその友人、佐知子の対立的な構造は、『山の音』における二人の女性の関係にその原型を見出すことができる。その二人とは主人公尾形信吾の息子、修一の妻とその愛人である。菊子と絹子と名づけられたこの二人は、あきらかに作者によってパラレルな位置に置かれているのであるが、このような女性登場人物の配置は川端の作品においてよく見られるものである。しかし日本語で読む者が漢字で「菊子」と「絹子」と書かれていても、少なくとも視覚上、この二人を混同することはないが、これらを英語で表記すると"Kikuko"と"Kinuko"となり、全六文字中"k"と"n"のわずか一文字が入れ替わるだけで、英語読者は混乱する恐れがある。そこで英訳では翻訳者のエドワード・サイデンステッカーが原作者を説き伏せて、わざわざ「絹子」を"Kinu"としたということである[27]。この二人が直接出会う場面はなく、彼女たちはまったく違ったタイプの女性として設定されている。「末っ子で、ほっそりと色白の菊子の幼な顔が、信吾に浮かんで來た」(川端 三五四)というように、妻の菊子はまだ「子供」(川端 三五三)で、「少しひよわなところ」(川端 二五六)のある女性であるが、一方の絹子は「しゃがれ声」が「エロチック」(川端 二九三)で「大柄」(川端 四九三)な、自ら生計を立てている「戦争未亡人」(川端 四九四)である。この菊子は信吾が昔憧れた、妻保子の死んだ姉と重ねあわされる人物であり、彼の意識の上で徹底的に美化され描写されているが、修一の愛人絹子は初め「商売女か娼婦型の女にちがいないと、信吾はにらんでいた」(川端 二五七)のである。小説の前半ではこの二人の属性を、対立するものとして捉えることができるだろう。

しかし小説の後半では、この二人の明確な対置関係は次第に不分明になってくるのである。のちに「修一の妻の菊子と愛人の絹子とが、前後して妊娠した」(川端 四八三)とき、菊子は絹子への嫉妬心からか、自らの意思で堕胎をする。それを信吾は「菊子の、半ば自殺だ」(川端 四二三)と形容するのだが、妻の保子は「あの菊子が? 今の人はなんて恐ろしい」(四三二)と驚きを隠さない。それに対して絹子は中絶させようとする信吾の説得にもかかわらず、「贅沢な奥さんに、私の気持ちはおわかりにならないわ」(川端 四九五―四九六)と言って、「戦争未亡人が私生児を産む決心」(川端 四九四)をするのである。その頑とした彼女の態度に接し、「信吾は困り果てながら、絹子が美しく見えた」(川端 四九六)のである。そ作品の前半でこの二人に対し我々が抱くイメージからはずれ、その後半では少なくとも菊子の意外な気丈さが発揮されるし、絹子の潔癖な態度によって、信吾と同じく我々読者に対し彼女が「美しく見えた」

りするよう物語は構成されている。

それでは次にイシグロの描く悦子と佐知子を見てみたい。この二人は『山の音』に登場する菊子と絹子がそれぞれ一人の男性の妻と愛人であり、また同時に同じ男性の子を身籠るというほどには明確に対置されていないし、その名前も似通っていない。しかし悦子は小説の前半では『山の音』の菊子と同じように、会社員の夫を持つ主婦で貞淑な妻として設定されているし、佐知子は絹子と同じく戦争未亡人で外国語の知識がある、自ら生計を立てて暮らしている女性である。そして次の点は川端の作品とは大いに違うが、佐知子にはすでに万里子という娘がおり、フランクという不実な男性とアメリカに渡ることを夢見ている。この彼女の設定に関してはバリー・ルイスが指摘するとおり、同じ長崎を舞台にしたプッチーニの『マダム・バタフライ』との類似性は充分に認められるし、[28] ブライアン・シャファーはジェームズ・ジョイスの代表作『ダブリナーズ』中の一編、「イーヴリン」との関係を強調している。[29]しかしこれらの指摘はたしかに正鵠を得たものであるが、非常に部分的なものにすぎない。それよりもシンシア・ウォンが「結婚生活や日本人の妻としての役割への悦子の見せかけの献身は、家族に対する佐知子のより自堕落で無責任な態度と対照をなしている」[30]と述べるように、この二人の対立関係こそ注目されるべきであり、それは『山の音』に登場する菊子と絹子の関係に近いのである。

初め奔放な性格の佐知子と対比させられていた語り手悦子は娘を出産後、夫二郎と離婚してイギリス人の男性シェリンガムと再婚し日本を離れる。彼女はイギリスに渡ってからその夫を亡くすことになるが、こうした彼女の運命は佐知子によって予兆されていたのである。また悦子の娘、景子はイギリスに渡ってから自殺するのだが、悦子は人生における自らの選択が結局娘を自殺に追いやったのではないかと煩悶しているのだ。この子殺しのモチーフは、『山の音』で菊子が自分の意志で子供を堕すという点に認められる。坂田千鶴子はフェミニズムの視点から、『山の音』では菊子が一人の女として目覚めてゆき、物語の最後において婚姻制度のなかの理想的な女性としての自らの死を象徴的に宣告する、つまり自立を宣言するのだと言う(31)。

他方小野寺健は『山なみの光』を評して、「悦子が自らのアイデンティティを確保しおおせるまでの、フェミニズムあるいは母娘関係がテーマともいえる作品(32)」と述べている。物語の最後で本当に主人公が「自らのアイデンティティを確保しおおせ」たのかどうかは疑問であるが、たしかにこの作品は彼女の自立、そして戦争とそのあとに娘を亡くしたことから負った心の傷を癒していく再生の物語として読むことができる。イシグロの描くこうした作品前半における二人の女性の対立的配置と、物語の進行にしたがってその対置関係が次第に崩れてくるというより大きな構成、そして主人公女性のアイデンティティ確立の物語という構図は、川端の『山の音』に多くのヒントが求められるだろう。

イシグロは日本を舞台にした長編二作に、自身の記憶のなかの日本を閉じ込め再構築することで初めて、現実の日本を訪れることができたという。イシグロはあるインタヴューでこのように語っている。「現実の日本に戻ったら、想像の国が永久にこわれてホームレスになってしまうのではないかと、強い恐怖を持ったものです。作家になったのも、この貴重な国をとどめておくためだった、といってよい(33)」。ここにイシグロ個人の切実な思いと、作家としての真摯な態度もうかがえるだろう。そして彼の描く日本はイギリス読書界で好評を博し、イシグロは英国文壇での地位を確立していく。しかしその後彼の「日本性」はイギリスの批評家たちによって過度に強調され、イシグロは日本映画や川端の『山の音』などを参照することで築き上げ、自身の特質として提示していった、ほかならぬその「日本性」という言葉に苦しめられていくのである。またイシグロの初期作品に対し、日本の評論家の多くが妙な違和感、ある種の人工性といったものを感じたことも事実である。[34] やはりこの作家がその真価を発揮するのは、皮肉にも日本性を一切排した長編第三作、『日の名残り』（一九八九）の発表を待たねばならなかったのである。

注

『遠い山なみの光』からの引用は小野寺健訳（早川書房、二〇〇一年）からのもので、括弧内にイシグロと記し、頁数とする。なお本文では以下『山なみの光』と略述する。『山の音』からの引用は『川端康成全集』第一二巻（新潮社、一九八〇年）を使用する。

（1）この点についてはイシグロが在籍していたイースト・アングリア大学大学院創作科の教授で小説家のマルカム・ブラッドベリーが指摘していたことが、『サンデー・タイムズ・マガジン』に記されている。(11 January, 1987). 36. またイシグロ自身もアラン・ヴォルダとのインタヴューでこの点を認めている。Vorda, Allan. *Face to Face: Interviews with Contemporary Novelists*. Houston: Rice University Press, 1993. 7.

（2）『読売新聞』（一九八九年一一月二四日夕刊）、一五面。

（3）『毎日新聞』（一九八九年一二月一日夕刊）、九面。

（4）Mason, Gregory. "Inspiring Images: The Influence of Japanese Cinema on the Writings of Kazuo Ishiguro." *East-West Film Journal* 3:2 (1989): 39-52. 坂口明徳「カズオ・イシグロの中の小津安二郎の日本——カズオ・イシグロ『わたしたち

が孤児だったころ』考」横山幸三監修『英語圏文学——国家・文化・記憶をめぐるフォーラム』京都：人文書院、二〇〇二年、二一四—二三二頁。

（5）『朝日新聞』（一九八九年一一月二九日夕刊）、七面。

（6）この箇所は順に読売新聞（一九八七年九月一四日夕刊）七面、池田雅之「イギリス人の日本観——カズオ・イシグロ【その二】」『翻訳の世界』（一九八八年六月号）一〇七頁、青木保によるインタヴュー「カズオ・イシグロ——英国文壇の若き旗手」『中央公論』（一九九〇年三月号）三〇三頁から。

（7）たとえば『スイッチ』第八巻六号（扶桑社、一九九一年）、八四頁参照。

（8）前掲池田一一四頁。

（9）次の引用も含め前掲 **Vorda 26.**

（10）この点については『朝日ジャーナル』（一九九〇年一月五日）でのインタヴュー（「カズオ・イシグロを読む」）において、イシグロ自身チェーホフと小津の共通性を語っている。一〇四頁。

（11）Mason, Gregory. "An Interview with Kazuo Ishiguro." *Contemporary Literature* 30:3（1989）: 336.

（12）**Shaffer, Brian W.** *Understanding Kazuo Ishiguro*. Columbia: University of South Carolina Press, 1998. 12.

（13）前掲『朝日ジャーナル』一〇三頁。

（14）長谷川泉「『千羽鶴』と『山の音』——「ほくろの手紙」「水月」に触れて」日本文学研究資料刊行会編『川端康成』東京：有精堂、一九七三年、二一六頁。

（15）武田勝彦「『山の音』の社会背景——新聞記事を中心として」川端文学研究会編『風韻の相克——山の音・千羽鶴・波千鳥』（川端康成研究叢書六）東京：教育出版センター、一九七九年、八七—一一二頁。

（16）越智治雄「『山の音』その一面」日本文学研究資料刊行会編『川端康成』東京：有精堂、一九七三年、二三二頁。

（17）長柄裕美「現実と追憶の揺らぎのなかで——カズオ・イシグロ *A Pale View of Hills* 試論」『鳥取大学教育地域科学部紀要・教育・人文科学』第三巻二号（二〇〇二年）、一四九頁。

（18）兵藤正之助「昭和二十年代の川端康成『山の音』論」『川端康成論』東京：春秋社、一九八八年、二三七—二八二頁。

（19）前掲越智二三四—二三六頁。

（20）佐伯彰一「家長の哀しみ——『山の音』」『日本を考える』東京：新潮社、一九六六年、六三—六五頁。

（21）菅伸子「日本でどう読まれるか、不安が半分『女たちの遠い夏』の著者イシグロさんに聞く」『朝日ジャーナル』（一九八四年一二月二八日）、六九頁。

（22）Bailey, Paul. "Private Desolations." *Times Literary Supplement.*（19 February, 1982）. 179.

（23）Lewis, Barry. *Kazuo Ishiguro*. Manchester: Manchester University Press, 2000. 32.

（24）岩田光子「『山の音』」『川端文学の諸相――近代の幽艶』東京：桜楓社、一九八三年、二一八頁。

（25）前掲菅六九頁。

（26）山本健吉「解説」川端康成『山の音』東京：新潮社、一九五七年、三二六頁。

（27）Petersen, Gwenn Boardman. *The Moon in the Water: Understanding Tanizaki, Kawabata, and Mishima*. Honolulu: University of Hawaii Press, 1979. 169.

（28）前掲 Lewis 22-23.

（29）前掲 Shaffer 18-21.

（30）Wong, Cynthia F. *Kazuo Ishiguro*. Tavistock: Northcote House, 2000. 35.

（31）坂田千鶴子「『山の音』――ズレの交響」江種満子・漆田和代編『女が読む日本近代文学――フェミニズム批評の試み』東京：新曜社、一九九二年、二〇三―二〇五頁。

（32）小野寺健「訳者あとがき」カズオ・イシグロ『遠い山なみの光』東京：早川書房、二〇〇一年、二六七頁。

（33）前掲『毎日新聞』（一九八九年一二月一日夕刊）。

（34）たとえば『英語青年』（一九九〇年二月号）誌上での、川口喬一、高橋和久、富山太佳夫、富士川義之の四氏による討議など。

第3章　英語で書かれた想像の日本語

――カズオ・イシグロと翻訳

イシグロの第二作長編*An Artist of the Floating World*は一九八六年に英国で発表され、同年権威あるウィットブレッド賞を受賞した。その二年後の一九八八年、英文学者飛田茂雄による邦訳が『浮世の画家』というタイトルで出版されるのだが、この直後に作家の富岡多恵子が新聞紙上で本作品を取り上げ、その翻訳の質について否定的な意見を述べたことが一つの契機となり、ある論争が起こっている。本章ではこれを起点として、イシグロ作品の翻訳にかかわる問題を考察してみたい。それは日本とイギリスにおけるイシグロ文学の受容の違いや、その差異が生まれた原因を探索することにつながるだろう。

1　イシグロ作品の翻訳をめぐる論争

一九八八年三月二九日付『朝日新聞』夕刊「文芸時評」欄で富岡は、「日本語の翻訳に難」という見出しのもとに本作品を取り上げた。(1)しかしここで富岡は作品の内容や翻訳の文体について具体的な批評は一切せず、この書評を「翻訳ではほとんど文学作品から遠い日本語になっているのは気の毒というしかない」という文章で結んだ。その後作家高橋源一郎が、雑誌『翻訳の世界』に当時連載中であった「翻訳批評に向けて」というシリーズ・インタヴューで、富岡の書評に対してこのような考えを表明している。

富岡さんの考え方はまったく正論だと思います。つまり、翻訳してるだけで文学していないものは駄目だということです。……文学作品を翻訳するということは、原作の文学性を翻訳するということにほかならないわけですから、いくら正確に訳していても日本語の文学になっていないと意味がない、という考えを富岡さんはとっていらっしゃると思うんです。[2]

ここで高橋も富岡と同じく作家の立場から、翻訳においてもまず日本語の文学作品として自立していなければならないと考えたのである。しかし高橋は自ら告白しているように、イシグロの原作も飛田の翻訳も読んでおらず、ただ観念的に翻訳文学について自分の意見を述べたにすぎなかった。

この富岡の書評に対し翻訳者である飛田自身が、「富岡多恵子氏に反論する——軽々しい言葉は文芸批評を腐敗させる」と題する文章を、同じく雑誌『翻訳の世界』に掲載することになる。飛田が「富岡さんは原著を読んだことがないのに、イシグロの文体を勝手に想像して、その実態なき幻と邦訳の第一印象とが一致しないいらだちを翻訳者にぶつけてみたかったのかもしれない[3]」と言うように、富岡は「イシグロの散文が英国で高い評価を得ているのには特有の文体、リズムがあるはずで[4]」（傍点筆者）と、おそらく自ら原作を読んでいないのであろうということを暴露してしまっており、たしかにその彼女に翻訳の質について述べる資格が十分にあったとは言いがたい。

このように富岡や高橋ら作家のやや無責任で印象的な批評が先行し、翻訳者飛田の反論が世に出たのちに、数名の英文学者らがイシグロの翻訳をめぐってより精緻な議論を展開している。まずアメリカ文学者大橋健三郎の、「翻訳の新しい問題と取り組む——二つの文化圏にわたる二重の往還運動を踏まえて」という文章が同誌七月号に掲載される。大橋はイシグロ作品の翻訳に関わる問題をこのように捉えている。「創造された小説の世界を、日本の翻訳者はもう一度日本の地肌へ引き戻す。両文化圏にわたる遥かな往還運動を踏まえたうえでのこの翻訳作業には、AからBに行ってまたAに戻るとき、あとのAは、Aにほかならず、この二つの間の微妙なズレ、二重性という一種苛立たしい問題がつき纏ってくるのである」[5]。つまり大橋はイシグロが作品のなかで表出した日本の世界を、日本人翻訳者がすでに持っている自国に対する知識やイメージと、どう折り合いをつけていくかということこそが、イシグロの作品を翻訳する際の課題であり、その点にこそ訳者飛田がもっとも腐心したであろうと考えるのである。

たとえばこの日本のある架空の都市を舞台にした作品のなかで、語り手であり主人公の老画家、小野益次はどのような言葉遣いをしたのか。この点に関し飛田はさまざまな文体を試したあとで、「結局、作品の構造の多重性と、期待される読者の年齢層を重視して、それ自体が二重性を持つ（単純化して言えば、自然でわかりやすい日本語の底に英語的発想が透けて見えるような）文体にしたつもり」[6]だと述べている。しかしそれは大橋が言うところの、翻訳の際に二つの文化の接点に生まれ出るまったく新しい「文化的無人地帯（ノーマンズランド）」からはるかにかけ離れた、もはや「自由な賭けの成立する辺境（フロンティア）ではなく、むしろ二国語法（バイリンガリティ）が平行のまま実体そのものとなった一種窮屈な世界である」[7]ということかもしれない。

そしてさらに英文学者山形和美が一九八八年七月号の『時事英語研究』で、イシグロ作品の翻訳にかかわる問題を、**"To call a spade a spade"**という諺を例に挙げ分析している。この表現の訳としてまず、「鋤を鋤と呼ぶ」というのは原文の意味内容に出来るだけ忠実であり、次に「はっきりじかにものを言う」というのは原文が格言として持つ隠喩的な意味であり、さらに「歯に衣着せぬ」というのは原文の表現に対応すると思われる日本語の格言であるわけだが、「イシグロの散文は象徴的に言って『歯に衣着せぬ』を直訳したような英語であり、それが英国の読者にある種の衝撃力をもってせまったものと思う」と山形は述べる。(8) それはたとえばこの作品のタイトルにも明確に現れているように、「浮世」の直訳と考えられる"the Floating World"という表現を英語読者は興味深いと感じるかもしれない。反対に日本の読者にとっては、先の例で言うと"To call a spade a spade"を「歯に衣着せぬ」とする代わりに、「鋤を鋤と呼ぶ」としたほうが衝撃が大きい場合もあるのではないか、と言うのである。つまり日本語を直訳したようなイシグロの英語表現を、英国読者は興味深いと感じたのかもしれないが、その英訳された想像の日本語をもう一度日本語に変換したところで、それは日本の読者にとって何ら文学性の感じられない陳腐な表現と写る可能性がある。それこそが飛田の訳文に関して富岡が感じたことなのかもしれない、と山形は推論したのである。

このように富岡の一文は彼女自身が多分予期していたよりも多くの反響を呼び、またそれはイシグロの翻訳に関するより複雑な問題を自身内包していたのである。それでもやはり富岡のような原文の理解を欠いた文学の評価というものは、十全とは言えないだろう。もちろん言語の違いを超えた、テーマや描出された感情などの普遍性といったものもあるには違いない。しかし文学とは言葉によって成り立っている芸術であるのだから、その言葉が変換されると当然作品の質もかなり異なってしまうはずである。それでは具体的にイシグロの原文とその翻訳を対比してみたときに、どのようなことが見えてくるのだろうか。

2　イシグロの原文とその翻訳

飛田はこの作品を翻訳するにあたって、「日本のことも日本語もほとんど知らない三十一歳の日系英国作家が、十九世紀生まれの六十代の日本人を語り手にした作品を書いている。そのとき翻訳者はなにに忠実な翻訳をすべきか[9]」と悩んだという。以下はその原文、作品の冒頭第一段落である。

If on a sunny day you climb the steep path leading up from the little wooden bridge still referred to around here as the "the Bridge of Hesitation", you will not have to walk far before the roof of my house becomes visible between the tops of two gingko trees. Even if it did not occupy such a commanding position on the hill, the house would still stand out from all others nearby, so that as you come up the path, you may find yourself wondering what sort of wealthy man owns it.[9]

大江健三郎がイシグロとの対談で[10]、特に関心を持ったと述べている大きな家の描写から作品の世界へと入っていくこの書き出しの部分が、邦訳では次のように表現されることになる。

このあたりでは今でも〈ためらい橋〉と呼ばれている小さな木橋のたもとから、丘の上までかなり急な坂道が通じている。天気のいい日にその小道を登りはじめると、それほど歩かぬうちに、二本並んでそびえ立つ銀杏の梢のあいだからわたしの家の屋根が見えてくる。丘の上でも特に見晴らしのよい場所を占めているこの家は、もし平地にあったとしても周囲を圧倒するほど大きいので、たぶん坂を上る人々は、いったいどういう大金持ちがこんな屋敷に住んでいるのかと首をかしげることだろう。⑪

この箇所について、飛田自身が一九九七年に出版した『翻訳の技法⑫』という本のなかで、その推敲の過程を詳しく紹介している。それによると飛田はまず、主人公が六十代半ばという設定になっているので、いかにも老人らしい淡々とした語り口を再現しようと試みたのだが、編集者との協議を経て「現代の若者好み」の、ある程度翻訳調を残した「若々しくてイキのいい訳文」にしたという。その結果最初のやや息の長い一文は二つに分解され、『あなた』という語りかけの口調はどうも日本人の耳にはなじみにくい」というので、その言葉は削除されることになる。しかしこの箇所だけで再帰代名詞の"yourself"までも含めると五回使われている"you"が、翻訳においてすべて削除されるとその印象はやや違ったものとなってくる。この"you"はたしかに不定代名詞であり、直接具体的に誰かを指し示しているわけではないのだが、やはりここではこの作品を読む読者を指しているとも考えられるのであり、我々は冒頭から何度も"you"と語りかけられることにより、次第に作品の世界へと誘われていくことになる。

そしてこの飛田の翻訳に関して、翻訳家中村保男が『名訳と誤訳』という本のなかの「名訳の森」という章でやや詳しく論じている。中村は「レトリカルとまではいかないが現代文としてかなり複雑な語法と構文によって支えられている原文を大なり小なり単純化することによって、無理のない自然な日本語の訳文を綴ることができたのである」[13]として、飛田の訳に一定の評価を与えつつも、そのことによって失われたものがあったことも否定できないと言う。それはこの小説がもともと持っている日本と日本人に対する微妙な「ズレ」が、自然な日本語で再現しようとすればするほど妙な違和感として浮き上がってきてしまうという感覚である。これは大橋健三郎がイシグロ作品の翻訳における問題点として指摘していたことである。

イシグロ自身は、この作品中で日本語であるはずの主人公画家の語りを英語で表現することについて、このように述べている。

ある意味でそこでの言葉はほとんど疑似翻訳のようなものにならざるをえません。つまりあまり流暢すぎてもいけませんし、あまりたくさん西洋的な話し言葉を使うわけにもいかないのです。それはほとんどまるで英語のうしろである外国語が流れていることを示す、字幕のようなものでなければならないのです。わたしは執筆しているとき、ある種の翻訳語を使って、こうした事を解決しようと実際かなり意識しています。[14]

つまりイシグロは日本人の登場人物たちが話す日本語を想像して、まるでそれを英訳していくようにこの作品を書いたというのである。たとえば主人公小野益次が長女節子と話しをする場面を原文で見てみよう。

"Indeed," Setsuko said, thoughtfully.

We fell silent again. From inside the house, we could hear Ichiro's voice shouting something repeatedly.

"Forgive me," Setsuko said, in a new voice. "But did we ever hear any further as to why the proposal fell through last year? It was so unexpected."

"I have no idea. It hardly matters now, does it?"

"Of course not, forgive me." Setsuko seemed to consider something for a moment. . . . "Of course. Please excuse me, I didn't mean to imply . . ." again, she trailed off awkwardly. (17-18)

ここで節子は繰り返し"Forgive me"や"Excuse me"という表現を使っている。これをいかにも日本的と言うべきかどうかの判断は差し控えるとしても、英語の表現としてはこの文脈において何度も謝罪をするというのはやや不自然であろう。また次のように、節子の途切れがちなすべてを言い切ろうとしない話しぶりや、沈黙の多い二人の会話に東洋的な迂言法を見てとる評者もいる。「伝統的な東洋の繊細さや慎重さに忠実な登場人物たちは、たとえ基本的には同意していなくても、『本当に』などと言いながら、たえず微笑を浮かべている」[15]。それはイシグロの語りの特徴である「信用できない語り手」を効果的に用いることによって、さらに高められたものとなっている。この小説は全編が主人公の老画家、小野益次によって一人称で語られている。しかし先に引用した場面を含めその多くが回想形式であるため、語られる内容には主人公の記憶の不確かさから生じる曖昧性が不可避的につきまとう。それだけでなく小野はおそらくほとんど無意識的に自身の記憶を歪曲して語るので、その内容ははなはだ信用できないものとなっている。もちろんこの語りは日本人に特有のものではないが、そうした不可解さが遥かなる東洋への憧憬と重ねあわされるとき、ちょうどあのラフカディオ・ハーンが日本人の微笑に見て取ったように、原文でイシグロの作品を読む者には、こうした場面に限りないエキゾティシズムを感じることもあるのだろう。

3　イギリスと日本におけるイシグロ作品の受容の違い

本作が出版された当時の書評を読むと、日英においてその反応に大きな違いが見られる。概してイギリスでは非常に好意的なものが多いのに対し、日本ではかなり厳しい意見も見られるのである。アメリカでもこの作品はかなり高く評価されたのだが、このまったく正反対の評価が生まれた理由を、英米と日本におけるいくつかの書評を分析することで探ってみたい。

まず本作が英国で発表された直後に『タイムズ文芸附録』に掲載されたアン・チザムの書評である。ここでチザムは「『浮世の画家』は読んで面白いだけでなく、すこしも教訓的にならず、しかもためになる」と評価したあと、「イシグロの洞察は、人を欺くほどシンプルなその文章のように、すばらしくつり合いがとれている」(16)とイシグロの文体について言及している。彼女はそれを「用心しないと読み間違える、人を欺くほどシンプルな文章」と形容したのである。

そして次にマルカム・ブラッドベリーがその著作、『いや、ブルームズベリーではなく』のなかで「浮世」という一章を設け、本作を論じた文である。彼は「イシグロのすばらしい長編第二作、『浮世の画家』

（一九八六）は、……驚くべき正確さと微妙な陰影の作品で、彼が傑出した才能の持ち主であることをあきらかにしている」[17]とほとんど手放しで本作を賞賛し、この章の最後の一文では、「実にこれは私がそれなりの期間読んできたなかで、最高にしてもっとも美しく仕上げられた小説の一つである」[18]とまで言い切っている。ブラッドベリーはイシグロがイースト・アングリア大学大学院創作科に在籍していたときの恩師の一人であり、いわば師匠の弟子に対する評価であるこの文章を額面どおりに受け取るのはためらわれるが、このなかで彼はイシグロの文体についてこのように述べている。「日本の小説はイシグロにとってまったく抜きがたいものではないので、一つの可能性のある英語としてのその再生と組み立ては、よく考えたうえでの芸術的試みなのである」[19]。ブラッドベリーはイシグロに対する日本文学からの影響を重視しているわけではないので、イシグロの英文は彼自身の鍛え抜かれた芸術的努力の賜物であると考えたのである。

ではアメリカでの書評を少し見てみよう。まず『ニューヨークタイムズ書評欄』に掲載されたキャスリン・モートンの文である。「よい書き手はたくさんいる――よい小説家はとてもまれだ。カズオ・イシグロはそのめったにない存在だ。彼の二番目の小説、『浮世の画家』は、読者にもっと鋭敏に読むようにと教えながらその意識を拡げてくれる類のものだ」[20]。ここでモートンはイシグロの文体について特に言及しているわけではないのだが、読者に対してより洞察力を持って本作を読むようにと注意を促し、イシグロの文に含みが多いことを暗に示している。

そしてもう一つ、『ニューズウィーク』誌に見られるエドワード・ベアの書評である。「イシグロの小説が国際的な文学の世界に、とてつもない一つの才能が現れたことを告げているのは疑いない。彼はたしかに大変ユニークなウィットブレッド賞の受賞者だ――大いに日本的な感受性、文体、そして曖昧さをもって書くイギリス人なのだ[21]」。ここでベアはイシグロが多分に日本的な感性を持って書く作家であると明言している。

このように本作に対する英米の批評は何らかのかたちで、イシグロの単純だが含みの多い文章に言及し、この作品を賞賛しているのである。しかしこの英米の好意的な批評に対し、日本ではかなり違った反応が見られる。先に挙げた富岡の意見などがその典型であるが、作家青野聰なども『朝日ジャーナル』に掲載された「残念ながら日本では通用しない小説だ」という見出しの書評で、かなり痛烈に本作を批判している。青野は「一人称の落ちついたていさいで語られた、老人の心境小説といっていい。……学校の先生が教えそうな小説作法にのっとった、それなりにできあがった小説であるにはちがいない。しかしそれだけである。同時代の文明国に生きているにもかかわらず、ぼくの現実にかかわってくるものはなにもない[22]」と切り捨てている。

また三浦雅士は朝日新聞での書評を「不思議な味わいの小説だ」と書き始め、途中「日本語に移し変えてみると欠点が無くもないが」と続け、「考えさせられることの多い作品だ[23]」と結び、最後まで作品に対する評価を保留している。しかし三浦はこのあと、イシグロの長編第三作『日の名残り』について『週刊文春』に掲載した書評で、本作についてより率直な意見を述べている。三浦はまずイシグロの第三作を「逸品である。いかにも小説らしい小説だ」と絶賛した上で、それを前二作と対比して、それらが「日本に取材しているので掘り下げが浅いという印象をまず受けてしまう。特に『浮世の画家』は芸術家と戦争責任の問題を扱っているので、その感が強い[24]」と述べている。

このような英米と日本での評価の違いはどこから生まれているのだろうか。実は三浦がその答えの一つを『日の名残り』の書評のなかで与えてくれている。三浦は「英国の友人によると、イシグロの英語には日本の小説の英訳が持っているある種の雰囲気があるのだという。それが魅力なのだそうだ」と述べ、「邦訳をめぐって、富岡多恵子が、なぜこの程度の小説が英国で名誉ある賞を受けたのか分からないと書いていた。おそらく、英語でなければ分からない魅力があるのだろう、と。私も同じ印象を受けた[25]」と告白している。ただし富岡は翻訳を批判したのであって、原作をも否定していたわけではないのだが、ここで三浦が述べるように、本当にイシグロの文章には原文を読むネイティヴにしかわからない魅力があるのだろうか。

イシグロのほかの作品を原文で読んだという高橋源一郎は、『翻訳の世界』一九八八年五月号で、「もちろん、文章の細かい機微を味わうほど語学力があるわけではないですから、読みちがいをしているかもしれませんが」と断りながらも、「ぼくが読んだ感じだけを言うと、カズオ・イシグロの英語はへんな英語なんです」と述べている。さらに「らしくない英語なんです。国籍をどこかでごまかしているような文章というか、日本の作家のある作品を、日本のことが好きなんだけどちょっと誤解してるイギリス人が英語に翻訳したような文章のようだというか[26]」と語っている。また川口喬一、高橋和久、富山太佳夫、富士川義之ら英文学者四名による『英語青年』一九九〇年二月号における誌上討論で、まず川口がイシグロの作風を評して、川端や三島の英訳が下敷きになっているような奇妙な印象を受けたと語り、それに対して高橋や富士川らもイシグロの文体を「異常に読みやすす」く「人工的[27]」であると形容している。しかし作家のリービ英雄はイシグロが非常に保守的な英語を書きながら、逆にそのことによってイギリス文学に新風を吹き込んだと見ているし、[28]高橋源一郎も先の引用に続いて同誌の翌月号で、「カズオ・イシグロの場合で言うと、僕はちょっと変な英語だと思ったんです。ただ、もしかしたら僕が変だと思ったその部分が、まさに彼がイギリス文学に対して突出しているその部分なのかもしれない」[29]と推論している。図らずもと言うべきか、高橋の言葉はイシグロの文学の本質的な部分をついていたのかもしれない。しかしこの作品に対する英米と日本における評価の違いは、どちらが正しいと言えるものではないのだろう。それは両者の間で評価の基準が異なっていたというだけでなく、言語が変換されることによって、その対象までもがまったく変容してしまっていたがゆえに生じた差異だったのである。

4　翻訳という鏡に映された「歪んだ」イメージ

もちろんこの作品が英国で受け入れられた理由の一つに、イギリスの日本に対するエキゾティシズムが働いていたであろうことは想像にかたくない。たとえばフェイバー&フェイバー社から出版された本作の表紙には、当然のことながら作者のカズオ・イシグロという名前と、*An Artist of the Floating World* という日本語を直訳したような、英語としてはやや違和感のあるタイトルが見られるし、版によってそれぞれ作品の内容とはまったく関係のない日本の行灯や浮世絵が描かれている。また裏表紙には東洋人であるイシグロの写真が掲載されている。そして日本を舞台にした、日本人が登場人物となっている作品であるのだから、当然作中には日本人の名前や日本の地名が頻出することになる。さらには“miai”や“harakiri”といった、西洋から見たステレオタイプとしての日本のイメージを喚起する小道具にも事欠かない。

たとえばその“harakiri”という言葉が出てくる場面を見てみよう。主人公の小野が次女の以前の婚約者、三宅二郎と会話をする場面である。

Miyake and I had reached the main street and were standing in front of the Kimura Company Building awaiting our respective trams. And I remember Miyake saying: “We had some sad news at work today. The President of our parent company is now deceased.” . . . “Really?” “Indeed. He was found gassed. But it seems he tried harakiri first, for there were minor scratches around his stomach.” (54-55.)

この英文のなかでやはり“Miyake”や“Kimura”といった日本人名が浮かび上がって見えるのはたしかだろう。そして何よりも三宅の親会社の社長が、戦中の責任を取って“harakiri”をしたという事実は、英国の読者にとって異様に映るに違いない。あるいはここであの割腹自殺をした三島や、ガス自殺を図った川端といった日本の文豪の姿が思い出されるかもしれない。この部分が翻訳では、

三宅二郎とわたしは大通りに出ると、木村商会ビルの前に立ってそれぞれの電車を待っていた。そのとき三宅二郎がこういったのだ――「きょう職場で悲しい知らせがありました。親会社の社

長がなくなったそうです」……「まさか」「ほんとうです。発見されたときにはガス中毒で亡くなっていたそうです。でも最初は切腹を試みられたようで、おなかにいくつも切り傷があったそうです」

（七二―七三頁）

となっている。先ほどの"Miyake"や"Kimura"といった日本人名は漢字に改められ、日本語の文章のなかに違和感無く収まっているように思われる。そして原文の"harakiri"という言葉は「切腹」という単語に置き換えられ、一読したところ、少なくとも視覚上特に不自然とは感じられない。広辞苑でも「自ら腹を切ること。割腹。切腹」ときわめて簡単に説明されているにすぎないこの言葉の意味自体は、それだけ日本人にとって多言を要しないものである。一方この言葉はほとんどの英英辞典に収められている英単語でもある。たとえば『オックスフォード上級者辞典』（二〇〇〇）第六版においてこの語は、「刀で腹を切り裂いて自殺する行為、名誉を失うことを避けるため、特に昔の日本で侍によって行われた」と定義されている。英語でこの行動を一語で表す言葉がないので、その他の英英辞典でもかなり説明的に定義されているのだが、それはつまりこの行為が英語話者にとって相当程度になじみが無いことの証左である。もちろん「腹切り」という行為が現代に生きる大部分の日本人読者にとっても、異様なものと映るかもしれない。しかしその衝撃は英国読者に対するものとはまったく別種のものであるだろう。

英米の書評でも作者が日本人であるということは強く意識されている。たとえば『ニューズウィーク』誌では「このような書は戦後の日本史や儀礼的な日本社会、そして家族の様式によく通じたものにしか著せないだろう[30]」という一文が見られる。こうした反応に対してイシグロは、「私に関して英国の批評家がいつも言い立てるのは、作品の中の〈ジャパニーズネス〉ばかりです。書評も、私の作品を、日本人の小説、日本的な文体、日本を主題にした異色作と必要以上に強調したものが多いのです[31]」と述べいらだちを示したこともあるが、その後イシグロはこの英国における異国趣味というものを積極的に評価するようになっている。「私はもし自分が日本の名前を持っておらず、あの時期の日本に舞台を設定した本を書いていなかったなら、イギリスで私が最初の二作によって得たような関心と売上を手に入れるのに、もう何年もかかっただろうと考えるようになっています[32]」と自身が述べるように、日本人であるイシグロが日本を舞台にした作品を描いたからこそ、彼の作品は英国文壇で受け入れられたという面もたしかに否定できないだろう。

ところが日本では反対に、イシグロがその作品の舞台を日本に設定したことが、マイナスに評価されてしまうのである。先の高橋源一郎や三浦雅士の言葉にも見られたが、ほかにイシグロの第一作を翻訳した英文学者の小野寺健なども、本作の主人公が戦中に取った行動を評して、「こんな行為は、戦時中の日本を知っている私たちの世代には非現実的としか思えませんが[33]」と述べるように、一部の日本人読者にとっては、どうしても自身の知識と作中に描かれた世界とのギャップに敏感にならざるをえないようである[34]。また青野聰などは「知りもしない日本を舞台にしたりせず、作者のナマの現実を直視したものが読みたい[35]」と述べている。しかしこれらの言葉には少し注意が必要である。イシグロが描く世界は彼自身が認めるように、記憶と想像によって創り上げられた架空の世界であり[36]、それをことさら現実の日本と引き比べて論じるのは強引かもしれない。また先の小野寺の表現だけでなく、イシグロの作品を論じるのに多くの日本人評者が「私たち」という言葉を使っている。つまり「我々」という一枚岩的な日本人が存在し、その集団としての我々日本人にとって普遍的な「現実」がある、という考えである。また青野による次のような表現には、何らかのバイアスが掛かっているように感じられる。「それにしても、こんな小説がいくつかの他国語に翻訳されている事実を奇妙に思う。うらやましいかぎりだ。英語圏の文学は低調きわまりないということだろうか[37]」。ここでは同じ世代の作家としての対抗心だけでなく、英語圏作家に対する嫉妬に近い感情が働いていたとも考えられる。高橋源一郎もこれと同じような不満を漏らしていたのだが、富岡多恵子も含めて、原文を読んで判断したのではない彼らのイシグロに対する評価に、日本人作家の奇妙なコンプレックスを感得することもあながち的外れではないのかもしれない。

川村湊はイシグロの作品を評して、「我々が読んで気に入らない部分というのは当然あると思います」と断りながら、次のように述べている。「翻訳にかかわれば必ず文化の問題、文化のギャップに突き当たるはずです。……だから結局、翻訳を鏡として外国人の目に映った日本、日本人の目に映った異文化というものを見ていくことになる。翻訳の問題というのは結局そこに帰着すると思います[38]」。想像の日本語を英語という鏡に映して表現したイシグロ。その作品の世界と「現実」との「ズレ」を意識することなく、そこに異国情緒を感じ取り、積極的に評価したイギリスの読者もいれば、それがさらに日本語という鏡に映し返されたときに、歪んだ自己のイメージに不快感を表した日本人読者もいたのである。このとき東西の懸隔はけっして小さくはなかったはずである。

注

（1）富岡多恵子「文芸時評——日本語の翻訳に難」『朝日新聞』（一九八八年三月二九日夕刊）、五面。
（2）高橋源一郎「翻訳批評に向けて——日本語の文学作品であることを中心にコンパスを回す」『翻訳の世界』（一九八八年五月号）、九二頁。
（3）飛田茂雄「富岡多恵子氏に反論する——軽々しい言葉は文芸批評を腐敗させる」『翻訳の世界』（一九八八年六月号）、五九頁。
（4）前掲富岡。
（5）大橋健三郎「翻訳の新しい問題と取り組む——二つの文化圏にわたる二重の往還運動を踏まえて」『翻訳の世界』（一九八八年七月号）、八九頁。
（6）前掲飛田六〇頁。
（7）前掲大橋九一頁。
（8）山形和美「翻訳で何が重要か——カズオ・イシグロをめぐって」『時事英語研究』（一九八八年七月号）、三一頁。
（9）Ishiguro, Kazuo. *An Artist of the Floating World*. London: Faber & Faber, 1986. 7.
（10）Ishiguro, Kazuo, and Kenzaburo Oe. "The Novelist in Today's World: A Conversation." *Boundary* 2 18（1991）: 111.
（11）池田雅之「イギリス人の日本観——カズオ・イシグロ【その二】」『翻訳の世界』（一九八八年六月号）、一〇七頁。
（12）飛田茂雄『翻訳の技法』東京：研究社、一九九七年、一一三—一一六頁。
（13）中村保男『名訳と誤訳』東京：講談社、一九八九年、九〇頁。
（14）Mason, Gregory. "An Interview with Kazuo Ishiguro." *Contemporary Literature* 30:3（1989）: 336.
（15）Morton, Kathryn. "After the War Was Lost." *New York Times Book of Review.*（8 June, 1986）. 19.
（16）Chisholm, Anne. "Lost Worlds of Pleasure." *Times Literary Supplement.*（14 February, 1986）. 162.
（17）Bradbury, Malcolm. "The Floating World." *No, Not Bloomsbury*. London: André Deutch, 1993. 364.
（18）前掲 Bradbury 366.

(19) 前掲 Bradbury 363.
(20) 前掲 Morton 19.
(21) Behr, Edward. "Britain's New Literary Lion: A Prize for Ishiguro." *Newsweek.* (26 January, 1987). 53.
(22) 青野聰「残念だが日本では通用しない小説だ」『朝日ジャーナル』(一九八八年五月二七日号)、六九頁。
(23) 三浦雅士「戦中の信念を問う――カズオ・イシグロ著『浮世の画家』」『朝日新聞』(一九八八年四月四日)、一二面。
(24) 三浦雅士「執事を通して『英国らしさ』を描いたブッカー賞受賞作」『週刊文春』(一九九〇年九月六日号)、一三六頁。
(25) 前掲三浦一三六頁。
(26) 前掲高橋九二頁。
(27) 川口喬一、高橋和久、富山太佳夫、富士川義之「イギリスの文学――一九八〇年代を顧みて」『英語青年』(一九九〇年二月号)、七頁。
(28) 青木保、リービ英雄「国境を越える文学」『現代思想』(一九九一年二月号)、一七二―一七三頁。
(29) 高橋源一郎「翻訳批評に向けて――大いなる外部としての翻訳」『翻訳の世界』(一九八八年六月号)、五八頁。
(30) 前掲 Behr 53.
(31) カズオ・イシグロ『翻訳の世界』(一九八八年六月号)、一〇七頁。
(32) Vorda, Allan. *Face to Face: Interviews with Contemporary Novelists*. Houston: Rice University Press, 1993. 7.
(33) 小野寺健『英国的経験』東京：筑摩書房、一九九八年、二一六頁。
(34) たとえば、皆見昭「Kazuo Ishiguro の世界」関西外国語大学『研究論叢』第四七号(一九八八年)、六三―七八頁。
(35) 前掲青野六九頁。
(36) たとえば、「国境を越えた作家として」『毎日新聞』(一九八九年一二月一日夕刊)、九面。
(37) 前掲青野六九頁。
(38) 川村湊「翻訳批評に向けて――構造的なイデオロギー性を突き抜ける」『翻訳の世界』(一九八八年七月号)、八七頁。

第4章　カズオ・イシグロの文体とテーマに見られる日本的美学

——谷崎潤一郎の『文章読本』を参照して

1　谷崎を語るイシグロ

かつてカズオ・イシグロの作品と日本文学、特に川端や谷崎のそれらとの類縁性が指摘されたことがあったが、そのこと自体はこうした作家の作品を知る者にとって、ある程度首肯し得るに違いない。ところがイシグロ自身は、自らの作品が持つ日本文学的特質を強調されることに、一時期苛立ちを示したこともあった。たとえば一九八七年九月一四日の『読売新聞』夕刊には、イシグロの次のような言葉が見られる。「英国の批評家は類型化しないと何か不安にかられるらしい。文体も作風も日本の作家と違うのに日本文学として論ずる。（中略）日本の作品などろくに読んだことのない人が、私を日本人作家というのはナンセンスだ。多分、私が日本名だからだろう」(1)。それゆえイシグロが第三作目の『日の名残り』で、英国文壇最高の栄誉とされるブッカー賞を獲得した直後に来日したとき、あるインタヴュー記事で彼の作品を評してこのように述べられたのは、何とも皮肉なことであった。「静けさを感じさせてゆるやかにつづられる、人々の日常。日々の営みのなかに人生や生きる尊厳とは、との主題を浮き上がらせる手法は、たしかに谷崎、川端的なあるいは小津安二郎の映画の世界、ひるがえれば日本の文学的伝統を感じさせる」(2)。というのも、ある面ではこうした日本性が強調されることを避けるために、それらの要素を一切排したはずの彼の長編第三作が、ほかならぬ日本人によってこのように評されたのだから(3)。

イシグロ自身はしかしながら、これまで日本の文学より西洋文学からの影響を多く認めてきたのであるが(4)、やはりこの作家が日本文化からも多大な感化を受けていることは否定しきれないだろう。

一九五四年、日本人の両親のもとに長崎で生まれたイシグロは、一九六〇年にイギリスに渡ってからも数年の内に帰国する予定で、長いあいだ日本から子供向けの雑誌や漫画を送ってもらっていたという。当初イシグロにとって英国滞在は一時的なもので、「イギリスを祖国にしようとか、イギリスに骨を埋めるなんて感じは全くなかったんです」という。ところがその滞在は次第に延び、「時が経つにつれて、『もう故郷は背後に去ったんだ。僕の人生はイギリスにあるんだ』と気がついたそうである。その後日本というものをほとんど意識しない時期もあったらしいが、「それが、突然、二十一、二歳のときに日本にすごく興味を持ち出して。日本の文学を英語版でですけど読み始めたり、ロンドンで日本の映画が上映されたら、即、観に行ったりするようになったんです」とあるインタヴューで語っている。[5] それは自分が「幼少時代の思い出と雑誌や漫画を読んで創り上げた〝特別の日本〟を、日本だと錯覚しているんだと気がついた」からだという。

その後次第に薄れゆく自らの「記憶と想像の日本」を、長編一、二作に閉じ込めたイシグロは、一九八六年にグレゴリー・メイスンによって行われたインタヴューで、日本の作家から何らかの影響を受けているかと問われ、「谷崎、川端、井伏、それに、おそらくすこし漱石」[6] と明言している。もっともここでは小津や成瀬などの日本映画からの影響をむしろ強調しているのだが、イシグロは早くから日本文学の影響をある程度認めていたのである。そしてここでその名を最初に挙げている谷崎については、その後も幾度となく言及することになる。別のインタヴューでは同じく、日本文学や日本の文化からどのような影響を受けたのかと問われ、イシグロ自身このように述べている。

日本文学は英訳で求めるので、谷崎、川端、井伏など一世代前の作家を読んでいます。（中略）欧米では読者が興味を失うのを恐れて、プロットに大胆な趣向をこらしますが、日本の作品は、観客の退屈を恐れない。日々の暮らしを見つめて、物語は静かにゆっくりと展開し、時には沈黙の瞬間、絶妙の間があります。谷崎の『細雪』なども、そうですね。私はこうした日本の伝統に学んだと思う。(7)

このときイシグロはあえてその作品名を挙げるほど、とくに谷崎を意識していたと言うことができるだろう。

さらにこの記事が掲載された約四ヵ月後の一九九〇年四月二日に、アラン・ヴォルダとキム・ハージンガーによって行われたインタヴューで、イシグロはかなり饒舌に谷崎について語っている。(8)ここでハージンガーは、イシグロが「冷徹な正確さと繊細なタッチ」を持つ谷崎と、ほかのどの日本人作家よりも近いのではないかと指摘している。これに対しイシグロはまず『細雪』に言及し、次にそれを『武州公秘話』と対比させている。そしてイシグロはこの物語の概要をやや詳しく紹介しながら、谷崎がその長い作家活動のあいだに膨大な量の作品を産み出し、さまざまなスタイルで作品を書いており、それゆえ多くの側面を持った作家であると述べている。七九歳で死んだ谷崎を八〇代まで生きたと言うなど、一部正確でない言葉も見られるし、彼がこれら以外にどれほどの谷崎作品を読んだのかあきらかではないが、イシグロの谷崎に対する理解は概ね妥当と言うべきものである。

しかしここでイシグロは、もし自分自身が日本人の名前を持っていなかったら、誰も自分を日本の作家と比べたりはしないだろうと述べ、以前英国の批評家が自分を日本人作家と呼んだことに対して示したのと同じような、苛立ちを露にするのである。イシグロがインタヴューで次の言葉を発していたとき、彼の内心には穏やかならざるものがあったに違いない。

私はしばしばこうした種類のステレオタイプに対する、自分自身の個人的な領域のために論争し声を上げなければなりません。それがひどく片寄っているとは言いませんが、それなら自分がたやすく比べられる作家をほかに何十人も思い浮かべられます。私は自分が『細雪』の谷崎とひどく異なっているわけではないと思いますが、ほとんどだれにでも同じことが言えるのではないでしょうか――それがジョージ・エリオットであろうとヘンリー・ジェームズであろうとブロンテ姉妹であろうと。(9)

どうやら作家というものには類型化されることを嫌う傾向があるらしい。そしてまたこのイシグロの言葉に、ある否定しがたい強い調子を感じとることもできるだろう。そして彼の作品をことさら日本文学に引き比べて論じるのは、牽強付会かもしれない。しかし「それでも」と言うべきか、「だからこそ」と言うべきか、逆にイシグロがそのことを指摘されればされるほど必死で否定しようとする、彼の作品群にあるたしかな日本文化とのつながりを探ってみたいのである。そこにイシグロの作品を構成する、彼の作品に何か隠された要素が見出せるかもしれない。以下に論じるのは、イシグロの長編第三作、『日の名残り』を中心に、それをおもに谷崎の『文章読本』と対比することによって、この作品の文体とテーマに見られる日本的美学を考察しようとする試みである。

2　イシグロの文体と谷崎の『文章読本』

そのデビュー当初から、イシグロの作品が持つ大きな特徴の一つとして挙げられてきたのが、精緻で典雅な彼の文体であった。ペネロピ・ライブリーはイシグロの長編第一作、『遠い山なみの光』の書評のなかで、「その（イシグロの作品の）強みは会話や語りが強調されることなく、しかも奇妙に力強いすばらしい文体の質である[10]」と述べている。またこの作品を邦訳した小野寺健の表現を借りれば、その抑制された文章でもって、「内省的な心理を淡々と追求するときの、喜びと悲しみが微妙に溶け合っている独自の雰囲気に魅力を感じる[11]」がために、英国の読者はイシグロの作品を高く評価したのだろうということである。

このイシグロの文体を、コンピューター・プログラムを用いるなどして計量的、客観的に分析した興味深い論考がある。それによるとイシグロの文章は、「J・オースティンやディケンズの文章の長さと並び、重厚長大の特徴を備えた十九世紀の英国小説に見られる長さ[12]」でありながら、コンマやセミコロン、ハイフン、ダッシュ等、句読法上の特徴により、そのリーダビリティ指数は十代向けの雑誌並みに高く、長文でありながら読みやすさも兼ね備えたものであるという。そしてこのなかでイシグロの語彙に関しては、次のように述べられている。

イシグロ作品の語彙、言葉遣いは（中略）一方では特定の年齢層及び社会層には懐かしさを、また別の特定層には堅苦しさを感じさせる効果をもたらす。つまり、俗語、新語、流行語及び省略語は登場せず、ペダンティックな語彙もなく、普段に使う言葉でありながら、それは丁寧な言い方であり、階層的な背景を具現化した言葉遣いであり、さらには抽象的な観念語より実践的意味の確定した語彙、言葉遣いである。[13]

試みに『日の名残り』の冒頭近くから原文で一部引用してみよう。主人公の執事スティーヴンスが現在の主人でアメリカ人のファラディから、しばらく休暇をとって自動車旅行に出かけてみたらどうかと提案されるシーンである。

. . . I thus contend myself by saying simply:

"It has been my privilege to see the best of England over the years, sir, within these very walls."

Mr Farraday did not seem to understand this statement, for he merely went on: "I mean it, Stevens. It's wrong that a man can't get to see around his own country. Take my advice, get out the house for a few days."

As you might expect, I did not take Mr Farraday's suggestion at all seriously that afternoon, regarding it as just another instance of an American gentleman's unfamiliarity with what was and what was not commonly done in England.[14]

ここではたしかに難解で抽象的な語彙は見られず、平易で具体的な語が使われている。そしてアメリカ人の主人ファラディの言葉は、イギリス人の執事スティーヴンスのそれと見事に対置されている。ファラディの言葉が短文で省略形も多く用いられているのに対し、スティーヴンスは会話文でも語りの文でも一切省略形を用いず、それはまさに自分の地位を意識した、非常に丁寧で堅苦しささえ感じさせる言葉遣いと言えるだろう。また主人の申し出に対するその婉曲的な断り方は、ほとんど自分の本心を直接さらけ出そうとしない、この主人公の語りの特徴を如実に示している。

ここで参照してみたいのが谷崎潤一郎の『文章読本』である。昭和九年、イシグロが生まれるちょうど二〇年前に書かれたこの文は、日本人作家が書いたこの類のものとしては嚆矢とされており、全体を（一）文章とは何か、（二）文章の上達法、（三）文章の要素、の三つに分け、さらに用語や調子、文体、体裁等について、古今東西の多くの作品から例を引きながら詳細に解説したものである。そのなかの一節、「西洋の文章と日本の文章」で谷崎は、「全く系統を異にする二つの国の文章の間には、永久に喩ゆべからざる垣がある」[15]とし、明治以来日本人は西洋文の長所を取り入れるだけ取り入れたのであるから、「今日の場合は、彼の長所を取り入れることよりも、取り入れ過ぎたために生じた混乱を整理する方が、急務ではないかと思うのであります」（谷崎 一一六）と述べている。また日本語は語彙が貧弱で構造が不完全であるとしながらも、それは「我等の国民性がおしゃべりでない証拠」（谷崎 一一八）であり、日本人には寡言沈黙を貴ぶ性向があるとしている。谷崎が言うように日本が近代化していく過程で、外国語が翻訳されることによって日本語に多大な影響を与えていったわけであるが、今イシグロは逆に、まるで西洋文のなかに日本文の特性を取り入れようとしているかのようである。

日本で生まれ育ち、五歳でイギリスに渡ったイシグロにとって、英語は「すごく簡単」で「学んだという感覚はない」[16]そうだが、日本語については「五歳レベルで止まってしまいました。今でも両親とは私の拙い日本語で話しますけど、日本語の構造で、単語は英語になっちゃうんですよ」と述べている。イシグロの文体を考える場合、たとえばこうした彼の生い立ちや家庭環境、そして彼が影響を受けたと認める、小津の映画に見られる登場人物たちの控えめな話しぶりなども考慮に入れておいてよいだろう。そしてそのイシグロが英語で物語を紡ぐとき、それは谷崎が『文章読本』で述べる理想的な日本語と興味深い相関性を見せているのである。もっともイシグロが谷崎のこの文章を読んだ可能性はない。基本的にほとんど日本語を読めないイシグロが、英訳されていないこの作品を参照したはずはないからである。しかしここで述べられている谷崎の言葉は、驚くほどイシグロの文章の特徴を表している。たとえば三章「文章の要素」の一節、「用語について」のなかで谷崎は、分かりやすい語、使い慣れた古語を選ぶようにすること、と述べ、難しい成語や略語を避けるようにと読者を戒める。同じく三章中の一節「品格について」では饒舌を慎み、言葉遣いを粗略にせぬこと、敬語や尊称を疎かにせぬこと、と谷崎は続ける。これなどは『日の名残り』における語りの特徴をそのまま要約したかのようである。

これらのことを踏まえて、もう少し具体的にイシグロの文体を見てみよう。次に挙げるのはこの物語の語り手スティーヴンスが以前、当時の主人であったダーリントン卿から、友人の息子であるカーディナルが近く結婚するので、彼に「生命の神秘を教える仕事」を頼まれ、それを実行しようとする場面である。ここでスティーブンスは「ぶしつけではございますが」（イシグロ 一二八）と切り出しながらも、ただ折り目正しく自分たちを取り囲む庭園の鳥や植物などを描写するばかりで、一向に核心に触れられない。「あそこのガチョウをちょっとご覧ください。……ここには、ほかに花も草木もございます。もちろん、季節が季節でございますから、絢爛と咲き誇っているというわけにはまいりませんが、春の訪れとともに、この辺りには変化が生じてまいります。きわめて特殊な変化でございます」（イシグロ一二八）。しかしこれは谷崎が『文章読本』で、あまり物事の意味をはっきりさせようとせず、また「われわれは、生な現実をそのまま語ることを卑しむ」（谷崎 二二四）のであり、「言語とそれが表現する事柄との間に薄紙一と重の隔たりがあるのを、品がよいと感ずる」（谷崎 二二四）と述べるとき、奇妙なほどスティーヴンスの語りと同調してくるのである。もちろんこの場面におけるスティーヴンスの語りはむしろ、谷崎が理想とする文章の一種のパロディーであり、この作品全体を通して我々読者は、そのあまりにも謹厳実直で本心を明かそうとしない抑制された語りに、おかしみや悲しみを見出すのである。しかしその文体を作品のテーマと密接に連関させていったところに、イシグロの大きな文学的達成の一つがあるとみなすことができよう。では次章で「品格」ということに焦点を置き、その点を分析してみたい。

3　イシグロ作品のテーマと「品格」

この作品で主人公のスティーヴンスが自動車旅行中、しばしば自問するのが「品格」の問題であった。

彼は偉大な執事たるものすべからく品格を備えているべきである、という信念を持っており、執事としての自分の半生においてつねにこの「品格」を追い求めてきたのだが、翻ってこの問いかけは、自らの感情を押し殺し、執事としての職務にひたすら励んできた自分の人生にかろうじて矜持を保とうとする、厳しくも悲しい省察である。スティーヴンスはイギリスの田園風景のなかに、外国の風景がけっして持ちえない「品格」があると考え、それをあるいは「偉大さ」という言葉に置き換えることもできるだろうと思い巡らす。彼の定義によればそれは次のようになる。

私は、表面的なドラマやアクションのなさが、わが国の美しさを一味も二味も違うものにしているのだと思います。問題は、美しさのもつ落着きであり、慎ましさではありますまいか。イギリスの国土は、自分の美しさと偉大さをよく知っていて、大声で叫ぶ必要を認めません。これに比べ、アフリカやアメリカで見られる景観というものは、疑いもなく心を躍らせはいたしますが、その騒がしいほど声高な主張のため、見る者には、いささか劣るという感じを抱かせるのだと存じます。（イシグロ 四〇）

ここでイギリスの田園風景が持つ落ち着きや慎ましさを賛美するスティーヴンスは、それを「偉大な執事とは何か」という問題と関連させて、このように考えるのである。

執事はイギリスにしかおらず、ほかの国にいるのは、名称はどうであれ単なる召使だ、とはよく言われることです。私もそのとおりだと思います。大陸の人々が執事になれないのは、人種的に、イギリス民族ほど感情の抑制がきかないからです。大陸の諸民族――そして、ご賛成いただけると存じますが、ケルト人――は、一般に、感情が激した瞬間に自己の制御ができず、そのため、至極平穏な状況のもとでしか職業的あり方を維持できません。（イシグロ 六〇）

この排他的なまでの愛国心は、ほとんど帝国主義的な心性とも言うべきものである。しかしよく指摘されることであるが、(17) かつてイギリスがその領有権を持っていたスエズ運河のエジプトによる国有化という、まさにその英国の権威失墜を象徴的に示す一九五六年にこの物語の現時点が設定されていることを考えれば、また時代の遺物とも言うべき職業である執事のスティーヴンスがこの言葉を発していることを考えれば、これはむしろ滑稽なほど物悲しい古き良き大英帝国への挽歌である。ともあれスティーヴンスが考える偉大な執事とは、どんな苦境に立たされようとも決して慌てふためくことなく、つねに感情を制御できる人物ということになる。そしてそのような人物こそ品格を備えた偉大な執事である、と彼は考えるのである。

ここで再び谷崎の『文章読本』を引き合いに出してみたい。谷崎は「此の読本は始めから終わりまで、殆ど含蓄の一事を説いているのだと申してもよいのであります」（谷崎 二三八）と述べるのだが、それはつまりこの「含蓄について」の前節で詳述されている、「品格」とほぼ同義であると思われる。谷崎は品格ある文章を書くにはまず何よりもそれにふさわしい精神を滋養することが第一であると考え、その精神とは優雅の心を体得することに帰着する、と述べる。そしてその優雅の精神とは次のようなものであると説く。

此のわれわれの内気な性質、東洋人の謙譲の徳と云うものと、何かしら深い繋がりがあるところのものを指すのであります。と云う意味は、西洋にも謙譲と云う道徳がないことはありますまいが、彼等は自己の尊厳を主張し、他を押しのけても己の存在や特色を明らかにしようとする気風がある、従って運命に対し、自然や歴史の法則に対し、又、帝王とか、偉人とか、年長者とか、尊属とか云うものに対しても、われわれのやうに謙譲でなく、度を超えることを卑屈と考える、そこで、自己の思想や感情や観察等を述べるに方っても、内にあるものを悉く外へさらけ出して己の優越を示そうとし、そのために千言萬語を費やして猶足らないのを憂へるが如くでありますが、東洋人、日本人や史那人は昔からその反対でありました。（谷崎二一九—二二〇）

これはまさにけっして自己の意見を述べたりせず、ただひたすら主人に盲従してきたスティーヴンスの態度そのものである。彼の考える品格と、谷崎が日本語、ひいては日本人の美徳の一つと考える含蓄、つまり品格を保つこととはほとんど隔たりがない。この東洋人が持つ謙譲の徳を称える谷崎の主張は、『文章読本』とほぼ同じ時期に執筆され、一九七七年に "In Praise of Shadows" というタイトルでその英訳が世に出た「陰翳礼讃」の主旨に通低するものである。谷崎が「陰翳礼賛」で、「われわれは一概に光るものが嫌ひと云う訳ではないが、浅く冴えたものよりも、沈んだ翳りのあるものを好む」[18]と語り、『文章読本』の「含蓄について」という節で、「ほんたうに藝の上手な俳優は、喜怒哀楽の感情を現はしますのに、余り大袈裟な所作や表情をしないものであります」（谷崎 二四一）と述べるとき、それらは『日の名残り』においてスティーヴンスが語る「イギリスの国土は、自分の美しさと偉大さをよく知ってい て、大声で叫ぶ必要を認めません」（イシグロ 四〇）という言葉とも、その主旨においてはほとんど背馳するところがないと言えるだろう。

また谷崎は「含蓄について」の項で、「かう云ふ見地から現代の若い人たちの文章を見ますと、あらゆる点で云い過ぎ、書き過ぎ、しゃべり過ぎていることを痛切に感じるのでありますが、取り分け眼につくのは無駄な形容詞や副詞が多いことであります」（谷崎 二四一）と述べ、ある婦人雑誌の読者投稿覧からの引用であると断って悪文の実例というものを挙げ、懇切丁寧に添削しているのであるが、これなどもスティーヴンスがイギリスの田園風景を描写するその方法を見る場合に、興味深い関連が両者のあいだに認められる。

> 私が見たものは、なだらかに起伏しながら、どこまでもつづいている草地と畑でした。大地はゆるく上っては下り、畑は生け垣や立ち木で縁どられておりました。遠くの草地に点々と見えたものは、あれは羊だったのだと存じます。右手のはるかかなた、ほとんど地平線のあたりには、教会の四角い塔が立っていたような気がいたします。（イシグロ 三六）

バリー・ルイスがその書『カズオ・イシグロ』のなかでこの部分を引用し、「その描写はミニマリスト的であり、形容詞がそぎ落とされている[19]」と述べているように、谷崎をもってしてもこの箇所などは、それほどの訂正を施すことはできなかったかもしれない。ここでは控えめで「品格」を持つとされるイギリスの田園風景が、自らもそのようでありたいと考える主人公スティーヴンスの、抑制された無駄のない言葉でもって語られているのであり、テーマと文体の緊密な連関が認められることは言うまでもないだろう。

もちろん谷崎の主張するところと、イシグロの作品に見られるこれらの特質に多くの類似点があったとしても、それは単なる偶然であるとひとまずは考えるべきだろう。しかしアンソニー・スウェイトがイシグロのこの作品を評する文のなかで、「イシグロの作品には、どれほど彼がそれらを打ち消そうとしても、あきらかな（間接性といった）日本的特質がある」[20]と述べるように、そこにはやはり否定しがたい日本的感性というべきものが流れている。それは谷崎が『文章読本』や「陰翳礼賛」で称揚する、謙譲や含蓄、抑制といったものであり、そこにこの世代も違う日英の作家がともに「品格」を認めたのである。イシグロは日本の映画や英訳で読んだ谷崎のいくつかの作品などから、確実にこれらの日本的美意識を吸収していたに違いない。それともサルマン・ラシュディが、「イギリスと日本は、そのいくぶん異なった測り知れない表面の下では、おたがいそれほどかけ離れていないのかもしれない」[21]と述べ、イシグロの日本を舞台にした長編一、二作とイギリスを舞台にしたこの第三作に共通性を認めたように、日英の感性に実のところそれほどの隔たりはないと言うべきであろうか。

注

（1）『読売新聞』（一九八七年九月一四日夕刊）、七面。
（2）『朝日新聞』（一九八九年一一月二九日夕刊）、七面。
（3）ほかにもたとえば *Japan Times*（20 May, 1989）に John Haylock が、"An English Butler with a Japanese Work Ethic" という見出しを付けて、この作品の書評を掲載している。
（4）たとえば Sinclair, Clive. "The Land of the Rising Son." *Sunday Times Magazine.*（11 January, 1987）. 36-37.
（5）この段落での引用はすべて『週刊文春』（二〇〇一年一一月八日）一四四―一四八頁より。
（6）Mason, Gregory. "An Interview with Kazuo Ishiguro." *Contemporary Literature* 30:3（1989）: 336.
（7）『毎日新聞』（一九八九年一二月一日夕刊）、九面。
（8）Vorda, Allan. "Stuck on the Margins: An Interview with Kazuo Ishiguro." *Face to Face: Interviews with Contemporary Novelists.* Houston: Rice University Press, 1993. 1-35.
（9）前掲 Vorda 25.
（10）Lively, Penelope. "Backwards & Forwards: Recent Fiction." *Encounter* 58:6（1982）: 90.
（11）小野寺健『英国的経験』東京：筑摩書房、一九九八年、二〇四頁。
（12）山内啓子「カズオ・イシグロの文体――余韻と情感を生み出すイシグロ作品の特徴」富山太佳夫他編『テクストの地平』東京：英宝社、二〇〇五年、四九九頁。
（13）前掲山内五〇三頁。
（14）Ishiguro, Kazuo. *The Remains of the Day*. London: Faber & Faber, 1989. 4. 以下同書からの引用は括弧内に頁数のみ記すこととする。
（15）谷崎潤一郎『文章読本』（谷崎潤一郎全集第二一巻）東京：中央公論社、一九八三年、一一六頁。以下同書からの引用は括弧内に頁数のみ記すこととする。
（16）この箇所は前掲『週刊文春』より。

（17）たとえば Wong, Cynthia F. "Kazuo Ishiguro's *The Remains of the Day*." Brian W. Shaffer, ed. *A Companion to the British and Irish Novel: 1945-2000*. Oxford: Blackwell Publishing, 2005. 493-503.

（18）谷崎潤一郎「陰翳礼讃」（谷崎潤一郎全集第二〇巻）東京：中央公論社、一九八三年、五二七頁。

（19）Lewis, Barry. *Kazuo Ishiguro*. Manchester: Manchester University Press, 2000. 79.

（20）Thwaite, Anthony. "In Service." *London Review of Books*.（18 May, 1989）. 17.

（21）Rushdie, Salman. *Imaginary Homelands: Essays and Criticism 1981-1991*. London: Granta Books, 1992. 246.

第5章　他者との共生のためのレッスン

――『充たされざる者』を読む

イシグロの長編第四作『充たされざる者』[1]（一九九五）は、さまざまな意味で特異な小説である。それはフェイバー&フェイバー版の原書にして五三五ページ、二〇〇七年に早川書房から出版された翻訳文庫版[2]では九〇〇ページを超える。この圧倒的な分量だけでもかなりの注目に値するが、その内容はイシグロの先行作品を知る人々にとって、まさに意表を突く展開と言わざるをえないものとなっている。たとえばニック・レニスンはこの作品を評して次のように述べている。「イシグロの小説のなかではは み出し者――実際それはこう言ってもいいだろうが、過去十年間に主要な作家によって発表されたもっとも奇妙な小説の一つ――それが『充たされざる者』（一九九五）である」[3]。これはまた通常の小説作法からの意図的な逸脱に向けられた驚嘆でもあると思われるが、そうしたこの作家としては異例の技巧的側面と内容、分量ゆえに、本作品に対する評価は毀誉褒貶相半ばするものであった。

ジェームズ・ウッドは『ガーディアン』紙の書評でこの作品が、「それ自身の劣悪というカテゴリー」[4]を創り上げたと述べているし、アミット・チョウドゥリーも『ロンドン・レヴュー・オブ・ブックス』で、「この小説は失敗作である」[5]と断言している。哲学者のリチャード・ローティはイシグロが小説の地平を拡げたと主張するものの、「ときにただ書評家ができるのは、理解を示す困惑を見せることである」[6]と記し、彼自身の当惑をも表明している。しかしこれらの否定的な評価に対して、小説家アニタ・ブルックナーは、「真価を認められていないカズオ・イシグロの最新小説再考」と副題の付いた書評で次のように述べ、この作品を擁護している。「それはすばらしい達成である。その進行の論理はけっして迷いがない。読者がすぐに没頭してどうしようもなくなるのは、著者の優れた力量の証である」[7]。また『オブザーバー』紙は、過去二五年に発表されたイギリス小説の第三位に、サルマン・ラシュディの『真夜中の子供たち』（一九八一）などとともにこの小説を選んだ。[8] そしてこの作品は九五年のブッカー賞に再びノミネートされ、惜しくも連続受賞は逃したものの、イギリスでチェルトナム文学賞を受賞している。

本章はこのように批評家のあいだでも多くの当惑を引き起こした、時代も場所も不確かで、時間も空間も歪んだこの不可解な作品が、どのような背景から生まれたのかを考察する試みである。そこではインタヴュー等でのイシグロ自身の言葉を多用することになるだろう。しかしそれは作家と作品との関係をあまりにも密接に結び付けすぎているとの批判を招くかもしれない。イシグロ自身あるインタヴューで、「私には物事が直接伝記的に自分に近づきすぎるような部分に触れ始めると、想像力で作り上げようとするところがあります。ですから小説を書くということになると、私はそうしたことに正面から取り組むのをためらいます[9]」と述べるように、彼は作中にあまりにも多く自伝的要素が現れるのを好まないようである。しかしイシグロは別のインタヴューで、これとやや矛盾した発言をしている。「私はほとんどの作家が自分たちのある部分から書いていると思います。……彼らの多くがどこか深いところで解決されず、そして実際、それはおそらくあまりにも遅すぎて解決できない何かから書いているのだと思います。書くことは一種の慰めであり治療のようなものです[10]」。そしてイシグロは自分自身がまさにそうした、書くことが慰めであり癒しであるような人間の一人であると告白しているのである。さらに彼はそのような作家について、次のように述べている。

彼らの人生は以前どこかで壊れてしまった何かの上に築き上げられてきたのです――必ずしもトラウマではありませんが、でも何か、ある平衡が失われた――つまり、ある種のけっして治らないであろう傷を早くに負っているのです。……どこかの段階でこうした事はけっして癒すことはできない、けっして治すことはできないとわかりますが、それにもかかわらずこの作業の多くは、この傷を慰撫することなのです。彼らがやろうとしていることは、整理し直すことのできる、何らかの制御力をもつ想像の世界を作ることです。そしてたぶんそれは、たとえ想像のなかだけだとしても、壊れていることがわかっている経験のある領域と戯れんがためにそこに戻ろうという、何らかの方法なのです。(11)

つまりイシグロは自分自身、トラウマとまでは呼べないとしても、何らかの心の「傷」を負っており、たとえそれは完全に治癒することはないとしても、それをなだめるために創作を続けているのだと自己認識しているようである。

作品終盤において、登場人物の一人である酔漢の指揮者ブロツキーが奇跡の復活を遂げるべく、今一度タクトを振る。しかし彼は演奏途中に倒れ、そしてコンサートを成功させることによって目指した、別れた妻ミス・コリンズとの和解も失敗に終わってしまう。彼女はブロツキーに向かってこのように叫ぶ。

あなたはいつだって、あなたの唯一の恋人のところへ帰っていく。あの傷のところへ！　あなたの傷なんて、何も特別なものじゃありませんわ、ちっとも特別はものじゃありません。この町だけにだって、もっともっとひどい傷を持ってる人がたくさんいるのを、わたくしは存じています。……あなたの音楽はいつだって、あのばかばかしい小さな傷のこと。それ以上の何ものにもなり

ませんわ。とても奥深い何か、ほかの誰にとってもなにがしか価値あるものになど、決してなりません。(四九八―四九九)

ここにおいてはっきりと認められるように、イシグロは小説を書くことによって心の「傷」を慰撫しようとする自らの行為を客観的に眺め、それを自己批判しているように思われる。しかし彼はやはりその「傷」に語りかけずにはいられない人間なのであり、自分にとってそれは次のようなものであるかもしれないと述べている。「それはおそらく何かをやり遂げずに残したままであるという感覚と関係があるでしょう。あるいは私が送るべきだったのと違う種類の人生を送ってきた――つまり日本で成長して日本人にならずに、何か別の人間になってしまったという気持ちです」[12]。その「傷」とは五歳で祖国日本を離れ、イギリスに移住したという彼の生い立ちとけっして無関係ではないようである。もちろんある文学作品を、単にそれを書いた作家個人のものへと還元してしまうのは危険である。しかし作品はけっして完全には、それを生み出す人間から離れることはできないはずであり、廣野由美子の言を俟たずとも[13]、そのことが逆に作品解釈を豊かなものにするのであれば、伝記的批評もいまだ充分に有効な分析手段の一つと言えるだろう。

本論では以下のような展開で考察を進める。まず初めに作品執筆時の状況、特に前作の『日の名残り』出版に伴うプロモーション活動、ブックツアーの影響を考えてみたい。次にイシグロの伝記的事実との関連、つまり彼の生い立ちや経験が作品にどのように反映されているのかを検証する。最後にイシグロの前三作との関係において、彼がどのような内的必然性を持って本作を執筆したのかを、物語の舞台設定や技巧、主題などの側面から探ってみる。これらの考証を通じて、本作品のいくつかの謎やその現代的意義、イシグロの作家としての苦悩や展望があきらかにされるであろう。

1　ブックツアーの影響

物語は主人公である世界的に著名なピアニスト、ライダーがヨーロッパのとある街のホテルに到着するところから始まる。彼は街が主催する「木曜の夕べ」という催しでピアノリサイタルを行うことになっているのだが、それまでにもディナーパーティーに出席し、地元新聞のインタヴューを受け、ある市民団体の会合に招かれるなど（結局これには出席できないのであるが）、過密なスケジュールが彼を待ち構えている。さらにそれだけでなく、彼はこの街で出会うさまざまな人々が次々と持ち込んでくる、多くの私的・公的な要望にただ翻弄されていく。火曜日にこの街に到着したライダーは長いコンサートツアーの最中にあり、結局彼は「木曜の夕べ」でピアノを演奏することもなく、金曜の朝、物語は多くの問題を未解決のまま残して閉じることになる。その後ライダーはヘルシンキへと向かうことになっており、彼のツアーはさらにまだ続いていくのである。

このように物語のあらすじを簡単に追ってみるだけでも、ここにブックツアーの影響を認めることはさほど難しくないだろう。ピコ・アイヤーは『タイムズ文芸附録』に掲載された本作品の書評で、「実際、ときにこの本はちょうどブックツアーをしている誰かの、苦境にあるまごついた報告のように読める」[14]と述べているし、イシグロ自身もこの作品が「アメリカの〈ブック〉ツアー三週目について」[15]のものとして読めるだろうと語っている。一九八〇年代から始まったとされるこのブックツアーとは、出版社や書店が行う作品のプロモーション活動で、作家本人によれば「一冊本を出したら、一年半から二年ぐらい世界中を飛び回って自分の本のPRをしなきゃいけないんですよ。……八〇年代から、作家が書き手、営業マン、広報マンと、全部やらなくちゃならないように変貌したんです」ということである。[16]一九八二年に出版された長編第一作『遠い山なみの光』で英国王立文学協会賞を、一九八六年発表の第二作、『浮世の画家』でウィットブレッド賞を受賞したイシグロは、続く一九八九年出版の『日の名残り』でついに英国文壇最高の栄誉とされるブッカー賞を獲得する。こうして作家としての地位が確立し、作品が売れていくにしたがって、このブックツアーなどを含む執筆以外の部分で、イシグロが加速度的に多忙を極めていったであろうことは想像にかたくない。ピコ・アイヤーによればイシグロは、『日の名残り』の出版に伴って一八ヵ月をツアーに費やしたということであるし、[17]本作品出版の五年後に発表された長編第五作、『わたしたちが孤児だったころ』（二〇〇〇）に関しても、その出版の三ヵ月前から始めて、一年近くずっとプロモショーンを続けていたということである。[18]そこではたとえばさまざまなメディアの取材を受け、自作の朗読をし、対談を行い、読者からの質問を受けることになる。[19]それはコンサートツアーを行うピアニスト、ライダーの状況と酷似したものである。物語のなかで彼がつぶやく。「ホテルの部屋からまたホテルの部屋へ。知り合いに会うこともない。ほんとうに疲れますよ。いまだって、この町でたいへんな重圧がかかっている。この町の人たちのことです。明らかに、彼らはわたしに多大な期待をかけているらしい」（三八）。この言葉はツアーを続ける主人公の孤独感や疲労感、そして重圧感の吐露であり、また作者自身のそれでもあるだろう。

ところが実はイシグロ自身、「小説を書いているより、プロモーションの旅のほうが面白いこともたくさんあるんですよ」と語るように、[20]彼はこのツアーを楽しんでいるようである。イシグロは一九八三年、デビュー長編出版直後の弱冠二九歳にして、ノーベル賞を受賞したばかりのウィリアム・ゴールディングとともに、スペインでPRツアーを行ったそうである。そのときゴールディングは七二歳であったのだが、人前で自分の小説を朗読するのは初めてで、非常に神経質になっていたという。ところがイシグロは当時すでに朗読のベテランであったと、自分自身でこの思い出を語っている。それは作品のなかである男が「木曜の夕べ」において自作の詩を朗読し、聴衆の嘲りと非難を買う様子に戯画化されている。

しかしイシグロは先の引用の言葉に続けて、ツアー中でも「心の中では『ほんとは書いてなきゃいけないんだ』とか『書きたい』という思いもあるから複雑ですね」と述べている。物語のなかでライダーは、次々と降りかかる出来事のせいでリハーサルすらできない。そこで彼はついに怒りを爆発させ、この催しを企画する男にこのように叫ぶのである。「ホフマンさん、どうも急を要する事態だということがお分かりになっていないようだ。次から次に予想外の出来事が起きたせいで、わたしはもう何日も、ピアノに触る暇さえなかったんです。だからどうしても、できるだけ早急にその機会をつくっていただきたい」(三三六)。このようにライダーがさまざまな出来事に妨害されて、ピアノに触れることすらできないことから感じる焦燥は、ブックツアーに駆り出されて執筆に専念できないイシグロ自身の感情でもあると考えられる。

これは大手出版社から作品を発表する、イシグロほどの人気作家が甘受すべき運命とも言えるであろうが、もちろんここでは彼が英語で作品を発表しているという事実も無視できない。つまりイシグロがほかの言語、たとえば日本語で作品を執筆していたとしたら、やはりそれほどの混乱に巻き込まれることは考えにくいのである。本作品の主人公ライダーは作家ではなくピアニストであり、彼がコンサートで演奏しようと考えている曲の一つは、ヤマナカという架空の日本人作曲家の作品であるのだが、世界中を旅して回るライダー自身はイギリス人である。そしてその彼は、芸術家としての自分自身の活動が世界を救うことになると信じている。しかしそのようなイギリス文化の帝国主義的側面は、次のようにライダーが自分の息子とおぼしきボリスに向かって真剣に語りかけるとき、揶揄の対象となっていることに我々は気がつく。「わたしがこんな旅を続けなければならないのは、そう、いつめぐり合うか分からないからなんだ。つまりとても特別な、とても大事な旅――わたしだけでなくすべての人、この全世界のすべてに人たちにとっても、とてもとても大事な旅に」(二一七)。イシグロは彼のこの誇大妄想的な言葉でもって、英語で作品を発表し、ブックツアーを続ける小説家としての自分自身を風刺しているのではないだろうか。さらに、これは実現することはないのであるが、ライダーがコンサートの前に簡単なスピーチを行い、聴衆からの質問に電光掲示板を用いて答えることになっているという滑稽な設定などは、ワイ゠チュウ・シムが「出版業界の商品化傾向に対するイシグロの冷笑的な異議申し立ての方法[21]」であるといみじくも指摘しているように、現代の大量消費主義社会において、文学という芸術だけでなく、その作家自身をも商品化せざるをえない出版業界の現状に対する批判とも取れるであろう。

しかしそれはさらに、このような現代社会においてもいまだ芸術の力を信じようとする、作者のかすかな希望でもあるのかもしれない。

2　伝記的事実との関連

作品冒頭で主人公ライダーが街のホテルに到着したとき、彼はそのホテルのポーターであるグスタフに、自分の娘ゾフィーと孫のボリスに会ってもらいたいと頼まれる。それはグスタフ自身がある理由から彼女と何年も口を利いておらず、ライダーに和解のための橋渡しをしてほしいからだという。結局その願いを聞いて二人に会ったライダーは、なんとも不可解なことに、見ず知らずであったはずのこの親子が、自分の妻と息子であると理解し始めるのである。このやや奇妙な家族の原型は、イシグロ自身のそれにある程度求められるのである。

五歳まで長崎で暮らしていた彼は、当時のイシグロ家の様子を次のように述べている。「私は祖父母がほとんど自分の両親のようだったことを指摘しなければなりません。私たちは彼らと一緒に暮らしていましたから。父は私が生まれた頃あまり家にいませんでした。父は科学者としてアメリカやイギリスをたくさん旅していましたので、私が四歳になってやっと会ったぐらいなんです[22]」。イシグロの父は上海で生まれ育ち、海洋学者となった彼は戦後一時、イギリスの研究所で働いていたらしい。この引用にあるように、科学者としてアメリカやイギリスを旅し、長崎時代のイシグロ家にほとんど不在であった父の姿は、演奏旅行で世界を旅して回るライダー自身の姿と重なるものがある。科学者の彼は、伝統的な日本の父親像とはかなり異なり、昔から朝はゆっくりと起きてきて、何時間でもピアノを弾いているような、やや変わった父親であるとイシグロ自身語っている[23]。

その父親の奇矯さの一つは、英語があまり話せないのに話せると信じていたことであるという。それゆえ父の北海に関する研究が英国政府に認められて皆でイギリスに渡ってきた頃、家族の誰よりも英語を巧く身に付けたイシグロは、一家の通訳のような役割を担っていたらしい。「私は家族をお互いにまとめる責任を負っていました。私は家族がこの不慣れな状況に落ち着けるようにしたんです。両親がイギリス社会について知りたがったことはすべて、私に聞かなければなりませんでした[24]」。イシグロが六、七歳の頃に感じていたというこのあまりにも過大な責任感は、作品のなかで息子ボリスが想像する、一家に襲い掛かってくる街の悪党を、祖父のグスタフとともに退治するという空想の劇に投影されているのかもしれない。

またそこに見られるように、作中で少年ボリスは祖父と非常に緊密な関係を築いているのだが、それはイシグロ自身が日本にいた頃、「父が仕事で家を離れていた私の人生の最初の四年間、祖父は父のような存在だったんです[25]」と語るように、祖父が父親代わりの存在であったことが影響しているように思われる。しかしその祖父は一家がイギリスに移り住んで一〇年後に、彼らがともに暮らしていた長崎の家で亡くなってしまう。このことはイシグロにある種の罪悪感を引き起こし、苦い記憶として残っているようであり、作品中にもその影を落としている。物語のなかでグスタフが、重いスーツケースを持ち上げてテーブルの上で踊るという奇妙な「ポーター・ダンス」をしたあと、倒れてそのまま息を引き取るという場面がある。そのときライダーはコンサート前の慌しさゆえ臨終の場にいられないのだが、これはまた前作『日の名残り』において主人公の執事スティーヴンスが、彼自身非常に重要と考える会議に仕えていたため、自分の父の臨終に立ち会えないという場面を思い起こさせる。

そしてボリスがイシグロの子供時代を象徴する人物であったように、ライダーは成長した作家自身の姿でもある。(26)なによりもグスタフの臨終に立ち会えなかったのはライダー自身であり、そして前章で見たように、ブックツアーで世界中を飛び回り家庭に不在なのは、現在のイシグロの姿そのものであるのだから。若い頃は一時ロックミュージシャンを目指しながらも、その夢に敗れてのち作家として大成した彼は、科学者の父親とはまったく違う道を歩んできたにもかかわらず、図らずもと言うべきか、彼と同じく家庭に不在がちな父となってしまったのである。イシグロは『日の名残り』出版の三年後、一九九二年に妻ローナとのあいだに娘のナオミをもうけている。その頃にはこのブッカー賞受賞作のプロモーションも一段落し、一九九五年に発表された本作の執筆に専念していたと思われるが、そのとき一八ヵ月に及んだというあのブックツアーの記憶が思い起こされていたのではないだろうか。

またこの作品では主人公ライダーが奇妙な既視感をたびたび経験する。彼が作品冒頭で到着したホテルの部屋は、「その昔、イングランドとウェールズの境にあったおばの家で両親と一緒に二年間暮らしていたとき、自分が寝室として使っていた部屋」(一六)ではないかと描写されるし、さらに彼が息子のボリスと一緒に、以前住んでいたと思われる家に置き忘れたおもちゃの人形を取りに行ったとき、その部屋の一部は「両親と一緒に数ヵ月住んでいたマンチェスターの家の居間の後部にそっくり」(二一四)であると述べられている。この不可思議な感覚の描出には、一つにイシグロの次のような体験が働いているかもしれない。イギリスに着いてしばらくセミディタッチドの家に間借りしていた彼らは、その後両親が家を借り続けるよりも買うことに決め、幸運にもその建物の反対側の家が空いたため、イシグロが長じてからそちらに引っ越すことになる。それは彼にとって奇妙な経験であったという。「家具の配置も同じ、窓からの眺めでさえも同じ……それは私が両親を訪ねるときとても混乱することです。なぜなら頭のなかで、私が子供のころから覚えている家では、すべてがいつも正反対だからです[27]」。一見同じでありながら根本的に違う、この鏡像のような家屋の反転は、作中に見られる奇妙な空間のねじれへと転写されている。

この独特な空間感覚にはまた、幼くして日本からイギリスに渡ったイシグロの体験が作用していると も考えられる。彼はイギリスに住み始めてからもしばらくはすぐに帰国する予定で、『小学一年生』や『オバケのQ太郎』などの雑誌や漫画を祖父から送ってもらっていたという。その後一家の滞在は一年また一年と延び、イシグロは祖国から切り離されたまま、想像上の日本を心のなかに築き上げていくことになる。それから青年期にはしばらく日本への関心を失う彼であるが、「それが、二十一、二歳の頃にハタと、自分は幼少時代の思い出と雑誌や漫画を読んで創り上げた〝特別の日本〟を、日本だと錯覚しているんだと気がついた。それで、本当の日本を知りたいと、貪るように日本の文学を読んだり、映画を見るようになったんです[28]」と語っている。一九八九年には国際交流基金の招きで二九年ぶりに日本を訪れたイシグロであるが、その際に感じたさまざまな驚きをあるインタヴューで述べている[29]。それは幼少期の記憶と、イギリスに渡ってから漫画や雑誌を読んで創り上げた想像上の日本、そしてさらに青年期において日本の映画や文学から築き上げられたイメージ、それらが現実の日本と出会ったときに生じた既視感と違和感である。その感覚が創作におけるイシグロの空間概念に働きかけ、本作においてライダーが目の前のものや風景を眺めながらも、それが過去へと直接繋がっていくような特有の描写を生み出しているのではないかと思われる。

3　先行作品との関係から

一九八二年に発表されたイシグロの長編デビュー作、『遠い山なみの光』は戦後の長崎をそのおもな舞台とする物語であった。そして作者はその背景にぼんやりと原爆の影を浮かび上がらせている。こうした場所や時代の設定は、この作品に特別の意味を持たせた。それはほかでもない長崎生まれの日本人が原爆について言及したということであり、それをイギリスの批評家たちは敬意を持って厳粛に受け止めたのである。[30] もちろんイシグロが作品の舞台に長崎を選ぶこと自体は、彼自身が「私にとって、長崎が日本なんです。そしてそれは私が知っていた唯一の日本なんです――それは私の子供時代、幼い子供時代なんです」[31] と述べるように自然なことであるだろう。しかし戦後生まれのイシグロが作中にわずかながらも原爆を描きこむことには、無名の作家が自身を売り出していく戦略的な部分もあったかもしれない。[32]

そして続く一九八六年発表の第二作長編、『浮世の画家』では、日本のどこともしれない架空の街が舞台に設定されていた。このことの理由の一つをイシグロは次のように述べている。

西洋の読者にとって、長崎を持ちだすと彼らは原爆のことを考えます。それでこの小説ではどこにも原爆の場所がないんです。それに、おそらく私はだいたい忠実に長崎の目印となるものや地区に言及することもできたかもしれませんが、そうすれば単にもう一つの原爆についての本になっていたでしょうから、私はそうしたくなかったんです。[33]

しかしここでもう一つの原爆文学を避けたとはいえ、明確には限定されえないものの、作品の舞台はまだ日本のどこかであり、登場人物もすべて日本人であった。イシグロ自身「作家になったのも、この貴重な国をとどめておくためだった、といってよい[34]」と述べるように、ここにイシグロ個人の切実な思いと、作家としての真摯な態度もうかがわれるであろう。しかしその後イシグロの特質であるこの「日本性」は、イギリスの批評家たちによって過度に強調され、彼自身がこの言葉に苦しめられていくのである。

そこで一転してイシグロは、三作目の『日の名残り』において舞台をイギリスに移し、日本人をまったく登場させないことで、そうした日本的要素を一切排除することになる。それでもまだ主人公の執事スティーヴンスの硬直した職業倫理や控えめで省略の多い語りに、日本的美意識を見出すことは不可能ではないだろうが[35]、それにもましてイシグロを苛立たせるのは、彼自身「私が『日本』とよんだ場所に小説を設定した時も、西洋の読者は、私の本の中のなにか不思議なもの、特徴があるものはすべて日本的なものだと思ったようです。……だから私は自分の芸術的な功績が理解されていないと感じました[36]」と述べるように、作品の世界と外界の現実とをそのまま混同するような解釈であっただろう。

つまり、かろうじて現代ヨーロッパのどこかの街が舞台であるとわかるだけの本作品の設定は、あえて特定の時代や場所を避けた結果だったのである。そのことによってこの作品が、同様に舞台を曖昧にした第二作と同じく、掴み所のない印象を与えているのはたしかであるが、イシグロは国や時代をも不明確にすることによって、それよりもさらに茫漠としたイメージを生み出している。そのことはアミット・チョウドゥリーが「それは何ら識別できる文化的、社会的、あるいは歴史的な決定要素がない小説である（もちろんそれはどんな小説にとっても致命的である）」[37]と述べるように、本作品に対する批判対象の一つとなっている。しかしそれは作品の寓意的な側面を強調するためであり、またそのことは多くの批評家が指摘し、またイシグロ自身も大いに影響を受けたと語るカフカの、とりわけ『城』に通ずるものである。[38] しかしあの作品で主人公K.の来歴がほとんど不明であるのに対し、本作の主人公ライダーの過去は非常に奇妙な方法でかなりの部分があきらかにされていく。すでに述べたようにライダーと彼が出会う少年ボリスはともに、作者イシグロ自身の姿が投影されたものであった。つまりボリスはライダーの少年期の姿でもあるが、それ以外にもう一人重要な人物がいる。それはピアニストを目指す若きシュテファンであり、彼はライダーの青年期を表しているのだ。このような人物が主人公ライダーの過去を、物語の現在においてそのまま体現している。

イシグロによれば登場人物が人生を語るのに大きく二つの方法があるという。一つはディケンズの『デイヴィッド・カパーフィールド』のように、年代順に語っていくというものである。そしてもう一つは記憶やフラッシュバックを通じて語るというものであり、それはイシグロ自身が試してきたことである。しかし彼はデビュー長編『遠い山なみの光』を振り返って、「問題はフラッシュバックが、ある意味であまりにも鮮明であることです[39]」と自己批判していたのである。もちろんこのほかにも、登場人物の一人が他の人物の人生を語るという方法もあるだろうが、イシグロはこれらとは違う方法をずっと模索していたようである。

物語のこうした語り方は、私がしばらくのあいだずっと求めていたものでした。……私は誰かをただある風景のなかに登場させたかったんです。そこで彼は人々に会う。その人たちは文字通り彼自身の一部というわけではないのですが、彼の過去の反響であり、未来の先触れであり、そうなるかもしれないものについての不安の投影なんです[40]。

つまりこの作品では主人公ライダーを中心として、彼の出会うさまざまな人物が、その過去や未来、あるいはまたトラウマや将来の不安・恐れの象徴でもあるのだ。養老孟司も本作品に対する書評で指摘しているように[41]、こうした作品内の重層的な構造を読み取ることができなければ、この物語はまったく荒唐無稽なものに堕してしまうだろう。

それでもやはりこの作品が混沌とした印象を私たち読者に与えることは間違いない。それはイシグロがブッカー賞受賞後に、「私はこれまではチェホフ・小津スタイルで書いてきましたが、これからはもう少しドストエフスキー型の書き方を探りたいんです。これまでは控えめすぎたから、これからは構成や形式にあまりとらわれずに、もっと冒険をしてみるべきだと思うんです[42]」と語っていたことの一つの帰結であるだろう。しかしその違いは表面的なものにすぎず、むしろブライアン・シャファーが「イシグロの四つの小説は、著者の芸術的なヴィジョンの首尾一貫性と規範を示す、充分な類似性を共有している――信頼できない一人称の語り手、『記憶と願望を混ぜ合わせる』ことで自分自身を再編していく主人公たち、そして感情的・心理的側面の強調である」(43)と指摘するように、イシグロの作品群は互いに多くのものをあわせ持っている。それら物語の主人公は皆、心の奥深くに眠る不確かな遠い過去の記憶を手探りしながら、たとえば不安や願望から、意識的にあるいは無意識的にそれを歪曲して語る。それでもやはり自己の過ちに気付かざるをえないときが来るのであるが、彼らは何とかそれらと折り合いをつけて生きていく。そこに人間の弱さがあり、強さがあり、それを見つめる作者の厳しさと優しさがある。そしてイシグロが「ある程度それは自分の人生、そしてあるレヴェルでは私たちの人生のほとんどに対する、私の感じ方を反映しています。それはスケジュールを持たないある男の物語なんです」(44)と解説するとき、なるほど作品の混沌とは、我々現代人一般の状況でもあるかもしれないと納得できるし、その混沌としたライダーの人生、さらに現代人の置かれた複雑な状況を表すには、たしかにある程度の分量が必要だったに違いないと思わせられる。またライダーが異国の地でさまざまな人物に出会い、ほとんど理解不可能な慣習や出来事に翻弄され、ときには癇癪を起こしながらも何とかそれを受け入れ、かろうじて前に進んでいく姿は、忍耐と寛容の物語であり、異質な文化や他者との遭遇と共生の物語でもある。あるいはさらにその限界をも示しているのかもしれない。

作品の終わりでもまだ、結局ライダーは予定していたはずのピアノリサイタルを行うことすらできず、それを両親に見てもらうという希望も果たせない。さらに妻のゾフィーとその息子ボリスとの和解も失敗に終わったまま、物語は終結を迎えていく。多くの問題はほとんど解決されることもなく、ライダー自身も癒されることがない。彼は街を循環するトラムで出会った見知らぬ乗客から、「ああ、そうとも、この電車に乗っていれば、どこへでも行ける。……これはすばらしい電車さ」（五三三）と語りかけられる。ライダーとはその名が示唆するように、円環を描いて走り続けるこの「どこにでも行くことのできる素晴らしい」乗り物の乗客であり、それは人生そのものを表しているのかもしれない。またこの名前は別の二つの要素をあわせ持っている。[45] つまり“Ryder”とはこの混沌とした物語を書き進めてきた“writer”イシグロの姿であり、それを読み進んできた私たち“reader”の姿でもある。作家も読者も癒されることはなく、次の目的地に向かって旅立っていく。

注

（1）Ishiguro, Kazuo. *The Unconsoled*. London: Faber & Faber, 1995. 以下同書からの引用は括弧内に頁数のみ記すこととする。

（2）イシグロ、カズオ『充たされざる者』（古賀林幸訳）東京：早川書房、二〇〇七年。なお本書は一九九七年に中央公論社から刊行されたものを文庫化したものである。

（3）Rennison, Nick. *Contemporary British Novelists*. New York: Routledge, 2005. 92.

（4）Wood, James. “Ishiguro in the Underworld.” *Guardian.*（5 May, 1995）. 5.

（5）Chaudhuri, Amit. “Unlike Kafka.” *London Review of Books.*（8 June, 1995）. 31.

（6）Rorty, Richard. “Consolation Prize.” *Village Prize Literary Supplement.*（October, 1995）. 13.

（7）Brookner, Anita. “A Superb Achievement-A Reconsideration of Kazuo Ishiguro’s Unappreciated Latest Novel, *The Unconsoled.*” *Spectator.*（24 June, 1995）. 40-41.

（8）ちなみに第一位はJ.M. Coetzeeの*Disgrace*（1999）、第二位はMartin Amisの*Money*（1984）である。その他の結果は以下のＵＲＬを参照のこと。〈http://observer.guardian.co.uk/review/story/0,,1890228,00.html〉

（9）Wachtel, Eleanor. *More Writers & Company: New Conversations with CBC Radio's Eleanor Wachtel*. Toronto: Vintage Canada, 1997. 34.

（10）Vorda, Allan. "Stuck on the Margins: An Interview with Kazuo Ishiguro." *Face to Face: Interviews with Contemporary Novelists*. Houston: Rice University Press, 1993. 30.

（11）前掲 Wachtel 33-34.

（12）前掲 Wachtel 34.

（13）廣野由美子『批評理論入門『フランケンシュタイン』解剖講義』東京：中央公論新社、二〇〇五年、一二二頁。

（14）Iyer, Pico. "The Butler Didn't Do It, Again." *Times Literary Supplement*.（28 April, 1995）. 22.

（15）Tonkin, Boyd. "Artist of His Floating World." *Independent*.（1 April, 2000）. 9.

（16）阿川佐和子「阿川佐和子のこの人に会いたい――カズオ・イシグロ」『週刊文春』（二〇〇一年一一月八日）、一四八頁。

（17）前掲 Iyer 22.

（18）前掲阿川一四八頁。

（19）たとえば*Lannan Literary Videos 49: Kazuo Ishiguro*（Lannan, 1996）には、聴衆の前で本作品の一部を紹介し、その朗読を行ったあと、Pico Iyerと対談するイシグロの姿が収録されている。

（20）この部分と次の情報は前掲阿川一四八頁より。

（21）Sim, Wai-chew. *Globalization and Dislocation in the Novels of Kazuo Ishiguro*. New York: Edwin Mellen Press, 2006. 184.

（22）前掲 Wachtel 24.

（23）前掲阿川一四五―一四六頁。

（24）この部分の情報と引用は以下より。Mackenzie, Suzie. "Into the Real World." *Guardian*.（15 May, 1996）. 12.

（25）この部分の情報と引用は以下より。Mackenzie, Suzie. "Between Two Worlds." *Guardian Weekend*.（25 March, 2000）. 10.

（26）アミット・チョウドゥリーも「世界ツアーをしている音楽家としてのライダーの生活と、成功した作家としてのイシグロのそれとの類似はあきらかである」と述べている。前掲 Chaudhuri 31.

（27）前掲 Mackenzie（2000）13.

（28）この部分の情報と引用は前掲阿川一四六―一四七頁より。

（29）前掲 Vorda 4-6.

（30）Ishiguro, Kazuo. "I Became Profoundly Thankful for Having Been Born in Nagasaki." *Guardian.*（8 August, 1983）. 9.

（31）前掲 Wachtel 21.

（32）本書第一章参照。

（33）Mason, Gregory. "An Interview with Kazuo Ishiguro." *Contemporary Literature* 30:3（1989）: 340.

（34）「国境を越えた作家として――来日したブッカー賞受賞のカズオ・イシグロ氏に聞く」『毎日新聞』（一九八九年一二月一日夕刊）、九面。

（35）本書第四章参照。

（36）青木保「カズオ・イシグロ――英国文学の若き旗手」『中央公論』（一九九〇年三月号）、三〇四頁。

（37）前掲 Chaudhuri 30.

（38）向井敏「カフカに源を汲む文学的冒険」『毎日新聞』（一九九七年七月二七日）、九面。

（39）前掲 Mason 337.

（40）Steinberg, Sybil. "Kazuo Ishiguro: 'A Book About Our World.'" *Publishers Weekly.*（18 September, 1995）. 105.

（41）養老孟司「西洋語の重層的構造」『文学界』（一九九七年一一月号）、二五二―二五三頁。

（42）和田俊「カズオ・イシグロを読む――英ブッカー賞受賞作家ルーツをたどる長崎への旅」『朝日ジャーナル』（一九九〇年一月五日）、一〇四頁。

（43）Shaffer, Brian W. *Understanding Kazuo Ishiguro.* Columbia: University of South Carolina Press, 1998. 120.

（44）前掲 Wachtel 24.

（45）Mesher, D. "Kazuo Ishiguro." *The Dictionary of Literary Biography* 194. Merrit Moseley, ed. Detroit: Gale, 1998. 152.

第6章　カズオ・イシグロの作品に見られる母性への憧憬

――『わたしたちが孤児だったころ』を中心に

イシグロの長編第五作『わたしたちが孤児だったころ』（二〇〇〇）は、主人公クリストファー・バンクスによる親探しの物語である。この作品では彼が上海の租界で暮らしていた少年時代に、まず父が突然姿を消す。その後母も行方不明となり、孤児となったバンクスはイギリスの伯母のもとに引き取られるのだが、成長して探偵となった彼は両親の謎の失踪を調査すべく上海へと舞い戻る。そこでは成人となったバンクスが暮らすロンドンから、彼が幼少期を過ごした上海へと空間を言わば水平に移動させていくことが、時間を垂直に遡っていくことと重ねあわされていく。そして物語のおもな舞台となっている二〇世紀初頭の上海に存在した租界とは、作者自身「彼（バンクス）が上海へ戻るとき、我々はそれが本当の上海なのか、あるいは何か記憶と空想の混合物なのか、本当にわからなくなるんです[1]」と述べているように、それは主人公にとって守られた脆弱な子供時代のメタファーともなっているのだ。作品のなかでバンクスが語る。「何年もずっとイギリスで暮らしてきたけど、そこが自分の故郷だと感じたことは一度もないんだ。租界。あそこがいつも僕の故郷だった[2]」。それはまた作者イシグロ自身にとって、幼年期を過ごした故郷長崎の変形した姿だったのかもしれない。

この東洋と西洋が出会う場で、主人公はついに父や母の居場所をつきとめる。しかしこのあたりで物語は悪夢的様相を帯び始め、バンクスは両親救出のため単身乗り込んでいったその危険な住宅密集地域で傷ついた日本兵を助け、彼を旧知のアキラだと思い込む。イギリス人のバンクスが自己の半身であるかのような日本人の旧友と思しき人物と、手を取り合って進んでいくその荒廃したスラムとは、彼自身の荒れ果てた精神の内奥であるとも考えられる。出生外傷説を提唱した精神分析医ランクによれば、人間の根源的な衝動は出産によって分離した母親との再結合を目指すものであり、それは子宮内状態を理想とする退行、つまり母胎内回帰願望であるという。[3] バンクスの故郷である上海の租界を庇護された母の体内であるとするならば、こうして彼が意識の深層へと下降していくその衝動は、ただひたすらな母性への憧憬であったのではないだろうか。本章では「母を求める物語」としてこの作品を、イシグロの伝記的事実と時代的な背景から論じてみたい。

1　母性憧憬

カズオ・イシグロが一九八二年に『遠い山なみの光』で長編デビューしたとき、この物語の主人公に設定されていたのは悦子という女性であった。そのあまりにも落ち着いた筆致と二八歳というイシグロの実年齢との乖離に驚嘆の声も聞かれた。たとえばペネロピ・ライヴリーは『エンカウンター』誌上でこのように述べている。「第一作の小説として本書は注目に値する――その制御能力と無駄のなさはずっと経験豊かな作家の作品のようである」。[4] またそれだけでなく若い男性作家がそのデビュー作で、母である女性を語り手に選んだことにも少なからぬ意外性があったかもしれない。しかしその後イシグロは急速に母なる形象から遠ざかっていくのである。この長編出版直前に発表された短編「夕餉」において、主人公男性の母親は彼がカリフォルニアにいるあいだに亡くなっている。また第二作長編『浮世の画家』では主人公の画家、小野益次の妻は物語の現時点においてすでに他界したことになっている。もっとも主人公の回想のなかで妻は何度か登場するのであるが、それでも物語全体においてその存在はけっして大きくはない。さらに長編第三作『日の名残り』においては、主人公の執事スティーヴンスの父親は物語のなかで一定の位置を占めるのであるが、他方で母親は奇妙なまでに一切言及されることもないのである。ここにはある種の抑圧が働いていたのではないかと考えられる。イシグロは一作目で悦子という女性を語り手に選ぶことで、あまりにも「母」に近づきすぎたのであると仮定してみよう。意識的にあるいは無意識的にイシグロは作品のなかで母を求めながらも、そのことに対していわゆる去勢恐怖を抱き、それ以降は逆に母の描写が忌避されていったのではないだろうか。

しかしイシグロはこの第五作長編『わたしたちが孤児だったころ』で、再び母性への憧憬を露にしている。本作品においてまず確認しておかなければならないのは、物語のなかで主人公がただひたすらに母親一人を追い求めているということである。この物語では幾度も母の思い出が語られる。たとえば上海の租界でもひときわ目立つほどであったという母の美しさは、次のように描写されている。

> 母についてあちこち一緒に出かけるうちに、パブリック・ガーデンをそぞろ歩いていると見知らぬ人々が憧れのまなざしで母のほうを見たり、いつも土曜の朝にケーキを食べに行っていた南京路にあるイタリアン・カフェのウェイターたちから特別の扱いを受けることなどを、わたしは当然のことのように思うようになっていた。(九九)

恋人たちのランデブーを思わせるこの引用部分に見られるように、作品中で母親については人も羨むほどの美しい女性であったと語られ、つねに主人公バンクスの憧憬の対象であったことが記される。また彼女と過ごした幸福な時間はこのように想起されている。

母は家から出てくると、まだ歌を歌いながら、芝生に出てブランコに座る。わたしは庭の奥にある例の小山の上で母を待っていたのだが、母のほうに走っていって怒っている振りをする。「降りてよ、お母さん！　壊れちゃうよ！」わたしはブランコの前で腕を振り上げながらぴょんぴょん飛び跳ねる。「お母さんは大きすぎるよ！　ブランコが壊れちゃうよ！」母はわたしの姿も目に入らなければ声も聞こえない振りをして、ますます高くブランコをこいでいく。その間ずっと大声で「デイジー、デイジー、ギヴ・ミー・ユア・アンサー・ドゥ」などと歌いながら。（一〇九）

この箇所においては母との幸福な思い出が語られているだけではない。幼い男性の主人公が「降りて、お母さん！　壊れちゃうよ！　大きすぎるよ！」と叫ぶ頭上で、大声で歌を歌いながらますます勢いよくブランコをこぐ母の姿。イメージ・シンボル事典等を参照するまでもなく、「揺れること」に交接の象徴的意味を見出すことは比較的容易であり、[5]ここからある種の性的なイメージを抽出することも不可能ではないだろう。のちにバンクスが敬慕していたアンクル・フィリップが、彼の母に対して性的な欲望を抱いていたことを告白するのであるが、そこでは明確にバンクス自身の近親相姦願望が、他者に投影されていると考えられる。

この長編第五作ではたしかに、主人公バンクスが何十年も前に行方不明になった両親を探し出そうとするのだが、父の失踪に関しては原文にしてわずか一ページあまりでその謎が解かれている。バンクスはこの父の失跡を、当時の勤務先であった会社がアヘン貿易で利益を得ていたことに対し、彼が何らかの勇気ある抵抗を示したからだと考えていたが、(6) 父が行方不明になった原因はけっしてそのように英雄的なものではなかったのである。結局彼は倫理観の強すぎる妻との生活に疲れ愛人と駆け落ちをしたあと、すぐに病気で亡くなったことが判明する。それよりもバンクスの関心は、そして大方の読者の関心も、その後の母が行方不明になった原因に向けられることになるのである。

2 父性嫌悪

この理想化された母親の描写とは対照的に、成人した主人公が上海の租界で暮らしていた少年時代を回想するとき、特に注目しておきたいのは、そのなかで父の描写がかなり否定的な調子を帯びているということである。たとえば彼の姿は語り手バンクスの目から次のように描かれることになる。

父が朝食の席に現れて機嫌よく「おはよう、みんな!」と言って両手をぽんと叩いても、母は冷たく睨むだけだったとする。そのようなとき、父は自分の気まり悪さをとりつくろうようにわたしのほうを向いて、まだ同じ機嫌のいい声でこう訊く。「どうだい、パフィン? 昨夜は何かおもしろい夢でも見たか?」このような質問に対して、わたしは今までの経験から、あいまいな声を出して朝食を食べつづけていればいいことを知っていた。(七一)

ここでは十分に良好とは言えない父と母や自分との関係が示されているだけではなく、やはりこの父親自身について、存在感の薄い意志薄弱な男性という印象が読者に与えられていると言えるだろう。

他の作品でもイシグロが父を描写するとき、それは否定的な像となって表されることが多い。またイシグロはいくつかの作品において父親のいない、あるいは不在がちである家庭を度々描いている。こうした父の不在と否定的な父親像は、実のところ表裏一体の関係にあると思われる。ある家庭や親子の関係において父親が描かれないことで、逆にその存在が意識されるということもあるだろう。さらに作者は父の不在を示すことによって、その役割を放棄している父親を糾弾しているとも考えられる。

またこれらイシグロが描く父が不在の家族や否定的な父親像は、イシグロ自身の伝記的事実に大きく影響を受けているように思われるのである。あるインタヴューでイシグロは、長崎で過ごした幼少期における彼の家庭の様子を次のように述べている。

> 私たちは彼らと一緒に暮らしていましたから、祖父母がほとんど自分の両親のようだったことを指摘しなければなりません。父は私が生まれた頃あまり家にいませんでした。父は科学者としてアメリカやイギリスをたくさん旅していましたので、四歳になってやっと会ったぐらいなんです。ですから私の人生の最初の五年間、祖父は本当に父のような存在だったんです。(7)

このようにイシグロの父親は科学者として世界中を飛び回っており、幼年時代の彼の家庭には不在がちであったようだ。そしてその父の代わりを果たしたのがイシグロの祖父であった。その後イシグロが五歳になった一九六〇年に、海洋学者である父がイギリス政府に招かれ、長崎からイギリスに渡ったイシグロ家にとって、当初英国滞在は一時的なもので、数年も経てばまた帰国する予定であったという。しかし家族の滞在は次第に延びて、時の経過とともに祖父母も年老い、一家がイギリスに着いて一〇年ほどのちに、祖父は彼らが一緒に暮らしていた長崎の家で亡くなってしまう。イシグロはあるインタヴューで、正式に別れの挨拶もせずに祖父や彼らが象徴する日本そのものを置き去りにしてしまったことが、現在の自分にどのような意味を持たらしているのかと尋ねられ、こう答えている。「子供にとってこれはかなり無意識のレベルで現れると私は思います。それぐらいの歳ではさよならを言うといったようなことの責任について考えないものです。でも何かもっと深いレベルでそれは祖父母を裏切ってしまったような気持ち、おそらくある種の奇妙なうしろめたさを私に残したんです(8)」。ここに見られるように、それはイシグロにとって祖父を欺いたように感じられてしまう、罪悪感を伴う痛切な経験であったようだ。

イシグロに対しては父のような存在であったこの祖父と離れ離れになり、彼の臨終にも立ち会えなかったのは、父の仕事の関係でイギリスに移り住んだからだとも言える。あるいはまた捉え方次第では、父は長崎にいた頃の母や自分を置き去りにし、さらに一家をイギリスへ連れて行くことで、母や祖父たちとの蜜月時代を終結させた人物であると考えることもできるだろう。当然のことながらこのことを、幼少のイシグロが当時完全に理解していたかどうかは定かではない。しかしこれらのことが事後的に再構成され、イシグロの父に対する思いを、ほとんど無意識的なレヴェルで侵食していると考えるのもあながち不当ではないだろう。こうした感情がエディプス・コンプレックスと結託するとき、イシグロは母の敵として、また一面では祖父の敵として父に復讐を果たすことになったのではないだろうか。本作品における父親の病死はもちろん一種の父殺しであり、不貞を働くという過ちを犯した父には相当の処罰が下されたのである。つまりそれは母と結ばれるために同性の親を亡き者にするという、エディプス・コンプレックスのもっとも明白な表象でもある。

以上イシグロの伝記的な背景から作品の母性憧憬を考察してみたが、この小説ではさらに別の審級で母性が追求されているのである。

3 ヴィクトリア朝への回帰

イシグロの作品においてノスタルジーはつねに大きな要素であった。たとえば彼は長編第三作の『日の名残り』に関して次のように語っている。「『日の名残り』について言えば、この作品ではイギリスのノスタルジーの部分を表現したかった。古き良きイギリス、というものを小説の中で構築したかったんです。……あの作品で僕は過去の古き良きイギリスに浸っているところがあります[9]」。この長編第五作においても、バンクスが旧友だと信じ込んだ日本兵がこのように語る場面がある。「大事。とても大事だ。ノスタルジック。人はノスタルジックになるとき、思い出すんだ。子供だったころに住んでいた今よりもいい世界を。思い出して、いい世界がまた戻ってきてくれればと願う。だからとても大事なんだ」

（二六三）。しかしイギリスにおいて郷愁とは、容易に過去の帝国主義時代の記憶と結びつく。「いま帝国主義の過去について語ろうと、使用人や工場労働者であった大多数のイギリスの人々に基本的にもとづいていた、階級制度から生まれた安逸について語ろうと、そうした種類のノスタルジアは当然ながら、ぼんやりとして疑わしい種類の考えに対するノスタルジアとして攻撃されます[10]」。このようにイシグロ自身認めながら、それでも彼は「僕には間違った点が色々あると知りながら、古き良きイギリスという概念をとても愛しているところがあるんです[11]」と語るのである。このイシグロがこよなく愛する古き良きイギリスとは、あの偉大なる女王の時代、ヴィクトリア朝のそれであると考えられる。言うまでもなくこれは大英帝国が未曾有の繁栄を誇った時代であり、美徳、安定、啓蒙の進歩を具現化した時期でもあった。ヴィクトリア女王は、一八三七年から一九〇一年までの六三年間というその長き治世にわたって良妻賢母のイメージを確立し、女性の鑑として範を垂れた。

この時代を敬慕するイシグロ自身は以前、あるインタヴューで自分の文体を「私の自然な声」と呼んでいる。長編一、二作において彼は特に自分の文章について意識することもなく、ただ自分自身ができるだけ明晰であると考える方法で執筆していただけだというのだが、多くの評論家がとりわけ彼の文体に言及するのを目の当たりにして、初めてそのことを考えたという。それが作品として結実したのが、長編第三作『日の名残り』である。そのことについて作者自身は次のように述べている。「それは私が自分自身の文体について実際に意識し、そしてある程度までそれがどんなものであるのか、なぜそういうものであるのか、そしてどこから生まれてくるのかを理解しようとして書いた最初の本です[12]」。しかしここでイシグロは、自分の「自然な声」であるというその文体がどのようなもので、またどこからどのようにして生まれたのかということについては明言を避けている。もちろんそれは彼のやや特異な生い立ちや家庭環境、読書体験、教育等あらゆる事柄に関わり、容易に説明できるものではないだろう。

このイシグロの文体を、コンピューター・プログラムを用いるなどして計量的、客観的に分析した論考がある。それによるとイシグロのスタイルは、「一文あたりの平均語数がそれぞれ二四あるいは三〇、また叙述文のみのサンプルではさらに長い二八・三五という数値」を示し、これは「J・オースティンやディケンズの文章の長さと並び、重厚長大の特徴を備えた一九世紀の英国小説に見られる長さ(13)」であるという。続けてそのなかでイシグロの文章は、それにもかかわらずコンマやセミコロン、ハイフン、ダッシュ等、句読法上の特徴により、そのリーダビリティ指数は十代向けの雑誌並みに高く、長文でありながら読みやすさも兼ね備えたものであると観察されている。イシグロ自身影響を受けた作家としてチェーホフやドストエフスキー、カフカのほかに、ヴィクトリア朝期に活躍したブロンテ姉妹やディケンズなどの名前を挙げることが多い(14)。作家としてのイシグロ自身が、少なくともある一定程度にヴィクトリアンであることは首肯されよう。

この長編第五作では主人公バンクス自身が徹底的にヴィクトリア志向である。ロンドンに住む彼が自信を持って入念に選んだその住居には「ゆったりとしたヴィクトリア朝の雰囲気」(一〇)があるし、何よりも彼が追い求める母そのものがヴィクトリア朝の象徴でもある。一九二三年にケンブリッジを卒業したバンクスは、一九〇一、二年頃の生まれと考えられ、その母はおそらく一九世紀後半に生を受けたことになるであろう。彼女は家庭生活だけに飽き足らず、麻薬撲滅運動にも深く関わっているのであるが、それはヴィクトリア朝末期に登場したとされる「新しい女」の姿でもある。また彼が母を救出するために向かう上海の租界とは、イギリスが一八四五年に創設したもので、そこでは欧米居留民の生活・文化の基礎がすでに一八七〇年前後までに形成されており、当然本国ヴィクトリア朝の雰囲気が濃厚に反映されていたという(15)。そしてバンクスが母の写真を見て郷愁に浸るとき、まさに彼は「母のことを古いタイプの、ヴィクトリア朝風の美人だと思ってしまう。……母は優雅で、背筋をしゃんと伸ばし、高慢とさえ見えるほどだったが、その目のあたりにはわたしがよくおぼえている優しさをいつもたたえていた」(九九)とその姿を形容するのである。バンクスが求めたのは母と過ごした幸福な過去であり、その場所や母そのものが象徴するヴィクトリア朝のイギリスでもあったのではないだろうか。次章ではこの点をさらに本作品の執筆時期と時代設定から考察してみたい。

4　時代の意識

この作品はおもに前作『充たされざる者』出版の一九九五年以降に執筆されたと考えられる。そしてそれは二〇世紀最後の年である二〇〇〇年に出版された。そこにはやはり濃密に時代の意識が反映されていると言えるだろう。物語の舞台は大部分が二つの大戦に挟まれた不穏な一九三〇年代に設定され、日中戦争勃発前後の上海を背景に展開される。同じ頃スペインでは内乱が起こり、ドイツではナチズムが台頭し、世界では全体主義の嵐が吹き荒れていた。その後日本は第二次大戦へと突入し、一九四五年に広島とイシグロの故郷である長崎に原爆が投下されるのである。その状況は、一九八〇年代から一九九〇年代にかけてのイラン・イラク戦争や湾岸戦争を経て、本作品出版の翌年に起こったあの九・一一同時多発テロへ、そしてその後の泥沼化する中東情勢へと推移していった現代の様相と、規模の違いこそあれ、それほどかけ離れていないのではないだろうか。

このように現代作家が世界的な規模で考え、書くということが一つの傾向であり、そこにブックツアーの影響があるのではないかということをイシグロ自身が最近のインタヴューで語っている。[16] これは彼がデビューした一九八〇年代初めにはすでに始まっており、作家が新作を発表するとプロモーションのために世界中を駆け回るというものである。そこでは作品の朗読だけでなく、鋭敏なインタヴュアーや批評家からさまざまな質問を受け、作家は非常に自意識的になるという。イシグロはそのためにある種の自発性が創作において失われ、作家が一定の方向に押し流されるのではないかという危惧を抱きながらも、このブックツアーの影響をまったく否定的に捉えているわけではない。つまり現代の作家は世界中の読者を視野に入れて、現在の世界的な状況を考慮しながら作品を執筆する傾向にあり、それは地域的なテーマを限定された読者に向かって語りかける前世代の作家たちと比べて、必ずしも非難されるべきことではないのだと言う。

またこの物語がおもに展開される一九三〇年代のイギリスでは、アガサ・クリスティー（一八九〇―一九七六）やドロシー・セイヤーズ（一八九三―一九五七）といった作家たちの探偵小説が非常な人気を博した。それは彼女らの主要作品のほとんどがこの時期に発表されていることからもうかがえるであろう。その作品世界では、ある平穏で完結した世界に殺人などの事件が起こる。そのとき外部から探偵が現れ、犯人を探し出して事件は解決され、もとの秩序が取り戻される。現実には悪とはそれほど単純なものではないし、一人の探偵によって世界が元通りになるというわけでもないだろう。しかしそれらの小説が書かれ、実際に読まれたのが第一次大戦後であり、それはまた戦争のトラウマから立ち直ろうとする時代でもあった。そこには「イノセント」というような言葉だけで簡単に切り捨てられない、切実な時代の願望が見て取れるかもしれない。

本作品ではイシグロ自身が、「私はこういった方法でいまだに悪と対峙できるという考えを持っている、そんな探偵を現代の世界に解き放つイメージを持っていました[17]」と語るように、彼はそうした探偵小説の枠組みを参照している。しかしこれはブライアン・フィニーの形容を借りれば「古典的探偵小説というジャンルのパロディー的利用[18]」ということであり、この作品でイシグロはこうした探偵小説作家たちを揶揄しているとも考えられるのだ。本作の主人公バンクスは拡大鏡を片手に動乱の上海に乗り込み、彼自身の理想の追求と秩序の再建を目指す。彼は両親を救い出し事件を解決することが、世界全体の秩序を取り戻すことになると信じている。

このあまりにも無垢な子供のような夢想は、しかしながら、母と過ごした幸福な少年時代を取り戻したいというバンクス自身の切実な欲求であると同時に、作品の背景となっている、混迷の度合いを深めていく一九三〇年代のイギリスが求めたより良き過去の時代、偉大なる母の統治する安寧のヴィクトリア朝への痛切な回帰願望をも意味するかもしれない。この大いなる繁栄を誇りながら、さまざまな矛盾を抱えた「偽善的」で「お上品」な前世紀への反発が、特に一九二〇年代に見られたことは周知の事実であるが、ピーター・クラークによれば、すでに二〇世紀初頭エドワード七世の時代に、ヴィクトリア朝が「とかく立派さ端正さをもったものとして回顧されるようになった[19]」ということであるし、またエイザ・ブリッグスはその著『イングランド社会史』のなかで反動の一九二〇年代においてすら、ヴィクトリア朝的価値観が戦争によって失われたことを嘆くいくつかの証言があったことを記している。[20]

作家の一見自由な創作活動は、ほとんど無意識的にその生い立ちや時代からも影響を受けるはずである。つまり一九九〇年代という作品の執筆時期が、混迷を極める一九三〇年代の上海という物語の舞台設定を促したのであり、それはまたこの不穏な二つの時代が作者をして、より良い過去への郷愁を呼び覚ましたのではないだろうか。畢竟それはイシグロ自身の失われた過去とその記憶に結びつく母への追慕であり、さらに偉大なる母、女王の時代であったヴィクトリア朝への追慕でもあったのだ。

物語の最後でバンクスは母に会う。母は死んでいなかったのである。しかし凄惨な体験をした彼女は精神に異常をきたし、現在は香港のとある施設に収容されている。そして最後に彼は母親にこう語りかけるのである。

「お母さん」わたしはゆっくりと言った。「ぼくですよ。イギリスからやって来たんです。こんなに時間が経ってしまって、ほんとうにすみません。お母さんをひどい目にあわせてしまって、こんなにひどい目に。できるだけのことはやったんです。でも、結局、ぼくの力では及びませんでした。取り返しがつかないくらい遅くなってしまいました」わたしはいつのまにか泣き出していたにちがいない。母が顔を上げてじっとわたしを見つめていた。(三〇四―三〇五)

もちろんここで母は息子を認識できないのであるが、こうして長い年月のあと、父の死が判明し、彼は理想的なかたちではないとしても、ついに母親との再会を果たすのである。しかしながら母が中国のマフィアに売られ、その見返りとしてバンクスに相当の金銭が支払われていたという、ディケンズの『大いなる遺産』（一八六一）を髣髴とさせるような結末は、彼自身の人生の意味を根底から決定的に揺るがすほどの衝撃力を持っていたに違いない。またそのことと母を救出するのが遅すぎたがために、彼女が精神に錯乱をきたしていたという事実は、彼にとって痛烈な打撃を与える一種の象徴的去勢とも言えるであろう。結局バンクスは母をイギリスに連れて帰ることもないのであり、彼の母親との完全なる結合は最後の段階でまたもやかわされたのである。

作品の終わりでバンクスは次のように語る。「わたしたちのような者にとっては、消えてしまった両親の影を何年も追いかけている孤児のように世界に立ち向かうのが運命なのだ。最後まで使命を遂行しようとしながら、最善を尽くすより他ないのだ。そうするまで、わたしたちには心の平安は許されないのだから」（三一三）。その後二〇〇五年に出版された『わたしを離さないで』では、クローン人間である孤児とも言うべき主人公キャシーらが、登場人物の一人であるルースのオリジナルを探しに行く場面がある。彼女らがポシブルと呼ぶクローン複製のもとであるその女性は、言わば彼女らにとっての「母親」と呼べるであろう。イシグロの母性探求はいまだに続いているのである。

注

（1）Mudge, Alden. "Ishiguro Takes a Literary Approach to the Detective Novel." *First Person Book Page* (Sepember, 2000). 〈http://www.bookpage.com/0009bp/kazuo_ishiguro.html〉

（2）Ishiguro, Kazuo. *When We Were Orphans*. London: Faber & Faber, 2000. 256. 本論では以下の翻訳版を使用する。『わたしたちが孤児だったころ』（入江真佐子訳）東京：早川書房、二〇〇六年、四三一―四三二頁。以下同書からの引用は括弧内に頁数のみ記すこととする。

（3）妙木浩之『エディプス・コンプレックス論争』東京：講談社、二〇〇二年、一〇〇―一一二頁。

（4）Lively, Penelope. "Backwards & Forwards." *Encounter* 58:6 (1982): 90.

（5）アト・ド・フリース『イメージ・シンボル事典』（山下主一郎監訳、東京：大修館書店、一九八四年）には次のような記述がある。「swinging ゆれること……3 交接を意味し、豊穣を表す（男根を表す木の方向へ揺れる）。」（六二〇頁）しかしそれだけでなく、「ゆれること」には豊穣を促すため果樹に人形や女が生贄として吊るされたことのイメージがあるという。のちにバンクスの母がイギリス商社と中国マフィアの麻薬取引の、いわば生贄になったことを考えれば、この場面の象徴性はさらに別の意味をも含んでいると言えるだろう。

（6）実際に当時の上海ではほとんどすべての外国商社が麻薬を取引していたという。以下の記述を参照。「これらの外国商社は中国の生糸と茶を主要な取引商品としていたが、それよりも大きな利益が上がったのはアヘンであった。……上海においてアヘンを絶対に取り扱わない唯一の外国商社は、アメリカのウェットモア商会だけであるといわれていた。」高橋孝助・古廐忠夫編『上海史――巨大都市の形成と人々の営み』東京：東方書店、一九九五年、一〇八頁。

（7）Wachtel, Eleanor. "Kazuo Ishiguro." *More Writers & Company: New Conversations with CBC Radio's Eleanor Wachtel.* Toronto: Vintage Canada, 1997. 24.

（8）前掲 Wachtel 23-24.

（9）濱美雪「カズオ・イシグロ――A Long Way Home――もうひとつの丘へ」『スイッチ』第八巻六号（一九九一年一月

号）、八二頁。

（10）Shaikh, Nermeen. “Q & A: Asia Source Interview.” *Asia Source.*（2006）.〈http://www.asiasource.org/news/special_reports/ishiguro.cfm〉

（11）前掲濱八三頁。

（12）Vorda, Allan. “Stuck on the Margins: An Interview with Kazuo Ishiguro.” *Face to Face: Interviews with Contemporary Novelists.* Houston: Rice University Press, 1993. 18.

（13）山内啓子「カズオ・イシグロの文体――余韻と情感を生み出すイシグロ作品の特徴」石川慎一郎・加藤文彦・富山太佳夫編『テクストの地平――森晴秀教授古希記念論文集』東京：英宝社、二〇〇五年、四九九頁。

（14）たとえばあるインタヴューでイシグロは次のように語っている。「私は西洋の小説を読んで大きくなりました。ドストエフスキーやチェーホフ、シャーロット・ブロンテ、ディケンズなどです。」Mason, Gregory. “An Interview with Kazuo Ishiguro.” *Contemporary Literature* 30:3（1989）: 336.

（15）高橋・古廐編『上海史』には次のような記述が見られる。「上海租界における欧米居留民の生活・文化の基礎は、一八七〇年前後までに形成された。イギリス人の至るところ教会と競馬場ありといわれるが、上海についてもこれは当たっていた」（前掲高橋・古廐一一四頁）。また大里・孫編『中国における日本租界』では、一八七一年に撮られた漢口のイギリス租界の写真について次のような分析がある。「詳しく見ると、写真の真ん中の一棟の建物は、イギリスの一八世紀から一九世紀初期のジョージアン様式、他は一八三〇年代以降のヴィクトリアン様式が影響したもので、いずれも一八六〇、七〇年代に中国各地の租界に流行した様式であった。」大里浩秋・孫安石編『中国における日本租界――重慶・漢口・杭州・上海』（神奈川大学人文学研究叢書二二）東京：御茶の水書房、二〇〇六年、三一五頁。

（16）イシグロはブックツアーだけでなく、世界中の大学で隆盛している創作科も現代文学に大きな影響を及ぼしていると見ている。「私が思うに、世界中で爆発的に増えている創作のクラスと、それにブックツアーが現代の文学に影響を与えるであろう新しい事柄です。」Richards, Linda. “January Interview: Kazuo Ishiguro.” *January Magazine* 2 June 2000.〈http://www.januarymagazine.com/profiles/ishiguro.html〉

（17）Mackenzie, Suzie. “Between Two Worlds.” *Guardian.*（25 March, 2000）. 17.

(18) Finney, Brian. "Figuring the Real: Ishiguro's *When We Were Orphans*." *Jouvert: A Journal of Postcolonial Studies* 7:1. Raleigh: North Carolina State University, College of Humanities and Social Sciences. 2002. 30. 〈http://social.chass.ncsu.edu/jouvert/v7is1/con71.htm〉

(19) Clarke, Peter. *Hope and Glory: Britain 1900-1990*. London: Penguin Books, 1996. 33. ピーター・クラーク『イギリス現代史――1900―2000』（西沢保・市橋秀夫・椿健也・長谷川淳一他訳）名古屋：名古屋大学出版会、二〇〇四年、三三頁。

(20) ブリッグズの『イングランド社会史』では、第一次大戦前には名残りをとどめていたヴィクトリア時代的な道徳観のほとんどが消え去ってしまったことを嘆くジョン・ゴールズワージー（一八六七―一九三三）の一節と並んで、ある女性の大学出身者の言葉として次のような引用が見られる。「ヴィクトリア時代の家庭をつつんでいたあの確かな感覚、あの確かさゆえに男たちは高齢になっても息子の世代のために不動産を買い、ワインセラーをつくったものなのに、戦争はその感覚を粉々に打ち砕いてしまった。」Briggs, Asa. *A Social History of England*. London: Weidenfeld & Nicolson, 1983. 264. エイザ・ブリッグズ『イングランド社会史』（今井宏・中野春夫・中野香織訳）東京：筑摩書房、二〇〇四年、四一三―四一四頁。

第7章　カズオ・イシグロの日本表象

――川端康成との対比を通して

けっして多作ではないものの、これまでに発表した長編小説六作品のほとんどが高い評価を受けてきたイシグロであるが、彼はほかにもいくつかの優れた短編や映画、テレビドラマの脚本等を執筆している。そしてそれら長編以外にイシグロの作品として比較的人口に膾炙しているのが、最初期に発表された“A Family Supper”(1)という短編小説である。本章ではこの小編を取り上げ、まずその書誌的情報や先行研究を整理し、次にそれを川端康成の『山の音』(一九五四)と対比させながら、この短編におけるさまざまな設定や技法、モチーフの選択等を確認してみたい。本章の目的はそこで実証的に影響関係を指摘するのみならず、それらの作業を通じて、イシグロがどのように日本やその文化に対するイメージを意識的に、あるいは図らずも提示しているのかを考察することである。

1　書誌的情報と先行研究

この作品はまず、イシグロのデビュー長編『遠い山なみの光』発表の二年前である一九八〇年に、『クオーター・マガジン』という雑誌に発表され、その後一九八三年にペンギン社から出版された、『火の鳥2』という短編集に収録されている。(2)『タイムズ文芸附録』に掲載されたこのアンソロジーについての書評で、トーマス・サトクリフは数ある作品のなかからイシグロの本短編を取り上げ、それを「最高の物語の一つ」と形容し、この物語の特徴としてそれ以後つねに言及されることになる、テクスト内の曖昧性を早くもここで指摘している。(3)それから五年後にこの作品は、同じくペンギン社から刊行された『ペンギン版現代短編小説集』というアンソロジーに再録されている。これはイシグロがイースト・アングリア大学大学院の創作科で学んでいたときの師である、マルカム・ブラッドベリーが編纂したものである。その後も本作品は一九九九年に同社から出版された『物語という芸術――現代世界短編小説集』や、二〇〇一年ロングマン社発刊の『ロングマン短編集――コンテクストにおける物語と作家』、あるいは二〇〇二年同じくロングマン社出版の『文学――小説、詩、劇への入門』に収められるなど、今や小品ながら十分にイシグロの代表作の一つと見なされるものである。

日本では原作発表の直後に出淵博が「夕餉」というタイトルで、雑誌『すばる』にその翻訳を掲載している。その後集英社ギャラリー〈世界の文学五〉『イギリスⅣ』所収の、「イギリス現代短編集」というセクションにこの出淵博訳は再録される。最近でも本作は阿部公彦編集の『しみじみ読むイギリス・アイルランド文学』(二〇〇七)に、田尻芳樹の訳・解説で「ある家族の夕餉」というタイトルのもと収録されている。また平成一九年『國文学』一〇月臨時増刊号の「読んでおくべき/おすすめの短編小説50」という特集で、吉岡栄一がその一つとしてこの作品を挙げている。それらのほかに本作はその英語の平明さゆえ、深沢俊や照屋佳男、富士川義之等多くの編者によって、繰り返し大学生向け英語テキストとして取り上げられている。

これらのなかから本作品に対する訳者や編者、解説者の言葉をいくつか取り上げてみよう。まず深沢はこの作品を評して、「読了後も、しっとりとした余韻が残ることでも、作者の腕のよさを見せつけているようだ」(4)と述べている。また照屋は本作品を収録することが「編者の喜びとするところ」であり、「これは……英語で書かれているにもかかわらず、読者は日本の小説を読んでいるかのような錯覚を起こし、不思議な感動を味わう」[5]と記している。富士川は「会話の描写が巧みなことと、象徴的含意をもたせた古井戸の効果的な扱い方にもこの作家の並々ならぬ才能を感じさせる」[6]と、その技法や作者の文才を高く評価している。さらに田尻は「一度読むとなかなか忘れられず、時折ふと思い出される名短編である。日本人の心の原風景をうまく捉えているからだろう」[7]と本作を評している。しかしこれらはテクストの十分な分析とともに述べられたものではなく、限られた紙幅のなかでの簡単なコメントに過ぎないので、かなり主観的で印象的な評言になっていると言うべきだろう。

それら以外に研究の対象として、本格的にこの作品を扱ったものはそれほど多くない。これまで国外で出版されたイシグロに関する研究書でも、本短編に触れているものはわずかである。バリー・ルイスはその著『カズオ・イシグロ』（二〇〇〇）のなかで、長編第一作『遠い山なみの光』（一九八二）との関連で本作に言及し、物語を要約したあと、その開かれたエンディングと自殺や幽霊のモチーフが、両者の共通項であると述べている。[8]ワイ－チュウ・シムは『カズオ・イシグロの小説におけるグローバル化と転位』（二〇〇六）において、同じく第一作『遠い山なみの光』を分析する章の初めにこの作品を紹介し、そこで本質主義的な日本人に対するステレオタイプが巧みに利用されている点に、長編第一作と通底する部分を見て取っている。[9]

日本の研究者では、坂口明徳が「教えられ得る曖昧技法——カズオ・イシグロ『淡い山の眺め』（一九八二）」という論文のなかでこの短編に言及し、その伏線の張り方と緊張感を高める筆致の巧みさ、そしてそれに反する曖昧な結末の配置が長編第一作に通ずる技法であると指摘している。[10]そして大槻志郎が「**Kazuo Ishiguro** と薄暮の誘惑——**“A Family Supper”** の曖昧」で、もっぱら本作品を考察の対象にしているが、管見ではこの論考が現在までのところもっとも詳細に、本テクストの分析に取り組んだものである。大槻は物語の曖昧さが不可避的に生じさせるいくつかの読みの可能性を綿密に検証し、最終的にそれらの多様性が、「有り得たかもしれない別の人生」というイシグロ文学の主題を提示すべく機能しているのではないかと提言している。[11]

2 場面の設定・サスペンス

このようにその数は多くないものの、何名かの研究者が本作とイシグロの長編第一作との共通点を指摘しているのだが、そのデビュー長編はまた、川端康成の『山の音』(一九五四)と通底する要素をかなり保持していると思われる。[12] それゆえイシグロの短編も、川端の作品とある程度通ずる部分があると考えられるが、実は両者の関係は、そのデビュー長編と川端作品とのそれよりもさらに緊密であるように思われる。ここでは特に『山の音』[13]最終章「秋の魚」の第五節、この作品のまさに最後の場面と本作を対比させることで、イシグロの場面設定と技法の特徴を検証してみたい。

その川端作品最終節は次の文章で始まる。「その日曜の夕飯には、一家が七人そろつていた」(川端三七)。その「七人」とは主人公の尾形信吾とその妻保子、出もどりの娘房子とその二人の子供である里子と国子、さらにもう一組、信吾の息子修一とその妻菊子である。一方イシグロの作品に登場する主要な人物は語り手とその父、そして妹の三人だけであるが、まず両作品の登場人物名に付随的な部分ながら興味深い類似点が見られる。イシグロの短編に登場する妹は"Kikuko"と名づけられており、出淵博の訳では川端の登場人物と同じ「菊子」という漢字が当てられている。そしてその「菊子」には"Suichi"という恋人がいるのだが、これは「シュウイチ」の間違いではないかと見られ、出淵や田尻の訳ではともに『山の音』の「修一」と同じ漢字で表記されている。これらはもちろんまったくの偶然かもしれないが、その語り手や父の名前が示されないなど、かなり固有名詞の少ないイシグロの本短編にあって、やや目につく部分ではある。

次に両者の場面設定に注目してみたい。川端の当該箇所は「十月の朝」(川端 五一九)という言葉で始まる「秋の魚」と題された章に含まれており、また最後の場面で主人公の信吾が「どうだね、この次の日曜にみなで、田舎へもみぢ見に行かうと思ふんだが」(川端 五四〇)と言うように、季節は秋である。またその時間は「夕飯」の頃で、場所は信吾の家がある鎌倉ということになっている。イシグロの作品でも「空港から鎌倉に帰る車のなかで父がくわしい事情を教えてくれた。帰りついた頃には、明るく澄んだ秋の日も暮れかかっていた」(川端 四三四)という記述があるので、その時期や時間、場所の設定には共通点が見られる。ただしイシグロの短編では、その物語の進行自体はアメリカから帰国したと見られる語り手が、空港から父の運転する車で鎌倉の実家に帰るところから始まり、『山の音』最終節はいきなり夕食のシーンから始まるという相違点が見られる。しかし川端の作品でもその直前には父の信吾と息子の修一が、東京の勤め先から鎌倉まで電車で帰宅するという場面が置かれており、ここでもその展開に近似するところがある。

しかしこれらは比較的瑣末な共通項であると言うべきだろう。やはり両作品における最大の類似点はともに夕食の場面であり、しかもそこで魚が食されるということである。川端作品の最終場面で家族が食べる魚とは鮎のことである。それはもちろん一般的に夏が旬とされているが、ここでは信吾の妻保子が「大きい鮎ですね。もう今年のおしまいでしょうね」（川端 五三八）とつぶやき、信吾が「秋の鮎とか、落鮎とか、錆鮎とかいう季題があるね」（川端 五三八）と言うように、かなり時期の限定された特別な種類として明確に提示されている。イシグロの作品でも、"A Family Supper" というそのタイトルが示すとおり、「ある家族の夕餉」がおもな場面であり、そこで親子三人の食べる魚が重要な役割を果たしているいる。ところがこの魚が何であるかは明示されず、そのことが物語の大きな焦点の一つとなっていた。

作品冒頭にはその魚についての、次のような非常に客観的な記述が置かれている。「河豚は日本の太平洋沖で獲れる魚だ。……毒は河豚の性腺の二つのかよわい袋のなかに潜んでいる。……河豚にあたると猛烈に苦しみ、ほとんどの場合、助からない」（イシグロ 一一二五）。このような説明がされているのは、語り手の母がその毒にあたって死んだからということであるが、この部分が作品全体の調子を左右する大きな伏線となっている。その後、一七年間父の仕事のパートナーであった渡辺という人物が一家無理心中を図ったことが明かされ、親子三人での食事の場面となる。そこで父の作った魚料理を前にして語り手が「何です?」（イシグロ 一一三一）と尋ねるのだが、それに対して父はただ短く「魚さ」（イシグロ 一一三一）と返答し、それからもう一度語り手が同じ質問を繰り返しても、父は同じく「ただの魚さ」（イシグロ 一一三一）とそっけなく答えるだけである。大槻がこのシーンを取り上げ、「魚の名を問われてただ『魚』としか答えないのは、いささか奇異の念を与えずにはおかない[14]」と指摘するように、やはりその応答はやや不自然と言うべきである。つまりこの魚とは河豚であり、ここで父が渡辺と同様に一家心中を図ろうとしているのではないかという緊迫感が、一気に高まるのである。

他方、『山の音』の最終場面でこのように急激な緊張感の高まりは見られないが、そこでも食卓に出される魚が焦点化されていることに変わりはない。主人公の信吾がその「秋の鮎」とは「卵を産んで、疲れ切つて、見る影もなく容色が衰へて、ひょろひょろ海にくだる鮎のことだ」（川端 五三八）と説明すると、娘の房子がすかさず「私みたいね」（川端 五三八）と言う。その後さらに信吾が「今は身を水にまかすや秋の鮎、とか、死ぬことと知らで下るや瀬々の鮎、とかいふ昔の句があつてね。どうやら、わたしのことらしい」（川端 五三九）と続けると、妻の保子が「わたしのことですよ」（川端 五三九）と言うのである。ここで初老の夫婦が自らを秋の鮎に喩えるのは、一見何気ない会話のように思われるが、実はそこにはさらに象徴的な意味が込められている。

この小説のタイトルともなっている『山の音』とは、信吾が作品の冒頭近くで聞いたものであり、そのとき彼は「死期を告知されたのではないかと寒気がした」（川端 二四八）のであった。その後もこの物語では、信吾の死期が迫っているのではないかということがたびたび暗示されている。最終場面の直前でも、信吾がそれまで毎日のようにしていたはずのネクタイの結び方を急に忘れてしまう。それは信吾にとって「不意に自己の喪失か脱落が來たのかと不氣味だった」（川端 五二〇）のである。さらに妻の保子がネクタイを代わりに結んでいるときに、次のような瞬間が訪れる。「信吾は仰向かせられて、後頭部を壓迫してゐたせゐか、ふうつと氣が遠くなりかかつたとたんに、金色の雪煙が目ぶたのなかいつぱいに輝いた。大きい雪崩の雪煙が夕日を受けたのだ。どおうつと音も聞こえたやうだ。脳出血でも起こしたのかと、信吾はおどろいて目を開いた」（川端 五二一—五二二）。しかしその後、物語は読者の不安、あるいは期待を裏切って、何事もなく漸降法と言うべき調子で開かれた結末を迎えるのであるが、やはりその先には主人公信吾が遠からず死ぬのではないかということが、大きな可能性として残されるのである。この部分は初め「鳩の音」と題して発表されたのであるが、のちに「秋の魚」というタイトルに改められている。[15] そのことによって死にゆく魚である落鮎が焦点化され、主人公の死がより強く暗示されているように思われる。

このように河豚と秋の鮎はいずれも死と関連した魚であり、読者にそのことを連想させるという点では共通するものがある。またさまざまな伏線の配置などによるその緊張感の持続と、それを高める方法にも類似点が見出される。ただし直接死へと導く可能性のある河豚と、死のイメージを孕んだ秋の鮎とでは、それぞれの作品内での働きは大いに異なるだろう。また次の点にも注意を払っておいてよいかもしれない。これはもちろん作者川端とは一応無縁のことであるが、エドワード・サイデンステッカーによる『山の音』の英訳 *The Sound of the Mountain*（1970）において、「鮎」は単に "trout" と訳されており、それは英語で読む者にとって説明を要しない、違和感のない語が選択されていると言える。[16] しかしイシグロは西洋ではほとんどなじみのない "fugu" という語を冒頭から導入することによって、英語読者にとってある程度異質なものとして、意識的に日本文化を前景化しようとしているように思われる。[17]

3　ジェンダー表象

ここではイシグロの作品における語り手の設定を考察するために、川端の『山の音』終盤のある小さな場面を参照してみたい。

それは主人公の信吾があるとき電車で帰宅途中、前の席に座っていた日本人の青年と「肩までのシャツで、赤熊のやうに毛だらけの腕を出してゐた」「外人」に気が付くというものである。その男は英語を話し、「巨大」で「腹が出張つて、首も太く」、「恐ろしい顔つき」をしている。もう一人の日本人青年はその「大きい片腕を兩手で抱き、……あまえるやうに外人を見上げ」ていた。それを見て信吾は外人相手の男娼だろうかと思うのである。このホモセクシャルな関係と見られる二人は、同性ながらここで見事に対置されている。その「外人」の「血色のよさは、土色の青年のつかれをなほ目立たせた」のであり、さらに信吾はその「外人」を見て、「外國に來てその國の青年をしたがへてゐるのが、巨大な怪獣のやうに感じ」る[18]。

ここでこのように否定的な言葉で形容されている異邦の男が、アメリカ人であると即断することはできないのだが、この作品のほかの部分にはあからさまなかたちではないとしても、川端の戦争やアメリカに対する批判的な態度が随所に表れていた。たとえば物語中盤には、「信吾の學校仲間と言へば現在六十過ぎで、戰争の半ばから敗戰の後に、運命の轉落をしたものが少なくなかつた。……息子を戰争で死なせる年齢でもあつた」（川端 三五九）という記述が見られる。信吾は子供を戦争で失ってはいないものの、その息子修一は出征したあとすっかり人格が変わってしまっている。またある日信吾が勤めからいつもより早く帰宅したところ、「アメリカの軍用機が低く飛んで來た」（川端 四二六）ことがある。そのとき彼は娘房子の赤子を見て「この子は空襲を知らないんだね。戰争を知らない子供が、もういっぱい生まれてるんだね」（川端 四二七）とつぶやいた直後、その「赤んぼが飛行機に撃たれて、惨死してゐる」（川端 四二七）姿を想像するのである。先ほどの場面で、もしその男をアメリカ人であると考えるならば、彼は戦後の日本を統治・馴育していくアメリカそのものであり、その青年は飼い馴らされ弱体化し、女性化された痛ましい日本の姿であると捉えることができるだろう。ここに川端の潜在的で痛烈な、戦後のアメリカと日本に対する批判がうかがえる。

イシグロの短編「夕餉」は、前章で言及したように、語り手の男性が空港から父の運転する車で鎌倉の実家に戻ってくるところから始まる。そして作品の終わりでは父に、「きっとお前は間もなくアメリカに帰ってしまうのではないか」（イシグロ 一一三二）という言葉をかけられるように、彼は物語のメインプロット進行時点においてアメリカで暮らしていることがわかる。この語り手のみならず妹も、大学を卒業したら恋人の修一からアメリカに行こうと誘われているように、彼ら子供の世代はアメリカに強く引き寄せられている。しかしその父のアメリカに対する感情にはかなり否定的なものがあるようだ。息子である語り手に「もう一旗あげますか」（イシグロ 一一二六）と尋ねられた父は、「この頃の事業はすっかり変わったからねえ。外人との取引が増える。一切をあちらにあわせてやる。どんな具合にこうなったのかわたしにはわからない」（イシグロ 一一二六）と答える。父の会社は最近倒産し、長年仕事をともにしてきた渡辺なる人物がその後一家心中したのであるから、彼の胸中は穏やかではあるまい。ここで「外人」というのは、田尻も指摘するように、アメリカ人、少なくとも彼らを含むものであろうと考えられる(19)。

また父は「お母さんの死は事故ではないとわたしは信じているんだ。あれには山のように心配ごとがあったからな。それに失望もあったし」(イシグロ 一一三〇)と語ることで、数年前に亡くなった母の死が単なる事故ではなく自殺であったかもしれないことをほのめかし、「その親たちは子どもを失うだけじゃない。自分では何もわからないものに子どもを取られてしまうのだからな」(イシグロ 一一三〇)と続けて暗に息子を非難しているように思われる。語り手は以前、アメリカ人と思しき女性とカリフォルニアへ駆け落ちをしたと考えられるのだ。つまり父親は、日本を敗戦に追いやった戦勝国アメリカからやってきた女性に息子を奪われ、それが一因で自分の妻は自殺したと考えているらしい。そして彼の会社もアメリカの流儀に従わざるをえないことで立ちゆかなくなって倒産し、そのことで仲間の人物も命を絶ったということであれば、父のアメリカに対する思いは相当厳しいものであるに違いない。

ここでその語り手がともに駆け落ちしたと見られる女性を振り返ってみよう。彼女はラテン語で勝利を表すヴィクトリアの愛称ヴィッキーと呼ばれていた。それは戦争で勝利した強大なアメリカそのものの象徴であるかのように思われる。しかも彼女は日本に留まるのではなく、一面では語り手の日本人男性を、スペイン語で架空の「黄金の国」を意味する、カリフォルニアへと連れ去って行ったのである。しかし妹に「どうなったの? ほら、あの人」(イシグロ 一一二八)と尋ねられて、「もう済んじまったよ。……もうカリフォルニアには俺に残されてるものはないんだ」(イシグロ 一一二八)と語り手が答えているように、今ではその女性との関係がすっかり終わってしまったことが示される。その破局の理由まではあきらかにされないが、父に「きっと、アメリカを離れてきたことをもう後悔しているんじゃないか」（イシグロ 一一三〇）と言われて、「多少はね。でも大したことはありません。残してきたものがほとんどないんですから、ただ空になった部屋だけ」（イシグロ 一一三〇）と答える、強がっているように見える語り手の言葉には、逆に痛々しい響きが感じ取られるのではないだろうか。畢竟ここでは語り手の男性と恋人の女性のジェンダーが取り替えられている。戦争に勝った強いアメリカからやって来た女性が男性化され、敗戦国日本の弱い男性は女性化されている。そこに完全にパラレルではないとしても、川端作品に見られるホモセクシャルな二人との興味深い符合が見られる。

しかしここで注意しておかなければならないのは、イシグロがもしそのようなジェンダー表象とその転換を意識的に行なっているとすれば、このように解釈する我々のジェンダーに対する固定観念がそこで露呈させられているということでもある。あるいはイシグロがもしそのような描写を図らずも行なってしまっているとすれば、それはまた彼自身のジェンダーに関する固定的な意識がこの部分で曝け出されているということでもあるだろう。川端のやや紋切り型とも言えるジェンダー表象に対し、イシグロは自らの作品内で、そのことについてどれほど自覚的であったのだろうか。

4　自殺と心中のモチーフ

他方でイシグロは非常に意識的に、西洋人読者の日本人についてのあるステレオタイプを利用しているのである。それは自殺する民族という日本人に対するイメージである。このことについてイシグロ自身は次のように述べている。「この物語には基本的に大きな罠がありました。自殺する日本人についての西洋の読者の期待を利用したんです。それはけっして語られませんが、この人たちは一家心中をすると西洋の読者は考えるはずです。そしてもちろん彼らはそんなことはしません」[20]。このように彼はそのステレオタイプを本作品における物語展開の要としている。

だがもちろんこの日本人に対するイメージはまったく誤ったものとも言い切れず、日本には武士の切腹から歌舞伎や浄瑠璃の心中物、第二次大戦中の特攻隊など、史実と文芸の両面において、自殺や心中の文化が連綿と続いていることもまた事実である。川端の『山の音』もその一端を担っており、この作品のなかにもさまざまな自殺や心中が描かれている。初めは物語冒頭で主人公信吾がある芸者から、彼女自身が一人の大工と青酸加里を呑んで心中しかかったという話を聞く。これが一つの伏線となっており、物語中にはその後おびただしい自殺と心中が描写されていく。たとえば信吾の妻保子が読むある日の新聞記事には、老夫婦が遺書を残して死の旅に出たことが記されている。また物語後半では信吾の娘房子の夫が、別の女性と心中を図ったらしいことが述べられる。夫の相原という男は一命を取り止めるが、その女性は死んでしまう。さらにあるとき信吾が癌で入院している友人を見舞ったときに、その彼から青酸加里を手に入れてくれるよう頼まれる。男はたとえ実際に使わないとしても、「最後の自由」(川端　五〇二)としてそれを持っておきたいのだという。ほどなくして彼は死去するが、信吾はそれが自殺ではないかと疑うのである。またもう一つは厳密に自殺とは言えないが、息子修一の妻菊子と愛人の絹子が同時に懐妊したとき、菊子は夫への複雑な気持ちからか自らの意志で堕胎をする。それを知って信吾は修一を「それは菊子の、半ば自殺だぞ」(川端 四二三)と非難するのである。このように作品冒頭に置かれた心中の挿話から始まって、特に物語後半に頻出する死のイメージは、前章で言及した秋の鮎とともに、主人公信吾自身の死を不吉に予兆するものとなっている。

そして何よりも、川端自身が身をもって自殺する民族というイメージを体現したことは大きな事実である。周知のとおり彼はノーベル文学賞を受賞した四年後の一九七二年四月一六日、逗子の仕事部屋でガス自殺を図った。このことは海外のメディアでも報道されている。たとえばイギリスの『タイムズ』は川端の自殺の翌日、その第一面に通常の死亡記事欄とは別に、「日本のノーベル賞受賞作家自殺」[21]という見出しで彼の死を伝えている。しかしやはりこの記事においてもわざわざ言及されているように、その二年前の三島由紀夫の割腹自殺のほうがより衝撃的だったようだ。同じく『タイムズ』紙は一九七〇年一一月二六日、その自殺の翌日に第一面で、川端の死を伝える記事よりも数倍の紙面を割いて、『小説家腹切り自殺[22]』というタイトルのもと三島の死を伝えている。ここで注目したいのはその見出しに **"hara-kiri"** という単語が使われていることである。それは本文で **"ritual self disembowelment"** と言い直されているのであるが、やはり見出しではより簡潔で、イギリス人にとってより衝撃力があると思われる言葉を選んだのであろう。

このように日本文化に内在する自殺や心中という側面を、イギリスのメディアが好んで取り上げるということはたしかだろう。それはイシグロの作品中にも興味深いかたちで表されている。たとえば本短編と多くの要素を共有するイシグロの長編第一作『遠い山なみの光』では、語り手悦子の娘景子がイギリスで自殺をするのであるが、そのことを報じた新聞記事を思い出して、彼女は次のように述懐する。「イギリス人は、それ以上の説明はいらないとでもいわんばかりに、日本人には本能的な自殺願望があるという自分たちの見方に固執する。新聞はそれだけしか書かなかった。景子は日本人で、自室で首を吊ったということしか[23]」。ここでは日本人に対する自分たちの固定的な見方に拘泥する、イギリスの報道機関への苛立ちが示されている。また別の場面では、日本人の夫と離婚してイギリス人男性と結婚した悦子が、その二人目の夫について、「事実、夫にしても、日本についての立派な論説はいくつも書いているが、日本文化のいろいろな性格などはわかってはいないのだ[24]」と語る。彼は日本についての何らかの専門家であったと考えられるのだが、これはイギリスの言論界や国民の、日本人やその文化に対する無知や無理解への批判と言えるだろう。

しかしそのような点において、イシグロは非常に危うい隘路を進もうとしているように見受けられる。前章でも言及したように、この短編では冒頭で、父とともに一七年間仕事をしてきた渡辺という人物が、会社倒産後に自殺したことがその父親自身から明かされる。しかもそれが家族を巻き添えにした一家無理心中であったことが、のちに妹の口から次のように語られるのである。「家族全員を道連れにしたのよ。奥さんも二人の小さなお譲ちゃんも。……可愛らしい二人のお譲ちゃんよ。みんなが眠っている間にガス栓をあけて、それから肉切り包丁で切腹したわ」（イシグロ 一一二八）。妹によるこの川端と三島の死を想起させるような一家心中の説明に対し、「おやじは、渡辺さんは信念の人だと言っていた」（イシグロ 一一二八）と語り手は答えるのである。このようにイシグロは自殺と心中のイメージを巧みに利用して、それを作品内に散りばめ伏線とすることで物語のテンションを保っている。それは三島の死を伝えるイギリスの報道が、「腹切り」という言葉をその見出しに使うことで読者の注意を引こうとしているのと、軌を一にしているのではないだろうか。イシグロはあるインタヴューで、三島の死が西洋の日本人に対するステレオタイプを強化したのではないかと懸念し、このように語っている。「西洋の側には日本人を〔同じ〕人間として考えるのに抵抗があり、それは自分たちがほかの誰ともすごく違うんだと考えたがる日本人自身によっても強められています。両方ともこの神秘化に対して責任があります[25]」。つまりそこには日本と西洋の共犯関係が認められるというのだが、それならばイシグロ自身も、自分をその共犯者ではないと言い切れないのではないだろうか。

この短編がイシグロの代表作の一つと見なされているのは、もちろんその作品としての完成度の高さゆえであるだろう。しかしたとえば世界三五ヵ国七八作家の短編を集めたという『物語という芸術——現代世界短編小説集』に本編が収められていることなどは、やはりこれまでに見てきたように、イシグロがこの作品内でかなり意識的にさまざまな日本表象を利用しているからではないだろうか。田尻もそのことを次のように述べている。「イシグロは幼いときに日本を離れたので、終戦直後の日本を言わば人工的に再構築しようとしている。その人工性が、この習作的短編ではやや過剰に出ているかもしれない[26]」。それによってイシグロは、自分が対抗しようとしていたはずの日本に対するある種のステレオタイプを、三島と同じように強化してしまっているのかもしれない。

それでもこの作品に救いがあるとすれば、次の二点においてであるだろう。一つはさまざまな伏線の配置により、登場人物が心中しようとしているのではないかという読者の不安を煽りながらも、結局は何事もなく終わっていくアンチクライマックスの曖昧で開かれたエンディング[27]。そのことにより読者の予想が裏切られ、日本人に対するステレオタイプが脱臼させられていく。そしてもう一つは多様な価値観が並列されていること。たとえばアメリカに対しておそらくは否定的な感情を持つであろう父と、近い将来恋人と渡米することを考えている娘。一家心中した仕事仲間を「信念の人」と呼ぶ父親と、その行為を「へどが出そうだわ」（イシグロ 一二八）という言葉を発することで非難する娘。そこで世代間の対立が示されているのは言うまでもないが、それらに対して語り手は自分の意見を述べることなく、あくまでも中立的な立場から物事を冷徹に観察しているように思われる。つまりいずれの価値観にも与することなく、それぞれを客観的に相対化する視点を持ち合わせていること。それがイシグロの特筆すべき資質の一つであると言えるだろう。

注

（1）本論では次の版を参照する。*The Penguin Book of Modern British Short Stories.* Malcolm Bradbury, ed. Harmondsworth: Penguin, 1987. また引用は次の翻訳版を用いた。「夕餉」（出淵博訳）『集英社ギャラリー［世界の文学］五』東京：集英社、一九九〇年。以下同書からの引用は括弧内に著者名と頁数のみ記すこととする。

（2）シンシア・ウォンはその書『カズオ・イシグロ』のなかで、この作品が一九八一年クレイグ・グリーン編集の『クアトロ』という雑誌に発表されたとしている。また後出のダニエル・ハルパーン編纂『物語という芸術』の書誌情報には、「初出『クオーター・マガジン』著作権©カズオ・イシグロ」という記述が見られる。

（3）Sutcliffe, Thomas. "How to End It All." *Times Literary Supplement.*（April 15, 1983）. 374.

（4）深沢俊「はじめに」『カズオ・イシグロ秀作短編二編』東京：鶴見書店、一九九〇年。

（5）照屋佳男「はしがき」『過去・夢・現実――イギリス短編小説五編』東京：南雲堂、一九九〇年、iii。
（6）富士川義之・松村伸一『予言者の髪の毛・他』東京：英宝社、一九九四年、一三一頁。
（7）田尻芳樹「ある家族の夕餉・解説」阿部公彦編『しみじみ読むイギリス・アイルランド文学』東京：松柏社、二〇〇七年、九五頁。
（8）Lewis, Barry. *Kazuo Ishiguro*. Manchester: Manchester University Press, 2000. 27-28.
（9）Sim, Wai-chew. *Globalization and Dislocation in the Novels of Kazuo Ishiguro*. New York: Edwin Mellen Press, 2006. 40-42.
（10）坂口明徳「教えられ得る曖昧技法――カズオ・イシグロ『淡い山の眺め』（一九八二）」20世紀英文学研究会編『今日のイギリス小説』東京：金星堂、一九八九年、九〇―九一頁。
（11）大槻志郎「Kazuo Ishiguro と薄暮の誘惑――"A Family Supper" の曖昧」龍谷大学龍谷紀要編集会『龍谷紀要』第二二巻二号（二〇〇一年）、五三―六二頁。
（12）本書第二章参照。
（13）この作品からの引用は次の版を使用する。『川端康成全集』（第十二巻）東京：新潮社、一九八〇年。以下同書からの引用は括弧内に著者名と頁数のみ記すこととする。
（14）前掲大槻五六頁。
（15）「解題」『川端康成全集』（第一二巻）五四八頁。
（16）Kawabata, Yasunari. *The Sound of the Mountain*. Trans. Edward G. Sidensticker. New York: Vintage, 1996. 273. ただし初訳は本文中に記したとおり一九七〇年。
（17）大槻もこの部分に触れて、「イシグロの一般読者と目されるイギリス人の目には、まずエキゾチックな印象をもたらしたであろう」と述べている。前掲大槻五四頁。
（18）この部分の引用はすべて『川端康成全集』（第一二巻）五〇三―五〇四頁より。
（19）前掲田尻九四頁。
（20）Mason, Gregory. "An Interview with Kazuo Ishiguro."（1986）In *Conversations with Kazuo Ishiguro*. Brian W. Shaffer and Cynthia F. Wong, eds. Jackson: University Press of Mississippi, 2008. 10-11. ただしここでイシグロが「西洋の読者」や「日本の人々」という言葉を使って、それぞれの集団を一元的に捉えているのはやや気になるところではある。

（21）"Japanese Nobel Prize Winner Commits Suicide." *Times.*（17 April, 1972）. 1.

（22）"Novelist Commits Hara-Kiri." *Times.*（26 November, 1970）. 1.

（23）Ishiguro, Kazuo. *A Pale View of Hills*. London: Faber & Faber, 1982. 10.

（24）前掲 Ishiguro 90.

（25）Sexton, David "Interview: David Sexton Meets Kazuo Ishiguro."（1987）In *Conversations with Kazuo Ishiguro*. Brian W. Shaffer and Cynthia F. Wong, eds. Jackson: University Press of Mississippi, 2008. 31.

（26）前掲田尻九四頁。

（27）アダム・パークスもイシグロの長編第三作『日の名残り』を解説する書のなかで、そのことを次のように指摘している。「イシグロはこの修正作業を、読者にありきたりの自殺物語という予想を抱かせながら、そしてそれを描くことを静かに拒むことで行なっている。『夕餉』という短編は……この点を例証している」。Parkes, Adam. *Kazuo Ishiguro's The Remains of the Day*. New York: Continuum, 2001. 24.

第8章　「オリジナル」と「コピー」の対立

――『わたしを離さないで』を読む

フロイトが「不気味なもの」として定義したのは、「内密にして慣れ親しまれたもの、抑圧を経験しつつもその状態から回帰したもの[1]」ということであった。一九一九年に彼が発表した卓抜な文学論でもある、そのタイトルもまさに「不気味なもの」というエッセイからのこの一節は、その後多くの文脈で引用され、いくぶん手垢がついた観もあるかもしれない。しかしながらその発表から一世紀近くのちに出版されたイシグロの長編第六作、『わたしを離さないで』（二〇〇五）における語り手のクローンらが持つ性質を考える場合にも、この言葉はいまだ有効な視座を我々に与えてくれる。

本章ではこのフロイトの論考を手がかりに、「自己」と「他者」、「オリジナル」と「コピー」という言葉をキーワードとしてこの作品を読み解いてみたい。それはまた「本物」とは何かと問うことであり、「複製」という概念を再考する試みでもある。

1 「人間」と「そうでないもの」

この物語の語り手であるキャシーらは、ある一定の年齢に達するとその使命を果たすべく「提供」を始める、ただ臓器を生産するためだけに生み出されたクローンという新たな生命体である。それはいわば人間のコピーとでも言うべき存在なのであるが、それではまずこの「コピー」という語に着目し、それが持つ本質的な意味を考えることから本論を説き起こしてみたい。

この単語の語義としてまず注意しておくべきは、それが「原稿」や「手本」といった、「オリジナル」

の意味をも内包しているということである。坂部恵がある論考のなかで、オックスフォード英語辞典（OED）における"copy"の項目を参照し、この言葉の語義の変遷を分析して次のように述べている。「〈コピー〉の語が、……その〈原本〉、〈原稿〉までをも包括する意味を獲得したとき、そこから……〈手〉の痕跡が消滅し、今日の〈コピー文化〉やいわゆる〈大量消費時代〉、〈大衆社会〉等々の時代状況に通じる道が早くも整えられたのである」[2]。坂部はそれが起こった一五世紀終わり頃が、グーテンベルクによる印刷術発明の時期とほぼ符合し、またそれが近代社会胎動の時代にもあたるとし、このように続ける。「それは、いまや、いわば生命的意味を失いはて、個性的な顔も、手の痕跡も、（お望みならば、〈エクリチュール〉の〈痕跡〉も）失いはてて、むしろ、無機的、無生命的、無霊魂的等々と形容されるにふさわしい、単なる〈無名性〉と〈多数性〉の、何の中心も無く徹底して分散された多量の引き写しの空間と化した」[3]。ここに現出しているのはつまり、個性を失った多くの群集が蠢く現代社会の姿でもある。

そもそもこの物語でオリジナルとされる「通常」の人間自体、もとは「神の似姿」として創られた被造物ではなかったか。そしてその一種のコピーと言うべき人間から作られた、さらにそのコピーであるクローンが存在するこの物語世界には、見事なまでに宗教性が一切剥ぎ取られている。そこに神の姿は認められず、坂部の言葉を借りればそれは「〈一のない多〉」、「中心を欠いた分散の空間」である。

このような状況のなかにキャシーらクローンと、彼女らを管理し搾取する人間が置かれている。しかし両者は物語のなかで、けっしてその他大勢としての対等な関係ではなく、あきらかに対置され差異化されている。そこで次に問うてみたいのは、キャシーたちクローンがなぜ周囲の「オリジナル」な人間から区別されねばならないのか、ということである。物語のなかでこのような場面がある。キャシーらは幼い頃から育ったヘールシャムという場所を離れたあとしばらくのあいだ、外界の世界に慣れるため、郊外の施設で自分たちだけの共同生活を送ることになっている。そのときキャシーの親友ルースの「オリジナル」、つまり複製のもとらしき人物を見たという者が現れ、その真相を確かめるべく彼女らはノーフォークへと遠出する。それは物陰からひっそりとうかがうだけとはいえ、「オリジナル」と「コピー」が対面する緊迫した場面である。しかしここで取り上げたいのは、ルースとその「オリジナル」と思われた女性との関係ではない。それよりもむしろ興味深いのは、街の住民たちとキャシーらクローンとの関係である。

彼女らは仲間たち五人で固まって行動しても、誰からも怪しまれることはない。つまり外見上クローンは「普通」の人間とまったく同じなのだから、彼女らは自分たちからその正体を明かさない限り、クローンであると見破られることはないのである。彼女らがルースの「オリジナル」と思しき女性のあとをつけて一軒の画廊に入ったとき、そこの女性店主に話しかけられ、展示されている絵についての講釈を長々と聞くことになる。その後店を出たルースがこのように言うのである。「わたしたちの正体がわかっていたら、あの人、あんなふうに話しかけてくれたかしら(4)」。もちろん店主が彼女らの正体を知っていたなら、そのように話しかけるとは考えられないのである。

スティーヴン・ミルハウザーは一九九五年に発表した「レプリカたち」というエッセイのなかで、「オリジナル」と「コピー」の関係について、興味深い意見を述べていた。「複製は正確な模倣に到達しないわけにはいかないが、それと同時に、それ自身においてか、もしくはその背景において、複製としての本性を知らせる何らかの鍵を有していなければならない(5)」。ミルハウザーの言に従うなら、クローンは複製ではありえない。彼が言うようにもし複製が我々をだましきって、それをオリジナルな事物であると思わせてしまうとすれば、我々はもはやそれを複製として見ているのではなく、オリジナルとして見ていることになる。クローンが脅威であるとすれば、まさにこの点にあるのではないだろうか。

それについてさらに考えてみるために、鷲田清一が『じぶん・この不思議な存在』のなかで書き記していたある一節を参照してみたい。

わたしたちは、目の前にあるものを、それはなにであるかと解釈し、区分けしながら生きている。たとえば現実と非現実、じぶんとじぶんでないもの、……こうした区分けのしかたを他のひとたちと共有しているとき、わたしたちはじぶんを「ふつう」の人間だと感じる。そして、わたしたちが共有している意味の分割線を混乱させたり、不明にしたり、無視したりする存在に出会ったとき、……彼らを、別の世界に生きているひとというより、わたしたちと同じこの世界にいながら、「ふつう」でないひととみなしてしまう[6]。

クローンは「人間」と「そうでないもの」の意味の分割線を撹乱する、「ふつう」ではない異端分子である。そして我々がなぜそれほど意味の境界に固執しなければならないのかというと、それはさらに続けて鷲田が言うように、つねに我々が「何かである」、あるいは「何かでない」という方法でしか自分を感じ、理解することができないからだろう。そういう意味の分割のなかに上手く自分を挿入できないとき、人はいったい自分は誰なのかという、その存在の輪郭を失ってしまう。つまり、それほどまでに「私」とはもろく、不可解な存在であるということだ。イシグロの作品に登場するクローンたちは、不安定で儚く壊れやすい「普通の人間」である我々の存在を脅かす。

逆にクローンにとって「普通の人間」とは、自らの「異質性」を意識させる脅威である。ヘールシャムでの子供時代、ルースがある「実験」を思いつく。それは時折施設を訪れる、彼女らがマダムと呼ぶ女性が自分たちを恐れているはずであり、それを暴露するために物陰に潜んで彼女の前に不意を衝いて一斉に現れ、その反応を確かめようというものであった。計画はものの見事に成功する。

マダムが立ち止まったとき、わたしはちらりとその表情を盗み見ました。全員が同じことをしたはずです。そこに見た恐れとおののきが——うっかり触れられはしないかという嫌悪と、身震いを抑えようとする必死の努力が——今でも目の前に浮かびます。わたしたちはマダムの恐怖を全身で感じとり、そのまま歩きつづけました。日向から急に肌寒い日陰に入り込んだ感じがしました。ルースの言うとおり、マダムはわたしたちを恐れていました。蜘蛛嫌いな人が蜘蛛を恐れるように恐れていました。そして、その衝撃を受け止める心の準備が、わたしたちにはありませんでした。蜘蛛と同じに見られ、同じに扱われたらどんな感じがするか……計画時には夢想もしないことでしたから。（五八）

彼女らはここで自分たちの突然の出現に恐れ戦いたマダムと同じく、あるいはそれ以上に、彼女の目に映った自分たちの姿に戦慄を覚えるのである。キャシーはそのことを次のように表現する。「初めてその人々の目で自分を見つめる瞬間――それは体中から血の気が引く瞬間です。生まれてから毎日見慣れてきた鏡に、ある日突然、得体の知れない何か別の物が映し出されるのですから」(六〇)。彼女らは他者の目に映じた自己を、まさしくフロイトが定義した「不気味なもの」として、初めて認識したのである。のちにキャシーはこのときの、自分たちクローンと直面した際のマダムの反応に、逆に狼狽した自分の感情を思い起こしてこう語る。「いま振り返ると、そういう時期に差しかかっていたのだと思います。自分が誰で、保護官や外部の人間とどう違うかを少しは知りはじめていた時期。……ですから、わたしたちはそれと知らずに、きっとあの瞬間を待っていたのだと思います。自分が外の人間とはとてつもなく違うのだと、ほんとうにわかる瞬間を」(五九―六〇)。ここで注目しておきたいのは、キャシーが自己に向けられた他者のまなざしを内面化することによって、初めて自分が何者であるかを本当に理解しているということだ。クローンとは、生物学的に外見も内面も一般の人間と変らないはずなのだから、彼女らをそこから分かつのは一つに、普通の人間である周囲の者たちの意識ということになる。つまりキャシーの場合、自分をクローンとして恐れる、通常の人間である他者の意識を認識して初めて、彼女はほかとは異なるクローンとしての自己を確立したと言えるのだ。

2 「不気味なもの」

さてこれまでは、原理的な意味でオリジナルとされる人間と、そのコピーであるクローンとの関係を考えてみたが、次に作品内でクローンが持つ「不気味さ」について、異なった角度から具体的に考察してみたい。そこでフロイトのあの定義に戻ってみよう。「不気味なもの」＝「内密にして－慣れ親しまれたもの、抑圧を経験しつつもその状態から回帰したもの」というあの言葉である。

キャシーたちクローンが育てられたヘールシャムには、その名称に“sham”「偽もの」や「いんちき」を“hail”「歓迎する」という意味が読み取れるように、どこか偽善的で独善的な印象がつきまとうものの、それはクローンの生育環境改善という「高尚な」理念のもとに創られた施設であった。この運動前にはそれは次のようにみなされていたのである。「長い間、あなた方は日陰での生存を余儀なくされました。世間はなんとかあなた方のことを考えまいとしました。どうしても考えざるをえないときは、自分たちとは違うのだと思い込もうとしました。完全な人間ではない、だから問題にしなくていい……」（四〇一－四〇二）。つまり彼女らはクローン以外の一般の世界から隠蔽された「内密」な存在だったのである。たとえ施設を出て「介護」や「提供」を始めても、彼女たちの外見は「普通」の人間とまったく変わりないのだから、自ら素性を明かさない限り、その正体が露見することはない。この点でクローンはまた「慣れ親しまれたもの」でもある。

そして彼女たちの何が「抑圧」されているのかというと、それはまず第一に、文字通り彼女らの臓器が生身の身体中に隠されているということである。ミス・エミリーが語る。「あなた方の存在を知って少しは気がとがめても、それより自分の子供が、配偶者が、親が、友人が、癌や運動ニューロン病や心臓病で死なないことのほうが大事なのです」（四〇一）。そしてキャシーらが昔、自分たちを恐れているはずのマダムの反応を確かめるために、彼女の前に一斉に飛び出すというあの試みをしたあとで、逆にその反応を見て動揺したキャシーはこのように述べる。「外にはマダムのような人がいて、わたしたちを憎みもせず害しもしないけれど、目にするたびに『この子らはどう生まれ、なぜ生まれたか』を思って身震いする。すこしでも体が触れ合うことを恐怖する」(六〇)。キャシーたちクローンはあきらかに臓器を求める人間たちの欲望が具現化したものであるが、それはまた秘匿され、抑圧されるべきものなのである。なぜならそれらの器官は生身の身体から取り出す必要があり、その身体を持つクローンも生物学的には自分たちと同じ人間であるからだ。

ところが我々読者はこの物語世界に参入しても、キャシーたちクローンを「不気味なもの」としてみなすことは少ないだろう。それは一つにこの物語がキャシーたちクローンであるキャシー自身による一人称の語りであり、彼女の視点から語られているからである。キャシーらがクローンであると確信したときには、我々はむしろそのクローンである彼女らに共感し、周囲の人間たちのほうをこそ不気味であると感じる。たとえば彼女らを恐れていたマダムは、「背が高く、ほっそりして、ショートヘア。おそらく、とても若かったはずですが、当時は誰もマダムを若い女性などと考えませんでした。いつも灰色のスーツを隙なく着こなし、冷ややかな視線でわたしたちを遠ざけ、もちろん口などきいてくれません」(五四)というふうに述べられている。我々がまったく隙のないこの冷淡な女性に、深く感情移入することは困難である。

そしてそれよりもさらに不気味なものは、この虚構世界そのものである。作品は第一部の前に「一九九〇年代末、イギリス」と記されており、物語の現在時点において三一歳のキャシーがおもに十代の頃について語り始めるわけだから、その回想シーンはおそらく一九七〇年から一九八〇年代ごろになるだろうと考えられる。物語のもう少し大きな枠組みは、キャシーらが会いに行ったミス・エミリーの口から次のように語られている。

戦後、五〇年代初期に次から次へ科学上の大きな発見がありました。あまりに速すぎて、その意味するところを考える暇も、当然の疑問を発する余裕もなかったのですよ。突然、目の前にさまざまな可能性が出現し、それまで不治とされていた病にも治癒の希望が出てきました。世界中の目がその点だけに集中し、誰もが欲しいと思ったのですね。でも、そういう治療に使われる臓器はどこから？　真空に育ち、無から生まれる……と人々は信じた、というか、まあ、信じたがったわけです。（四〇一）

これはイギリスで世界初のクローン羊ドリーが誕生したのが一九九六年であることを考えると、我々読者が住む現実の世界を半世紀以上も、いやおそらくは永遠に先取りした一種のパラレルワールドである。キース・マクドナルドは、その想像された過去が、我々の未来に対する不安というよりもむしろ、現代社会の抱えるジレンマを鋭く照射していると言う。[7]つまりそのとき読者が理解するのは、イシグロのいびつな虚構世界を支える倫理が、自分自身のものでもあるかもしれないということだろう。あるいはそれをさらにマーヴィン・マースキーの言葉を借りてパラフレーズすれば、臓器移植という目的のために新たな人種、もしくは階級とも言うべきものを生み出すキャシーの存在する世界そのものが、社会的に承認され組織された巨大な処刑・殺人のシステムとして把握しうるということだ。[8]そしてついに読者はこの作品世界に、そして自身の暗い欲望に深く戦慄を覚え、それを真に不気味なものとみなすのではないだろうか。

3 「私」という物語

それでは最後に、この作品の大きなテーマの一つ、コピーであるそれぞれのクローンが持つ一回性、あるいはオリジナリティーということについて考えてみたい。この物語のなかでこのような出来事がある。語り手のキャシーはヘールシャムにいた頃、自分が大切にしていたカセットテープを失くしてしまう。それは架空のアーティスト、ジュディ・ブリッジウォーターによる、この作品のタイトルともなっている「わたしを離さないで」という曲が入ったアルバムだ。彼女らは施設で月に一回開かれる「販売会」でそれらの品物を手に入れ、それぞれの「コレクション」として大切に「宝箱」にしまっている。このカセットテープに録音された音楽は、言うまでもなく複製技術によって大量生産されたものである。しかし外界から隔絶されたヘールシャムに住む彼女らにとって、そのほとんどの品物は一つ限りしかない貴重なものなのである。そこでは「生徒」と呼ばれるクローンたちを含めて、逆説的ながら、すべてがオリジナルな存在なのだ。

しかし外の世界ではもちろん事情は異なる。のちにキャシーの親友ルースのオリジナル探しの旅が失敗に終わったとき、キャシーのよき理解者でその後彼女の恋人となるトミーが、その失くしたカセットのことを思い出し、旅の残りの時間を使って二人でそれを探しに行こうと提案する。そのときのことをキャシーはこのように述懐する。「わたしのなくしたテープを探しにいこうと決めた瞬間、突然、すべての雲が吹き払われ、あとに楽しさと笑いだけが残った」(二六四)。それから二人はノーフォークの街を限なく探し、ついにそのカセットテープを見つけるのだ。それはほとんど奇跡的なことであるが、当然ヘールシャムの外の世界ではあらゆる量産品は複数存在するのだから、クローンのオリジナルが存在しうるように、このような事態も十分起こりうるはずである。

そしてここに複製技術によって量産されたカセットテープと、生殖技術によって作られた、それを探すキャシーやトミーたちクローンのあいだに興味深いアナロジーが発生する。そのカセットはヘールシャムという世界では唯一のオリジナルな存在であったが、キャシーが見つけたものはもちろん、同種の数ある量産品の一つに過ぎないはずだ。ところがここで彼女自身が「わたしのなくしたテープを探しにいこうと決めた」と言うように、あたかもそれは彼女が以前失くしたテープそのものであるかのように扱われている。テープを見つけたとき、トミーは「同じものだと思うか。つまりさ、君がなくしたやつそのものなのかな」(二六六)とキャシーに尋ねる。それに対して彼女は「そうであっても驚かないけど」(二六六)と答えるのである。

ヴァルター・ベンヤミンは、一九三六年に発表したあの「複製技術時代における芸術作品」でこのように述べていた。「芸術作品は、それが存在する場所に、一回限り存在するものなのだけれども、この特性、いま、ここに在るという特性が、複製には欠けているのだ」[9]。しかし前述の場面はまるで、このカセットテープが世界にいま、ここに一つしか存在しないのだと主張することによって、ベンヤミンの言葉に反駁しているかのようだ。ベンヤミンが言うように「いま、ここに在るという事実」が、オリジナルの「その真正性の概念を形成する」のだとすれば、ここでのカセットテープはまさしくオリジナルな存在である。キャシーはその探していたカセットテープが見つかった瞬間の自分の気持ちを、次のように表している。

それまで、珍しいものがあるたびに歓声をあげていたわたしが、なぜかそのときだけは声が出ませんでした。……何かの間違いであってほしい、とさえ思いました。テープ探しという口実があったからこそ、この楽しい時間があります。見つけてしまっては、それももう終わりではありませんか。……でも、カセットをつまみあげ、両手に包み込んだ瞬間、大きな大きな喜びが湧いてきました。そして、ほかにもう一つ、もっと複雑な、わっと泣き出しそうな感情も……。（二六五）

ここではあたかも彼女の探していたテープに収録されていた曲が、そのリフレインでもって持ち主に「わたしを離さないで」と哀願しているかのように、彼女自身もその大切なものに対して、愛する人に対して、そして自分が存在する世界そのものに対して、「わたしを離さないで」と訴えかけているようである。キャシーは自分自身の短い人生のあらゆる場面に対し、このように豊かで複雑、そして繊細な感受性でもって応える。

元来"**copy**"という言葉は、ラテン語の"**copia**"をその語源とし、「何らかの複製・模倣」という意味だけではなく、現代英語の"**copious**"に通ずる、「豊かな」という意味をもあわせ持っている。それは量的に豊富であるというだけでなく、質的にも豊かであることを指示しうる。キャシーらは多数存在しうる「コピー」というだけでなく、それぞれが豊かな性質を持つ「コピー」でもあるのだ。ベンヤミンは先の引用に続いて、事物の権威、事物そのものに伝えられる重みをアウラという概念に総括し、「複製技術時代の芸術作品において滅びてゆくものは作品のアウラである」[10]と述べた。さらにそれは「人間が、いま、ここに在ることと切り離せない」と続け、「アウラの複製などはない」[11]と断言する。しかしクローン技術においてアウラは複製されうる。たしかにベンヤミンが言うように「現代の大衆は、……あらゆる事象の複製を手中にすることをつうじて、事象の一回性を克服しようとする傾向をもっている」[12]のかもしれない。しかしその欲望の果てに再生されたクローンはまた、それぞれがいま、ここに一回限り現存する、アウラを身にまとった唯一の存在であるのだ。

作品の終わりで、トミーが使命を終えたと聞いたキャシーは「一度だけ自分に甘えを許し」(四三八)、ノーフォークまで車を走らせる。そこで数本の木以外には何もない大地に立って、有刺鉄線に絡まった「ありとあらゆるごみ」(四三八)を見つめる。そして彼女はこう想像するのである。「この場所こそ、子供の頃から失いつづけてきたすべてのものの打ち上げられる場所」(四三九)。そのときふと自分が愛したトミーの顔が脳裏に浮かぶのだが、キャシーはそれ以上の空想を自らに許さず、涙をこらえて「行くべきところへ向かって出発」する。この茫漠とした荒野はキャシーの存在する殺伐とした世界そのものの比喩であるかもしれないし、有刺鉄線に引っかかったビニールシートやショッピングバッグといった、人間によって大量生産され使い捨てにされる「ありとあらゆるごみ」とは、彼女たちクローンの喩えであるのかもしれない。しかしキャシーはたとえ自分の「提供」が始まっても、愛するトミーや親友ルースの記憶とともに、「わたしはヘールシャムもそこに運んでいきましょう。ヘールシャムはわたしの頭の中に安全にとどまり、誰にも奪われることはありません」(三四三)と語る。キャシーは自分の存在そのものであったこのヘールシャムの記憶を語ることで、自己を内側から確認し形成したのである。その短い人生を言語化することで、自らが存在した証を残そうとしたのである。ワイ-チュウ・シムはそのことをいみじくもこのように指摘している。「彼女の心を捉えて離さないのは、現在ではなく過去である。ヘールシャムは彼女にとってすべてなのだ。彼女のもっとも大事にしている記憶はそれと結びついている。彼女のもっとも大きな希望や夢がそうであるように、そしてまさに、彼女の存在の源そのものがそうであるように」[13]。あるいはそのようにして自身の微妙な心の動きや、豊かな内面世界を淡々と丁寧に綴っていくことだけが、この暴虐の世界に抗うただ一つの手段であるとでも言うのだろうか。彼女の語りはその全体を通して、たとえ自分自身はほかの人間から複製されたものであったとしても、自らが体験したことは唯一無二の自分だけに属する事柄である、ということを静かに、しかし力強く主張する。クローンである彼女の生は、もちろん仲間のトミーやルースのものと同じですらない。キャシーはたしかにほかの誰とも取替えのきかない、そのとき、そこに一度限り生起した、オリジナルな自分自身の人生を、「私」という物語を、ただひたむきに生きたのである。

4 おわりに

それにしてもキャシーらの人生に対する態度はあまりにも受動的である。瀬名秀明が「主人公たちクローンがまったく自分たちの置かれた現状に反抗しない、異議も示さないのは極めて不自然[14]」と不満を述べていたように、彼女らは世俗とは切り離された自分たちの運命を、ただ黙って受け入れるばかりである。しかし実のところ物語のなかで一度だけ、登場人物がはっきりと自分の人生を呪う場面がある。キャシーとトミーが自分たちの愛を示すことによって、「提供」を引き延ばしてもらえるかをミス・エミリーに尋ねに行った帰り、そのような可能性は微塵もないと知ったトミーが次のような行動をとる。「少し行ったところ、急斜面の始まる辺りに、トミーの姿が見分けられました。トミーは荒れ狂っていました。喚き、拳を振り回し、蹴飛ばしていました。……悪口雑言の奔流はとぎれなくつづいていて、……月明かりの中にトミーの顔が見えました。泥だらけで、怒りに歪んでいました」(四一九)。ここでたとえば二人にとって、逃亡やあるいは心中の可能性もあるわけだが、彼女らがそのような行動をとることはない。

イシグロ自身はあるインタヴューで、この作品における登場人物の極端なまでに消極的な生き方について尋ねられ、次のように答えている。「私はむしろ、反逆の精神を手に入れたり、自分の人生を変えようとしたりすることよりも、人がどれほど自分の運命を受け入れるのか、ということにずっと興味があります。つまりそれは我々が人として生きることを許された人生です[15]」。たしかにあのイシグロの代表作『日の名残り』(一九八九)も、自らの立場を超え出る視点を持ち合わせていない、ある執事の悲喜劇を描いたものであった。このようにただイシグロは非常に受動的な登場人物たちの態度や運命論的な人生観を描写するだけで、新たなビジョンや変革の契機を提示することはない。その点にイシグロ自身の限界があるとも考えられるが、まさにこの不在ゆえに、逆説的ながら「虚構」の本作品において、その部分にこそ痛切な哀感と、そしてすべてが急激に強固にシステム化されていく、そこから逃れることもそれを打ち壊すこともできない、利己的な「本物」の現代社会に対する批判もあると言えるのではないだろうか。

注

（1）フロイト、ジグムンド「不気味なもの」（藤野寛訳）須藤訓任編『フロイト全集一七（一九一九―二二年）不気味なもの・快原理の彼岸・集団心理学』東京：岩波書店、二〇〇六年、四二頁。
（2）坂部恵「〈うつし〉〈うつし身〉〈うつしごころ〉」市川浩他編『コピー』（現代哲学の冒険六）東京：岩波書店、一九九〇年、三四一―三四二頁。
（3）前掲坂部三四二頁。
（4）Ishiguro, Kazuo. *Never Let Me Go*. New York: Alfred A. Knopf, 2005. 166. 引用は次の翻訳版を用いた。『わたしを離さないで』（土屋政雄訳）東京：早川書房、二〇〇八年、二五六頁。以下同書からの引用は括弧内に頁数のみ記すこととする。
（5）Millhauser, Steven. "Replicas." *Yale Review* 83 (1995): 53.
（6）鷲田清一『じぶん・この不思議な存在』東京：講談社、一九九六年、四六頁。
（7）McDonald, Keith. "Days of Past Futures: Kazuo Ishiguro's *Never Let Me Go* as Speculative Memoir." *Biography* 30:1 (Winter, 2007): 82.
（8）Mirsky, Marvin. "Notes on Reading Kazuo Ishiguro's *Never Let Me Go*." *Perspectives in Biology and Medicine* 49:4 (Autumn, 2006): 630.
（9）ベンヤミン、ヴァルター「複製技術時代における芸術作品」（一九三六）（野村修訳）多木浩二『ベンヤミン「複製

技術時代の芸術作品」精読』東京：岩波書店、二〇〇〇年、一三九頁。
（10）前掲ベンヤミン一四一頁。
（11）前掲ベンヤミン一六三頁。
（12）前掲ベンヤミン一四四頁。
（13）Sim, Wai-chew. *Globalization and Dislocation in the Novels of Kazuo Ishiguro*. New York: Edwin Mellen Press, 2006. 243-244.
（14）瀬名秀明「わたしを離さないで」『瀬名秀明の時空の旅』〈http://senahideaki.cocolog-nifty.com/book/2007/01/post_7cba.html〉
（15）Shaffer, Brian W., and Cynthia F. Wong, eds. *Conversations with Kazuo Ishiguro*. Jackson. University of Mississippi Press, 2008. 215.

補論1　日本におけるカズオ・イシグロ

——その受容と先行研究の整理

ここでは先行研究を整理しながら、日本におけるイシグロの受容を辿ってみたい。海外ではブライアン・シャファーによる『カズオ・イシグロ研究』が一九九八年に出版されたのを初めとして、その後相次いでまとまった研究書やインタヴュー集が発表されている。まずバリー・ルイスの『カズオ・イシグロ』（二〇〇〇）が公刊され、同年にシンシア・ウォンが同じタイトルの書を発表している。さらに二〇〇六年にはワイ-チュウ・シムの『カズオ・イシグロの小説におけるグローバル化と転位』、二〇〇八年にはブライアン・シャファーとシンシア・ウォン編纂のインタヴュー集『カズオ・イシグロとの対話』、そして二〇〇九年にはショーン・マシューズ、セバスチャン・グローズ編『カズオ・イシグロ』、さらに二〇一〇年にはマシュー・ビーダム著『カズオ・イシグロの小説』、ワイ-チュウ・シムの『カズオ・イシグロ』が出版されるなど、近年の国外におけるイシグロ研究の進展には目覚しいものがある。これら包括的な研究書のいくつかでは、その序章で欧米におけるイシグロ研究の動向が整理され、参考文献としてかなり網羅的に書誌が記されている。しかしそれは全体として完全に英語による研究に限られている。

もちろん日本でも多くの優れた研究がなされており、その受容に関してもイシグロのデビュー当初から興味深い展開を見せている。これまでの各章で個々の作品に対する研究は英語と日本語の別なく参照しているので、本論では特に日本におけるイシグロの受容と研究をまとめることに専念してみたい(1)。そこでは便宜上作家の活動に合わせて、次の三つに区分けすることとする。それはデビューから長編第二作発表まで、長編第三作出版の頃、そして長編第四作発表以降という三つの区分である、つまり第三作の『日の名残り』（一九八九）を分岐点として、その前後に分けて考えてみたい。第六作発表以降に関しては、そのあとに続けてさらに節を改め整理する。

1　長編第二作『浮世の画家』（一九八六）発表の頃まで

イシグロの作家活動開始を正確に特定することはやや難しい問題である。というのも一九五四年一一月八日生まれのイシグロが、一九七九年一〇月に、二四歳でイースト・アングリア大学大学院の創作科に入学したのをもってその始まりとすべきか、あるいは「奇妙なときおりの悲しみ」という最初の短編が、『バナナズ』という比較的マイナーな雑誌に発表された一九八〇年を彼の作家としての活動開始とみなすべきか、若干ためらわれるからである。しかし一九八一年にはフェイバー&フェイバー社から出版された『イントロダクション7――新人作家短編集』というアンソロジーに、前述の作品とあわせて彼のほかの二つの短編、「Jを待ちながら」、「毒を盛られて」が収録されているのはたしかである。これらのことを考慮すると、イシグロは一九七九年頃から作家としての道を歩み始め、一九八〇年から一九八一年あたりにかけてイギリス文壇に登場したとみなして、事実と大きく齟齬をきたすことはないだろう。この時期はイシグロの習作時代と呼ぶべきもので、本国イギリスのみならず、当然日本でもまだほとんど無名の作家であった。しかし一九八〇年に発表された「夕餉」という作品が、早くも雑誌『すばる』の一九八二年二月号に、出淵博の訳で掲載されているのは注目に値する（再録『集英社ギャラリー［世界の文学］5』集英社、一九九〇年、一一二三―一一三三頁）。

そして一九八二年にイシグロの長編第一作『遠い山なみの光』が発表されるが、その二年後の一九八四年一二月には筑摩書房から、小野寺健による同書の翻訳が『女たちの遠い夏』というタイトルで出版されている。本書はその後一九九四年六月に同名のタイトルで文庫化され、さらに二〇〇一年九月には『遠い山なみの光』と改題され、同じく文庫として早川書房から出版されている。このようにイシグロの長編第一作の翻訳は絶版となることもなく、出版社を変えながらもこれまで着実に版を重ねてきている。しかしイギリスで王立文学協会賞を受賞し、多くの書評でも絶賛された原書に比して、日本でこの時期に、本作品やイシグロ自身が大きな注目を浴びたことはあまりない。その少ない例としては、日本英文学会編『英文学研究』英文号に掲載された、吉岡文夫（Fumio Yoshioka）の **"Beyond the Division of East and West—Kazuo Ishiguro's *A Pale View of Hills*"** という論考がある（*Studies in English Literature*. 1988. 71-86）。吉岡はそこで、本作における入念に選択された歴史的・社会的背景を指摘し、シンプルな文体で綴られる物語の展開を綿密に追いながら、時間と場所の構造などをあきらかにしている。ほかには皆見昭が「Kazuo Ishiguro の世界」という論文で、作家とその長編一、二作の紹介をしている（関西外国語大学『研究論集』第47号、一九八八年、六三―七八頁）。またその後一九八九年に出版された『今日のイギリス小説』という書のなかの「教えられ得る曖昧技法――カズオ・イシグロ『淡い山の眺め』（一九八二）」という論考（20世紀英文学研究会編『今日のイギリス小説』金星堂、七七―一〇〇頁）において、坂口明徳が本作とイシグロの初期短編との共通点として、その結末や作品内の「死」の曖昧性を挙げ、それがいかにも創作科出身のイシグロらしい端正な技法であると指摘している。

それから徐々にイシグロが日本においても注目されだすのはやはり、一九八六年に発表された長編第二作『浮世の画家』以降と言えるだろう。この作品が一九八七年一月一三日にイギリスで、権威あるウィットブレッド賞を獲得すると、『朝日新聞』はその翌日の夕刊でこのことを報じている（一四面）。『読売新聞』も二月三日の朝刊で「英国の文学賞を受けた石黒一雄さん」として、この作家の紹介をしている（二面）。同じ年の九月一四日付『読売新聞』夕刊では、「ジャパネスク新世紀」という特集でイシグロがかなり大きくクローズアップされている（七面）。そこではイギリスで長編一、二作の「日本性」が絶賛されたことに対する、彼のジレンマが記されている。また一九八七年一〇月二九日の『週刊新潮』に、「若き天才たち」という特集で「英国最高の文学賞受賞で作家になった『石黒一雄』」という記事が掲載され、この小説家自身のことが紹介されている（三四―三五頁）。翌年の一九八八年には『翻訳の世界』五、六、七月号の三回に渡り、「イギリス人の日本観」という特集において、池田雅之によるイシグロへのロングインタヴューが連載されている（一〇六―一一一、一一四―一一八、一一二―一一四頁）。ここでは彼の生い立ちや家庭のこと、日本文学や小津映画への関心、そして同じく「日本性」を強調する英国批評家への不満、今後の抱負などかなり多くのことが具体的に語られている。また小野寺健は『英語青年』一九八七年五月号の「Writers Today」欄で、イシグロ自身とその長編一、二作の紹介をしている。さらに小野寺は一九八八年一一月号の『英語青年』に掲載された「カズオ・イシグロの寡黙と饒舌」というエッセイのなかで、長編一、二作における一見冗漫とも思える登場人物たちの会話の背後に、多くのことが隠されているのを指摘している（二七―二九頁）。

そして長編第二作の原作発表から二年後の一九八八年二月には、『浮世の画家』というタイトルで飛田茂雄によるその翻訳が中央公論社から出版される。日本を舞台にしたある画家の戦争責任をテーマとしたこの翻訳作品は、出版直後にいくつかの新聞や雑誌で取り上げられ、三浦雅士や青野聰などの書評が掲載されている。さらに同年三月二九日付『朝日新聞』夕刊の「文芸時評」で富岡多恵子が、「日本語の翻訳に難」という見出しで本作を取り上げ、それが契機となってある論争が起こった。高橋源一郎や訳者の飛田、川村湊や英文学者の大橋健三郎、山形和美などを巻き込んだこの論争については、第3章において考察したのでここでの詳述は控えるが、その要点は次のようなものである。原作が本国で発表されたときには、おそらくはイギリス人の東洋趣味も手伝って、日本を舞台にしたその異国情緒や、登場人物たちの省略の多い迂言的な語りが絶賛されたが、記憶と想像の産物であるイシグロの作品世界が日本では、現実と微妙にずれたものとして違和感を持って捉えられたのである。しかも想像の日本語を英訳したようなイシグロの語りをもう一度日本語に変換したところで、それは日本の読者にとって何ら目新しいものではなく、文学的な言語に遠いと非難する評者も存在したわけである。

その他この時期に本作に言及したものとしては、高橋和久の「同時代のイギリス小説とラシュディ」がある（『ユリイカ』一九八九年一一月号、一九八―二〇五頁）。ここで高橋はイシグロの作品において、主人公が自らの戦争責任に向き合うことを回避するために、意識的、無意識的に過去を歪曲し、遠ざけようとする態度に触れ、そこでは「過去を透明に再構成することそのものの難しさ、それに必然的に伴うレトリック」（二〇一頁）すらもあきらかにされているのではないだろうかと述べている。また発表の時期としてはかなり下ることになるが、斉藤兆史が『英語の教え方学び方』（東京大学出版会、二〇〇三年）という書のなかの、「英語の中の日本――日系人作家の3つの小説」という章（一七一―一八五頁）で、イシグロの『遠い山なみの光』、『浮世の画家』、そして第五作『わたしたちが孤児だったころ』を取り上げ、作中での英語で表現された日本語や、歪められた日本の描写などを詳細に検討することによって、英語や日本語、さらに日本文化そのものへの再考が可能となるのではないかと提言している。斉藤はまた『英語の作法』（東京大学出版会、二〇〇〇年）で、「信用できない語り手」の例としてイシグロの『日の名残り』から一部を参照（一〇九—一一〇頁）しているほか、『翻訳の作法』（東京大学出版会、二〇〇七年）では、「英語のなかの日本」という章（一二三—一二九頁）でイシグロの長編一、二作を扱っている。さらに野崎歓との対談『英語のたくらみ、フランス語のたわむれ』（東京大学出版会、二〇〇四年）でも数箇所、両者がイシグロの日本描写に言及しているのが見られる。また二〇〇三年ごろから平井杏子が精力的にイシグロの研究に取り組んでおり、「カズオ・イシグロの長崎」（『文学界』第57巻12号、二〇〇三年一二月、一六一—一八頁）や、「迷路へ、カズオ・イシグロの」（『文学空間02——記憶のディスクール』風濤社、二〇〇五年、五四—七一頁）などのエッセイにおいて、この作家と故郷長崎との関連を綿密な実地調査と作品の読みによって提示している。

この時期までの日本におけるイシグロの受容を概観すると、作品そのものよりもむしろ作家自身への注目が勝っていたように思われる。やはり長崎で生まれながら幼くして渡英し、その地で教育を受けて成長し、英語で物語を紡ぐ作家としてイギリス文壇に登場したというイシグロの経歴が、イギリスのみならず日本においても、大いに注目に値するものだったのは間違いないだろう。しかもその作品に描かれた世界がおもに日本を舞台にするものであったということが、英国の読者だけではなく日本人読者の関心をもひいたものと思われる。しかしながら作品自体への評価は分かれ、むしろ否定的な意見も多かったように見受けられる。それはまず多くの日本人が、この国を舞台にした作品世界に一種独特のオリエンタリズムを感得し、当惑と違和感を隠しきれなかったということであるだろう。また作家本人の新奇さと比べて、その文章も一旦翻訳されてしまえば、むしろ日本語としては陳腐なものとみなされた。それゆえこの頃内容自体への議論が深くなされることは少なく、作家として彼が十分に評価されていたというわけではない。第三作発表以前のイシグロは、日本の読書界や学問研究の場において、いまだ漠としたやや未知数の存在であったと言うべきだろう。

2 長編第三作『日の名残り』(一九八九)の発表

やはりイシグロが作家としてその真価を認められたのは、一九八九年発表の『日の名残り』によってである。この作品が同年一〇月にイギリスでもっとも権威あるブッカー賞を受賞すると、そのことは日本の読書界でも大きな話題となった。選考結果発表の翌日、一〇月二七日の『読売新聞』夕刊には「ブッカー賞日系人初受賞」という見出しで、イシグロの顔写真とともにこのことが報道されているし(一八面)、さらに翌日の二八日には『朝日新聞』でも「英最高の文学賞―34歳、イシグロ氏が受賞」という記事が見られる(三〇面)。さらに同じ年の一一月には国際交流基金の招きで、彼自身が五歳で渡英して以来初めて来日したこともあって、イシグロへの関心は急速に高まる。このときに行なわれたいくつかのインタヴューが『朝日新聞』や『毎日新聞』に掲載され、大江健三郎との対談は翌年の『国際交流』(第53号、一九九〇年、一〇〇―一〇八頁)に、「二十一世紀へ向けて――作家の生成」というタイトルのもとにまとめられた。（再録『スイッチ』第8巻6号、一九九一年一月、六六―七五頁）。同じく一九九〇年発行の『中央公論』三月号では、青木保によるイシグロへの一〇ページに渡るインタヴューが載せられている（三〇〇―三〇九頁）。また同年一月五―一二日号の『朝日ジャーナル』に、「カズオ・イシグロを読む――英ブッカー賞受賞作家ルーツをたどる長崎への旅」というインタヴューと解説の記事が掲載されている（一〇一―一〇六頁）。そして一九九〇年七月に中央公論社から土屋政雄の訳で、『日の名残り』というタイトルのもと同書の翻訳が出版されると、再びこの作品は多くの新聞・雑誌の書評欄で取り上げられ、高く評価された。

これらの多くは第4章で扱うので、ここで内容に言及するのは控え、入手できたものに限りそれらを列挙しておく。無署名「鮮やかに光る文学的計算」（『読売新聞』一九九〇年七月三〇日、一一面）、山崎勉『品格』と『誠実さ』」（『週刊読書人』一九九〇年八月二七日号、五面）、高橋康成「暴力も性も麻薬もない『古風な』小説のもたらす上質な快楽」（『中央公論』一九九〇年九月号、三〇一頁）、鈴木隆之「よそものの記憶」（『群像』一九九〇年九月号、三〇八頁）、大塚千野「英国への〈バランス〉生み出す日、英のミックス・カルチャー」（『朝日ジャーナル』一九九〇年九月七日号、四五頁）、無署名「『日の名残り』カズオ・イシグロ」（『すばる』一九九〇年一〇月号、三三四頁）、小笠原茂「『日の名残り』カズオ・イシグロ」（『潮』一九九〇年一〇月号、三〇五頁）、川本三郎「一身にして二世を経る痛苦」（『文学界』一九九〇年一一月号、二七六―二七九頁）、丸谷才一「現在のイギリスに対する哀惜と洞察」（『週刊朝日』一九九〇年一一月一六日号、一二五―一二六頁）、高橋和久「残り時間のためのレッスン」（『新潮』一九九一年二月号、二〇四―二〇七頁）。

また一九九一年一月発行の雑誌『スイッチ』ではイシグロの特集が組まれ、前述の大江との対談が転載されているほか、濱美雪によるロングインタヴューや、小津の映画への愛着、音楽への関心、彼が若い頃に作曲した歌詞、丸谷才一やサルマン・ラシュディによる『日の名残り』の書評などが四〇ページ近くに渡り掲載されている（六四―一〇五頁）。そしてこの作品はジェームズ・アイヴォリー監督によって映画化され、一九九三年に公開されている。アンソニー・ホプキンズやエマ・トンプソンといった名優を擁するこの映画は八つのオスカー賞にノミネートされ、翌年春日本でも各地で上映された。

この第三作出版以降、日本でも少なからぬ数の研究者がイシグロへの関心を示し始める。まず原作発表直後に『英語青年』の「イギリス文壇ニュース」で、「Kazuo Ishiguro の新作」としてこの作品が紹介され（一九八九年八月号、三七頁）、翌一九九〇年二月号の同誌上における「イギリスの文学――一九八〇年代を顧みて」という紙上討論で、富士川義之や富山太佳夫、高橋和久、川口喬一らがイシグロに言及し、その「人工的な文体」や「風俗の極端な希薄さ」について触れている（七頁）。また富士川は同じ頃雑誌『海燕』の「同時代」欄、「八十年代のイギリス小説」（一九九〇年一月号、二三〇―二三三頁）、あるいは同年一一月一二日の『読売新聞』夕刊「文化」欄、「ブッカー賞の作家たち」（五面）で、イシグロを含む近年のブッカー賞作家たちが、過去への関心を基軸として小説世界を自在に展開し、イギリス文学に新風を吹き込んでいると解説している。

これらのほかに論文として比較的早い時期に発表されたものとして、たとえば井内雄四郎の「カズオ・イシグロ序説」（早稲田大学英文学会『英文学』第66号、一九九〇年、五二―六二頁）や宮井敏の「Kazuo Ishiguro: *The Remains of the Day*」（同志社大学『英語英米文学研究』第52・53合併号、一九九一年、三〇六―

三一六頁)、谷田恵司の「老執事の旅――カズオ・イシグロの『日の名残り』」(『東京家政大学紀要』第32号、一九九二年、三七―四四頁)などがある。これらはイシグロの経歴と合わせた作品の丁寧な読みによって、「品格」の追求や自己欺瞞といったそのテーマをあきらかにしていくという、作家と作品の紹介や解説を兼ねたものとなっている。岡村久子の「Kazuo Ishiguro: *The Remains of the Day*―Stevens が語らないこと」は作品の精読により、主人公の悲劇的な生きざまを追及している(『甲南女子大学英文学研究』第28号、一九九二年、二五―三九頁)。また富士川義之は『新潮』一九九七年一月号に「過去は外国である――カズオ・イシグロの英国性」というタイトルの、かなり長いエッセイを書いている。そのなかで富士川は、イシグロが『日の名残り』において過去の英国を、「神話的でエキゾティックな外国に等しいものとして創造」していると述べている(再録『新=東西文学論』みすず書房、二〇〇三年、一六二―一七五頁)。そしてややあとのものとなるが、中川僚子は「執事とイギリス的イギリス人」(杉浦惇宏編『誘惑するイギリス』大修館書店、一九九九年、二五九―二七一頁)というエッセイのなかで、『日の名残り』でのイシグロという日系作家によるイギリス的イギリス人の造型が、古き良きイギリス性と今日的な多文化的イギリス性の幸運な融合であると捉えている。また大嶋仁は「カズオ・イシグロにおける『日本の名残り』」という論考(平川祐弘編『異国への憧憬と祖国への回帰』明治書院、二〇〇〇年、二四三―二七〇頁)で、特にこのイギリスを舞台にした長編第三作に見られる日本的価値観や倫理観を示し、イシグロを正統の英国作家とみなしながらも、彼のなかにある日本的要素を指摘している。若菜マヤ(Maya Higashi Wakana)の“Verbalization, Reflection, and Discovery: Listening to the Voices of an Aging Butler in *The Remains of the Day*”(立命館大学国際言語文化研究所『言語文化研究』第11巻4号、二〇〇〇年、二二三―二三七頁)は、主人公が旅をしながら過去を振り返っていくことで、その認識を深めていく過程を追っている。野口忠昭の「『日の名残り』論――空白の5日目」(立命館大学国際言語文化研究所『言語文化研究』第15巻1号、二〇〇三年、二二三―二三七頁)は、この小説において五日目が語られていないことの意味を探っている。

この時期に日本で発表された英語論文としては、ウェイン・パウンズ(Wayne Pounds)の"The Novels of Kazuo Ishiguro as Socially Symbolic Action"(青山学院大学『英文学思潮』第63号、一九九〇年、一三三―一五五頁)や、デイヴィッド・ロバーツ(David Roberts)の"Narrative and Reader in Ishiguro's *The Remains of the Day*"(大阪大学『言語文化研究』第17号、一九九一年、三〇三―三一八頁)、そしてピーター・ウェイン(Peter Waine)の"The Historical-Political Aspect of the Novels of Kazuo Ishiguro"(北海道大学『言語文化部紀要』第23号、一九九二年、一七七―二〇五頁)などがある。パウンズの論文は歴史的に周辺に追いやられ、その前線から排除された者たちの、二重の苦しみからの解放や逃避の試みとしてイシグロの三作を読むというものである。ロバーツはこの第三作で、ラディカルな政治的不安と関わる問題に挑んでいこうとする作者の姿勢を評価している。ウェイン論文ではそのタイトルが示すとおり、『日の名残り』を含む三つの小説の背景に歴史的・政治的側面を読み取り、主人公の置かれた悲劇的状況が解明されている。

このように、この頃からイシグロの過去の作品、『遠い山なみの光』や『浮世の画家』にも注目し直し、再検討するという試みがなされている。松岡直美の論文「イシグロ・カズオの日本――記憶と概念によるヴィジョン――」(日本比較文学会編『滅びと異郷の比較文化』思文閣出版、一九九四年、二三七―二四八頁)は、イシグロが長編一、二作において「記憶と概念をどのように融合し、増幅して日本のヴィジョンを描き出したか」(二三七頁)を、史実をもとに綿密に考証し、「イシグロの想像力と創造の才を正当に評価」(二三八頁)しようとするものである。松岡はそのほかに"Finding Out the Truth: The Ordeal by Arranged Marriage"という論考で、『浮世の画家』を井伏鱒二の『黒い雨』や谷崎潤一郎の『細雪』と対比させながら、「見合い」を通じて作中人物の過去や秘密、地位、立場等があきらかにされていく過程を検証している(日本大学国際関係学部国際関係研究所『国際関係研究』国際文化編7・第13巻1号、一九九二年、六九―七八頁)。ロナルド・D・クレイン(Ronald D. Klein)の"Reflections and Echoes: Ono's Life in the Floating World"(『広島女学院大学論集』第44、45号、一九九四、一九九五年、三三―五四、七五―九〇頁)は、その第1部でイシグロの長編第二作の主人公小野益次の、不確かで矛盾に満ちた一人称の語りを分析する。第2部では同じ出来事が繰り返し語られたり、類似した描写が置かれるこの作品の構成上の特徴があきらかにされている。また坂口明徳は「庭を覗く少年――カズオ・イシグロの『浮世の画家』考」において、作中で語り手小野益次の庭を覗きこむ少年のように、イシグロが幼少時代の日本を回想し、それをこの作品のなかに定着させ封印していると述べている(20世紀英文学研究会編『多文化時代のイギリス小説』金星堂、一九九三年、一七―三七頁)。そして青木晴男(Haruo Aoki)の"A Preliminary Essay on the Difficulties in Building New Relations between People in *A Pale View of Hills* by Kazuo Ishiguro"(『高知女子大学紀要』人文・社会科学編、第43号、一九九五年、一―一〇頁)は、長編第一作における登場人物たちの断絶や自己探求に焦点を当てている。

さらに時期は下るが、大藪加奈(Kana Oyabu)は"A Far Eastern Dream: On Kazuo Ishiguro's *A Pale View of Hills*"(金沢大学『言語文化論叢』第1巻、一九九七年、一八七―二〇八頁)でその語りの構造を分析し、語ること自体を避けようとするその方法が、どのようにして可能になっているのかをあきらかにしようとする。大藪はもう一つの論文“Change of Life, Change of Tone: Kazuo Ishiguro's *An Artist of the Floating World*”（金沢大学『言語文化論叢』第8巻、二〇〇四年、七三―九七頁）において、社会の変化がどのようなかたちで登場人物の言葉に反映されているかを考察している。また榎本義子（Yoshiko Enomoto）は“Japanese Identity in the Novels of Kazuo Ishiguro”（フェリス女学院大学文学部『紀要』第34号、一九九九年、一七一―一八〇頁）のなかで、イシグロが長編一、二作によって、失われた自己のアイデンティティを回顧していると述べる。長谷川寿美（Hisami Hasegawa）は“Memories and Dreams: A Study of the Imagery in *A Pale View of Hills* by Kazuo Ishiguro”（フェリス女学院大学『Ferris Wheel』第3巻、二〇〇〇年、一―一四頁）で、小説の技巧を検証することによって語りの背後にあるものをあきらかにし、主人公悦子の心の奥にあるものに迫ろうとする。そして長柄裕美は「現実と追憶の揺らぎのなかで――カズオ・イシグロ *A Pale View of Hills* 試論――」（『鳥取大学教育地域科学部紀要・教育・人文科学』第3巻2号、二〇〇二年、一三五―一五〇頁）において、第一作の背景となっている一九五〇年代の日本が、イシグロにとって特別な意味を持つものであり、この作品はまた、過去に対するさまざまな後悔と自己矛盾を抱えているにもかかわらず、それらを受け入れ未来へ向けて前進する者の、勇気の大切さを説いているのではないかとしている。長柄はもう一つの論文「敗北の抱きしめ方――*An Artist of the Floating World* のオノの場合――」（『鳥取大学教育地域科学部紀要・教育・人文科学』第4巻2号、二〇〇三年、六〇五―六二九頁）で、時代に翻弄されるこの第二作の主人公がどのように価値の転換を受け入れ、自分の過去と折り合いをつけていくのかを辿り、この作品が、急激に変化していく時代に生きるわれわれ読者への警告ともなっているのではないかと結論づけている。谷田恵司は「寡黙の豊饒――カズオ・イシグロの『遠い山なみの光』」（津久井良充・市川薫編『〈私〉の境界——二〇世紀イギリス小説にみる主体の所在』鷹書房弓プレス、二〇〇七年、七九—九八頁）において、イシグロがこの小説で日本の伝統的美意識と西洋近代の理知的構成力を融合させ、極めて特異で、なおかつ普遍性をもった作品世界を作り上げていると述べている。塚脇由美子の「戦争責任の向こうに——カズオ・イシグロの *An Artist of the Floating World*」（日本英文学会関西支部『関西英文学研究』第4号、二〇一〇年、五一—六八頁）は、この長編第二作が戦争責任をめぐる物語などではなく、「曖昧な語り」そのものに焦点が置かれた、非リアリズム小説であると論じる。

これら研究論文以外にも、イシグロの長編第三作はさまざまなところで取り上げられている。たとえば小林章夫は『愛すべきイギリス小説』（丸善ライブラリー、一九九二年、一一七—一二四頁）で、『ガリヴァー旅行記』などの古典から本作を含む現代までのイギリス小説二二編を選び、それぞれに丁寧な作品の解説を付している。また最近では岡野宏文と豊崎由美が、二〇世紀に発表された世界の名作文学一〇〇タイトルを選び、その真価を問い直すという企画で編集された、『百年の誤読——海外文学編』（アスペクト、二〇〇八年）という書で本作を選び、哀切に満ちた読後感を生み出すイシグロの才を絶賛している（三三四—三三六頁）。そして斎藤兆史が司会を務めたＮＨＫ教育テレビ、『3か月トピック英会話——聴く読むわかる！ 英文学の名作名場面』でもこの作品が取り上げられ、その舞台となった風景とともに物語の一部が紹介されている（二〇一〇年一一月三日）。

ほかにもこの第三作発表の頃から、イシグロの他の作品への注目が高まっている。その一つは彼の初期短編「夕餉」が多くの大学英語教科書で取り上げられ、集英社の世界文学全集に収録されたことである。この短編については第7章で扱ったので、参考文献に関してはここでの詳述を控える。この作品はまた『國文学――解釈と教材の研究』臨時増刊号の「読んでおくべき／おすすめの短編小説50――外国と日本」という特集で取り上げられ、吉岡栄一による解説が付されている（第52巻13号、二〇〇七年、一〇二―一〇四頁）。さらにこれは同じ年に出版された安部公彦編『しみじみ読むイギリス・アイルランド文学』にも収められ、田尻芳樹が翻訳・解説をしている（松伯社、七五―九五頁）。またもう一つのイシグロの短編「戦争のすんだ夏」（一九八四）が小野寺健により翻訳され、雑誌『エスクァイア』日本版一九九〇年一二月号に掲載されている（一七〇―一七六、二一一―二一三頁）。

これまで見てきたように、この長編第三作の発表によって、日本におけるイシグロへの評価も不動のものとなったように考えられる。長編第二作までの、奇妙な日本の世界を描く長崎生まれの珍奇なイギリス人作家といった、やや偏見に満ちた作家像から、正統的イギリス文学の系譜に連なる本格的な英国作家へと、そのイメージは変わっていく。またそれまでの作家自身への通俗的な興味から作品へのより深い関心へと移り、研究の面でもさまざまな角度から精緻に分析されることになる。さらにそれ以前の作品も再び注目されることになり、イシグロの全体像をより立体的にあきらかにしようとする試みがいくつかなされている。それらは一般読書界と学術研究の両分野にわたるものであり、人気作家でありながら研究者の関心をもひく、日本における現代英国作家としては比較的まれな存在として受容されているように思われる。

3　長編第四作『充たされざる者』（一九九五）発表以降

一九九五年には六年ぶりにイシグロの新作が発表される。分量的に過去三作品すべてを合わせたほどの、原書で五〇〇ページ以上にわたるこの作品は、その内容も複雑怪奇に入り組んだ難解なもので、本国イギリスでの評価は大いに分かれた。しかし『日の名残り』の発表以来注目の作家となったこのイシグロの奇書は、意外にも日本においてむしろ好意的に受け止められている。発表直後の九五年『英語青年』6月号の「海外新潮」欄で、「〈外部〉の導入――カズオ・イシグロの新作」と題し木下卓が本作品を紹介し、「世界各地を転々とするピアニストという〈外部〉を導入し、沈滞し危機に陥った小都市の共同体の〈内部〉に対応させることによって、両者の境界に位置する周縁的な人物の悲喜劇をより印象的に描き出すことに成功しており、衰弱した共同体に生命を蘇らせる祝祭といった民俗学的な視点から読んでも興味深い」（二六頁）と評価している。

そして一九九七年六月には本作品の翻訳が中央公論社から出版されている。その「あとがき」で訳者の古賀林幸は、この物語が「イデオロギーをはじめ絶対的な価値観が消えて、すべてが相対化したこの二十世紀末の状況―混迷した社会は先が見えず、歩けど歩けど目的地にたどりつけないこの時代の不安と閉塞感を象徴的にとらえたメタファー」（三六五頁）なのではないかと示唆し、さらに「小説の構造という点からすれば前作以上にはるかに精巧に入り組んだ、驚嘆すべき小宇宙である。こんな力業を知性でもってやってのけられる作家は、洋の東西を問わずめったにいないのではなかろうか」（三六五頁）

と記している。その後本作に対するいくつかの書評が新聞・雑誌に掲載されたが、それらのなかではたとえば向井敏が『毎日新聞』紙上で、「現代小説の可能性をきわめようとして工夫された仕掛けの数々は注目に値し、……カフカの『城』に源を汲む文学的冒険の系譜に名をつらねるに足りる」(一九九七年七月二七日、九面)と評している。また川本三郎はこの作品を、世の人の理解を得られず、「軽蔑され嘲笑され、そして無視されていく」、「現代の芸術家の受難の物語」として読むことが可能だと述べる(『世界』一九九七年一〇月号、七一―七四頁)。さらに養老孟司が『文学界』一九九七年一一月号に掲載された書評で、作品の評価は保留しながらも、このテクストの奇妙に重層した構築の必然性を、英語という西洋語の構造に求めているのは興味深い(二五二―二五三頁)。

しかし管見では、この作品を研究の対象として本格的に論じたものはまだそれほど多くはない。中川僚子は「越境する人間――境界に生きる作家」(竹田宏編『ヒューマニズムの変遷と展望』未来社、一九九七年、一九二―二二六頁)という論考の後半で本作を取り上げ、自身越境者たるイシグロがその矛盾と葛藤を追求しているさまを検証している。また正宗聡は「Kazuo Ishiguro の *The Unconsoled* における現実世界の規定の問題について」(『山口大学哲学研究』第8巻、一九九九年、二一―三六頁)のなかで、作品の現在における現実世界が、過去によってすでに規定されているという状況をあきらかにしている。そして初めに『英語青年』で本作を紹介した木下卓が、「逸脱・回帰・周縁の旅――オンダーチェ、イシグロ、クレイシを読む」という論考(久守和子・大神田丈二・中川僚子編『旅するイギリス小説――移動の想像力』ミネルヴァ書房、二〇〇〇年、二六八―二八五頁)で、このような物語を生み出すイシグロの姿勢を、「内部に決してとどまることなく、周縁と戯れ、触れ合いながらたえまなく移動していく外部であり続ける」

（二七九頁）ものと評している。ほかにはデイヴィッド・コーラン（David Coughlan）が“Reading Kazuo Ishiguro's *The Unconsoled*”（中央大学『総合政策研究』第10巻、二五九―二八三頁）という長大な論考で、夢のようなこの作品をフロイトのエディプス・コンプレックスを援用しながら分析しており、また平井法は「カズオ・イシグロ『充たされざる者』論――〈信頼できない語り手〉をめぐって」（昭和女子大学『学苑』第785号、二〇〇六年、六〇―六九頁）において、本作をシャーロット・ブロンテの『ヴィレット』と比較し、その語りの性質を考察している。石毛昌子の「カズオ・イシグロ作品における模索するアイデンティティ」（大妻女子大学『Otsuma Review』第40号、二〇〇七年、一六五―一八二頁）は、『充たされざる者』を含むイシグロの作品で、登場人物たちが自己を探求していく様子を、新たなる声を探し続ける作者自身の姿に重ねあわせる。

日本語でも上下巻で八〇〇ページ近くにわたるこの書は、中央公論社から出版された翻訳も一度は絶版となっている。その後本作は二〇〇七年に早川書房から優に九〇〇ページを超える一冊の文庫として再版されているが、向井敏が先に挙げた書評で「義理にも読みやすいとは言いがたい」と述べるように、この作品でイシグロが第三作以来、さらに多くの読者を得たとはけっして思われない。この頃日本で出版された何冊かの文学解説書、たとえば『イギリス文学ガイド』（日本イギリス文学・文化研究所編、荒竹出版、一九九七年、二八四―二八九頁）や『現代の英米作家100人』（大平章編、鷹書房弓プレス、一九九七年、一八―一九頁）などにイシグロの名前が登場しているが、そこでも本作については簡単に触れられているだけで、やはり第三作の『日の名残り』が中心に扱われている。ただし大藪加奈は『世界×現在×文学――作家ファイル』（越川芳明他編、国書刊行会、一九九六年、二二六―二二七頁）の「Kazuo

Ishiguro」という項で、やはり同じく『日の名残り』や第一作を中心に紹介しながらも、最後に「イシグロが言葉にしないでおいた部分が気になる読者」に対し、この第四作を薦めている。また一九九八年に新潮社から出版された『来たるべき作家たち――海外作家の仕事場1998』には、新元良一によるイシグロへのインタヴューとエッセイが掲載されており（一五七―一六二頁）、この作品執筆の背景が具体的に語られている。

次の第五作『わたしたちが孤児だったころ』は二〇〇〇年四月に発表され、その一年後の二〇〇一年四月には早川書房から入江真佐子の翻訳が出版された。そしてイシグロ自身がその年の秋一〇月二三日に開催された、第14回ハヤカワ国際フォーラム出席のため一二年ぶりの来日を果たし、第1部では作家の池澤夏樹と対談し、第2部では読者との語り合いの場を持っている。このときのことは雑誌『アエラ』（二〇〇一年一一月二四日、八六頁）などの多くのメディアで紹介され、その一部は『ミステリマガジン』二〇〇二年二月号に掲載された（552号、一二―一七頁）。またその翌々日には柴田元幸と対談し、それまでのイシグロが描く作品世界とこの新作について語り合っている。そこで柴田は「ごく大まかに言って、『日の名残り』では、伝統的ルールに従え、がルールだったと思えます。それが『充たされざる者』では、そのルールを破れ、がルール。さらに『わたしたちが孤児だったころ』になると、その二番目のルールも破れ、がルールになっているように思う」と述べている（『ナイン・インタビューズ――柴田元幸と9人の作家たち』アルク、二〇〇四年、二〇〇―二二四頁）。そしてこの対談の終わりでイシグロ自身が「自分の声をアップデートしつづけないといけない。今の自分は何者なのか？　そう問いつづけないといけない。そうして、その今の自分を表す声を見つけないといけないんです」と語っているのは印象深く（二二一頁)、のちに和田忠彦も『國文学』に掲載された「翻訳と文学」という柴田との対談で、この言葉に言及している(二〇〇四年九月号、四六頁)。さらに二〇〇一年一一月一九日には、NHK教育テレビで作家の辻仁成との対談が放映された(ETV2001、『辻仁成——カズオ・イシグロを読む』)。

またこの二度目の来日時にイシグロと対談した柴田元幸が、二〇〇一年頃から多くの雑誌連載記事でこの作家に言及するようになり、のちにそれらが単行本化されている。たとえば『新潮』に連載された「文学の旅」という記事でイシグロの来日とこの新作について触れ、それが『200X年文学の旅』(作品社、二〇〇五年、三一—三四頁)という書になっている。また『本の旅人』に掲載された記事では、イシグロの古いテレビドラマのシナリオ「グルメ」を紹介し、これは『つまみぐい文学食堂』(角川書店、一二九—一三二頁)として二〇〇六年に単行本化された。来日時のインタヴューは『イングリッシュ・ジャーナル』二〇〇二年四月号に掲載されたが、それはのちにポール・オースターや村上春樹とのインタヴューと合わせて、上述の『ナイン・インタビューズ——柴田元幸と9人の作家たち』として一冊にまとめられている。さらに柴田は二〇〇一年に発表されたイシグロの新作短編を翻訳し、それはまず雑誌『ペーパースカイ』(二〇〇四年春号、一一〇—一一九頁)に「日の暮れた村」と題して掲載され、二〇〇六年には彼が翻訳・編集した『紙の空から』(晶文社、二九七—三二三頁)というタイトルの本に収録されている。この短編はまた、池澤夏樹編集の『世界文学全集』(Ⅲ-06、短編コレクションⅡ)に、「書かれ得た長編を蒸留して短編にしたものなのだ。そういう離れ業ができる作者の才能にただ舌を巻くしかない」という編者のコメントとともに再録されている(四三五—四五四頁)。

こうして柴田などにより数多くの場で言及されるようになったイシグロであるが、まだこの第五作を本格的に扱った論考は寡聞にしてそれほど多くは見当たらない。まず坂口明徳が「カズオ・イシグロの中の小津安二郎の日本——カズオ・イシグロ『わたしたちが孤児だったころ』考」という論文で、小津の描いた日本がどのようにしてイシグロに影響を与えたかということを考察している（横山幸三監修『英語圏文学——国家・文化・記憶をめぐるフォーラム』人文書院、二〇〇二年、二一四—二三二頁）。また有満保江はその著『オーストラリアのアイデンティティ——文学にみるその模索と変容』（東京大学出版会、二〇〇三年）において、「カズオ・イシグロとディアスポラ」という章（一一一—一一八頁）を設け、彼自身を一種のポストコロニアル作家とみなし、主人公クリストファー・バンクスを含む、本作品に登場する「孤児」たちが、その親のみならず歴史や国家、文化、伝統からも切り離された、ディアスポラを象徴する存在であり、それがまたグローバル化した現代社会の文学状況を表すものでもあると述べている。そのほかには平井杏子が『日の名残り』やこの作品に出てくる陶器について、「食器という表象——小説にみるイギリス陶芸史」という論考で触れている（安達まみ・中川僚子編『〈食〉で読むイギリス小説——欲望の変容』ミネルヴァ書房、二〇〇四年、二七—五〇頁）。平井はまた「カズオ・イシグロ『わたしたちが孤児だったころ』論——上海へのノスタルジーをめぐって」（昭和女子大学『学苑』第805号、二〇〇七年、二一—三一頁）という論考で、作者の伝記的事実を慎重に考慮しつつ、この作品がそうしたレベルを超えた普遍性を獲得していると論じている。そして松岡直美は“Kazuo Ishiguro and Shanghai: Orphans in the Foreign Enclave”（日本大学国際関係学部国際関係研究所『国際関係研究』第25巻3号、二〇〇四年、九九—一〇九頁）において、この作品でイシグロは、我々がいかに過去の帝国主義や植民地主義を克服すべきかということを提起していると述べる。さらに森川慎也（Shinya Morikawa）は“‘Caressing This

Wound': Authorial Projection and Filial Reconciliation in Ishiguro's *When We Were Orphans*"（日本英文学会 *Studies in English Literature* No.51, 2010. 21-39）で、幼少期における祖父母との別れがイシグロにとって大きなトラウマとなっている可能性を指摘し、作者自身がどのようにそれと折り合いをつけようとしているのかを、綿密なテキストの読みと伝記的事実を考慮することであきらかにしている。平林美都子（Mitoko Hirabayashi）の "The Impossibility of the Mother Quest in Kazuo Ishiguro's *When We Were Orphans*"（日本英文学会『英文學研究』支部統合号、第3巻、二〇一〇年、二七九―二九〇頁）は、曖昧な記憶に頼って理想的な母のイメージを探求することに失敗した主人公は、最後に自己の起源を見失って、語りそのものとともに、真の孤児となるのだと結論づけている。

第二作の『浮世の画家』と同じくブッカー賞の最終選考にまで残り、探偵小説の要素を持ったこの作品は、日本でもさらに多くの読者を開拓したものと思われる。また租界時代の上海という その時代や場所の設定は興味深く、その語りも変則的で注目に値するものであり、さらにこの物語は多分に作者の伝記的要素を含んでいるように見受けられることから、今後イシグロの他の作品を読み解くうえでも、重要な位置を占めることになるであろう。

4　長編第六作『わたしを離さないで』（二〇〇五）出版以降

二〇〇五年に発表された長編第六作『わたしを離さないで』は、前作に引き続いてブッカー賞の最終選考に残り、英米では多くの新聞・雑誌で当年度ベストブックの一冊に選ばれた。翌年春には日本でも『日の名残り』と同じ訳者の土屋政雄によって、早川書房からその翻訳が出版されている。同書の「解説」で柴田元幸が、「これまでのどの作品をも超えた鬼気迫る凄味と、逆説的な普遍性をこの小説は獲得している。……その達成度において、個人的には、現時点でのイシグロの最高傑作だと思う」(三四七頁)と述べているように、日本でも当初からこの作品は高く評価された。もっとも早い時期に発表された書評の一つとしては、『朝日新聞』で鴻巣友季子が「実にフィクションらしい輪郭をもつ小説ながら、特殊な設定をとりはらっても、その最深部にあるものをこの作者は書きうるだろう」と、その作品とイシグロ自身を評しているのが見られる(二〇〇六年五月一七日、六面)。同じく『朝日新聞』で小池昌代は、「『複製』の概念が『命』の本質を押しつぶそうとする戦慄の小説である。まだ誰もこのことを経験したことがない。でも知っていたという既視感がある。そこが真に恐ろしい」とその書評を結んでいる(二〇〇六年五月二八日、一五面)。『中央公論』では中島京子が、「『守られ、保護され、目隠しされた子ども時代』は、イシグロが好んで取り上げるモティーフだが、この作品によって、余すところなく語られたと思う」と述べている(二〇〇六年八月号、三一二―三一三頁)。

そしてこの作品は日本でも、その翻訳出版の翌年に発表されたいくつかの企画で、当該年度のベストブックに選ばれている。たとえば『ダカーポ』の「今年最高の本 2006―2007」という特集記事で、「新聞、雑誌の書評欄担当者が選ぶ、06年本当に面白かった本」として、『週間文春』や『文芸春秋』が本作を第一位に挙げている。またこの作品は多分にミステリーの要素を含むものであり、その分野からも高い評価を得た。『このミステリーがすごい! 2007年版』では海外編の第一〇位にイシグロの作品が選ばれている。さらに同誌の「読者のプロが選ぶ！　わたしのベスト6」という企画では、数名の編集者や評論家がこの作品をそのなかに含めている。たとえば池上冬樹は本作が「年間のベストテンではなく、ここ十年間のベストテン・クラスの作品だろう」と評しているし、高澤恒夫は「設定がとびきり斬新というわけではない。しかし今年、一（本作）ほどスリリングで思索的、残酷で美しく、繊細かつページターナーな小説はなかった」とその選評で記している。そのほかに土屋文平や石井千湖、守屋浩司、関口晴生、大森望、豊崎由美といった編集者、評論家、ライターらがこの作品を、二〇〇六年度にその翻訳が出版された海外ミステリーの傑作として挙げている。

近年では『本気で小説を書きたい人のためのガイドブック』という本（メディア・ファクトリー、二〇〇七年）の「海外翻訳小説に学ぼう」という章で、江南亜美子がその一つに本作品を取り上げ、「結末どころか、展開も、一頁目に書かれた用語の意味すらも明かすことが許されない、緻密な構成と圧倒的な語りの魅力を有したのがこの本だ」と評し、作品内での謎の明かし方を賞賛している（八五―八六頁）。渡部昇一は『楽しい読書生活――本読みの達人による知的読書のすすめ』の「小説をどう読むか」という節でこの作品を第一に掲げ、「人間を深いところで揺さぶる『小説の力』」を有した傑作であると評している（一九四―二〇二頁）。また豊崎由美が『正面書評』（学研、二〇〇八年）で本作を、二〇〇六年度上半期ベストワン小説として紹介しているのが見られる（一〇二―一〇三頁）。さらに『ユリイカ』二〇〇八年三月号の「新しい世界文学」という特集では、武田将明が「現代英語圏小説における資本と倫理」という副題が付けられたエッセイで一部本作を紹介し、そこで舞台が近い過去に設定されている理由を、「これは、未来への想像力ではなく、失われつつある過去あるいは起源の再構築がこの小説で希求されているため」と説明している。さらに武田は「ここでも一見して懐古的な作風のなかに、現代社会における倫理の問題が、小説の可能性と一緒に扱われている」と、この作品自体を評価している（五三―五九頁）。

その他この時期に特筆すべきことの一つは、イシグロが脚本を書き、『日の名残り』と同じくマーチャント・アイヴォリー・プロダクションによって製作された映画、『上海の伯爵夫人』が公開されたことである。この映画の劇場用パンフレット（発行 Bunkamura、二〇〇六年）によると、もともと監督のジェームズ・アイヴォリーらは、谷崎潤一郎の『瘋癲老人日記』を映画化しようと、その脚本化をイシグロに依頼していたのであるが、彼は第一稿を書いたあとに、すぐそれを破棄してオリジナルのストーリーを書き始めたという。結局アイヴォリーらはそちらを採用することにして本作品が完成した（一五頁）。この映画は翌年の二〇〇六年秋、日本でも公開されたが、レイフ・ファインズやナターシャ・リチャードソンといったイギリスの実力派俳優に加え、日本の真田広之が重要な役を演じていることもあり、公開前には『朝日新聞』の「文化」欄にイシグロのインタヴューが掲載されるなど、ある程度の注目を集めている（二〇〇六年一〇月一八日、二三面）。その記事でイシグロは、小津映画への強い愛着や、自分の父が上海生まれであったため、そのことが作品の舞台設定に影響を与えているかもしれないことなどを語っている。さらにここで最新作の『わたしを離さないで』について、「この本で科学と未来について警告しようという気はまったくありませんでした。まったく新しい視角から、人間の本質とは何かを描きたかったのです」と述べているのは、記憶しておいてよいかもしれない。

大学の紀要等に掲載されたものとしては、比較的早い時期にジョゼフ・ハルディン（Joseph Haldane）

が "Kazuo Ishiguro, *Never Let Me Go*" という書評において、イシグロのこれまでの作品との関連で本作を紹介している（名古屋商科大学 *NCUB Journal of Language, Culture and Communication* 第7巻2号、二〇〇五年、一一一―一一二頁）。続いて高橋美知子が「鏡に映る世界――Kazuo Ishiguro, *Never Let Me Go*」（長崎外国語大学『長崎外大論叢』第10巻、二〇〇六年、一九七―二〇八頁）で、他の類似した設定の作品をも扱いながら、人間とクローンとの関係を考察している。また西谷修は「"思い出をもつ"ことの無残――カズオ・イシグロの最新作について」（東京大学『UP』第415号、二〇〇七年、四八―五三頁）というエッセイで、この作品において「思い出をもつ」ことで登場人物たちが自己の限られた運命を受け入れることができるとすれば、それは非常に無惨な充足であると述べている。そして『介護支援専門員』という雑誌の「文学にみる病いと老い」に掲載された、長井苑子の「カズオ・イシグロ『わたしを離さないで』」という本作の書評・紹介記事（第9巻3号、七六―八二頁）は、文学とは異なった専門分野で取り上げられたものとして注目に値する。さらに新井潤美は「カズオ・イシグロのナラティブと文化的アイデンティティ」（中央大学英米文学会『英語英米文学』第48号、二〇〇八年、八三―九八頁）という論考で、『わたしを離さないで』を含む彼の長編六作品の語りを概観し、登場人物たちが型にはまった英語を用いていることを指摘し、イシグロがそれによってある個人の物語というよりも、それを超えたより普遍的なテーマを読者の前に提示しようとしていると結論づけている。また長柄裕美の論考「カズオ・イシグロの作品にみる粘着性――歴史からの切断と *Never Let Me Go*」（鳥取大学地域学部『地域学論集』第4巻3号、三九三―四〇八頁）は、イシグロの作品に重く流れる時間を捉え、他作品をも考慮しながら「粘着性」の多様な表現を探り、そこに込められた意味を論じている。最後に平井法は「Kazuo Ishiguro 作 *Never Let Me Go*

考――この悲しみはどこから来るのか」（昭和女子大学『学苑』第829号、二〇〇九年、一―一二頁）で、子供時代への郷愁を理想主義への感情的等価物と見なすイシグロの思いのなかに、希望よりも失望を読み取っている。

そして取り上げる作品としては時期が前後することになるが、最近ますます多くの観点から、第三作の『日の名残り』がさまざまな論文やエッセイ、解説書等で言及され、論じられている。たとえば川北稔・小畑洋一編『イギリスの歴史――帝国＝コモンウェルスのあゆみ』（有斐閣、二〇〇〇年）では、木村和男がこの作品の帝国史的背景を簡略に説明しているのが見られるし（一九六―一九七頁）、上岡伸雄は『現代英米小説で英語を学ぼう』のなかの第3章「読んでみよう、現代英語文学」で本作を取り上げ、冒頭部分から原文で一部引用し、解説をしている（研究社、二〇〇三年、一四四―一四八頁）。廣野由美子は『批評理論入門『フランケンシュタイン』解剖講義』（中央公論新社、二〇〇五年）のなかで、ディヴィッド・ロッジがイシグロの作品を用いながら、その書『小説の技巧』（一九九二）において、「信用できない語り手」について説明しているのを紹介している（二七―二八頁）。また洋販編集の『PB300――ワケ（根拠）ありのペーパーバック300選・完全ガイド』（洋販、二〇〇五年、二四―二五、一五三頁）では、「どこから読んでもハズレなしの巨匠――20 Great Authors」としてイシグロと『日の名残り』が紹介されている。研究論文としては、大藪加奈（Kana Oyabu）が“Stevens' 'Unhomely' Home―Profession as Home in Kazuo Ishiguro's *The Remains of the Day*”（金沢大学『言語文化論叢』第9号、二〇〇五年、二七―四〇頁）で、この作品における母の不在に着目し、主人公スティーヴンスにとっては仕事の場こそが家庭であって、そこからの解放の過程をイシグロは描いていると結論づけている。また山内啓子は「カズオ・イシグロの文体――余韻と情感を生み出すイシグロ作品の文体」（石川慎一郎・加藤文彦・富山太佳夫編『テクストの地平――森晴秀教授古希記念論文集』英宝社、二〇〇五年、四九七―五〇九頁）という論考で、コンピューター・プログラムを用いるなどして、計量的にイシグロの文体的特徴をあきらかにしようとしている。池園宏は「カズオ・イシグロ『日の名残り』における時間と記憶」（吉田徹夫監修『ブッカー・リーダー――現代英国・英連邦小説を読む』開文社、二〇〇五年、二一一―二二九頁）のなかで、スティーブンスを巡る「時」の捉え方や「記憶」の持つ意味に焦点を当てることによって、この作品におけるイシグロの執筆意図について考察している。そして安藤聡は「カズオ・イシグロ『日の名残り』――神話的イングランドの崩壊」（愛知大学文学会『文学論叢』第135号、二〇〇七年、一六五―一八五頁）という論考において、スティーヴンスが過去の神話的なイングランドに執着しつつも、その変化の波にもさらされていると指摘している。また取り上げられた作品としては前後するが、野崎重敦は「カズオ・イシグロの『遠い山なみの光』に見る日本人観」（愛媛大学『法文学部論集』人文科学編・第24号、二〇〇八年、五九―七二頁）で、作者がこの作品において一見異質と思える日本人の行動を通して、普遍的な人間の心理の深みを表現しようと試みていると結論づける。さらに新井潤美は『へそ曲がりの大英帝国』（平凡社、二〇〇八年）のなかで、『日の名残り』においてスティーブンスが宿泊した村の住人たちから、「本物の紳士」に間違えられる場面を紹介し、イギリスの執事について説明している（一四一―一四二頁）。

また近年、書評とは別に、複数の作家がイシグロに言及している。たとえば小川洋子は『心と響き合う読書案内』（PHP研究所、二〇〇九年）で『日の名残り』を取り上げ、後悔で成り立つ過去を心静かに受け入れていく、スティーヴンスの慎ましやかな態度を賞賛している（一八六―一九〇頁）。村上春樹は二〇〇九年に出版された、ショーン・マシューズ、セバスチャン・グローズ編纂の研究書『カズオ・イシグロ』において、「カズオ・イシグロのような同時代作家をもつこと」という序文を書いており、それが大きな喜びであり、励ましになると述べている。この小文は柴田元幸編集の『モンキー・ビジネス』（二〇〇八年一一月、第3巻5号）にその日本語版が掲載されており（九六―九九頁）、それはまた若干の解説が付されて、村上春樹の『雑文集』（新潮社、二〇一一年）に再録された（二九二―二九五頁）。なお前述の『モンキー・ビジネス』には、イシグロが友人のジャズミュージシャン、ステイシー・ケントのアルバム『イン・ラヴ・アゲイン』のために書いたライナーノートが、柴田元幸の翻訳で収録されている（一〇〇―一〇三頁）。

もう一点この時期に特筆すべきは、二〇〇八年一一月発行の『水声通信』第26号でカズオ・イシグロの特集が組まれていることである（六五―一五三頁）。小池昌代のエッセイ「声のなかへ、降りていくと」は、イシグロの作品すべてに流れるある一定の声を聞く。もう一つのエッセイ、「カズオ・イシグロの長電話――『わたしを離さないで』で気になること」において阿部公彦は、この作品の語りが長電話のようによどみなく、なめらかで、切れ目がないと述べる。平井杏子の「遡行するイシグロ――〈ジャパニーズネス〉と〈イングリッシュネス〉のかなたに」は、伝記的事実を参照しながら、ボーダレス作家イシグロの境界とは、彼の遠い記憶と現実のあわいにしかないと結論づける。中川僚子は「廃物を見つめるカズオ・イシグロ――ゴミに記憶を託す」で、この作家がデビュー以来廃墟や廃物にこだわり続け、経験したこともないことを思い出す努力をしていると観察する。遠藤不比人の「とくに最初の二楽章が……――カズオ・イシグロの〈日本／幼年期〉をめぐって」は、イシグロの幼年期に精神的外傷を仮定し、それこそがこの作家の文学的な強度を担保していたとする。新井潤美は「カズオ・イシグロの小説における『顔のない』語り手たち」で、彼の作品における無個性で不自然な語りは、イギリスと日本のどちらにも完全に属することのない、イシグロ自身の姿が反映されていると結んでいる。藤田由季美の論考「カズオ・イシグロの声をめぐって」は、この小説家が作品ごとに新しい声で語りかけながらも、そこに人間の心の機微をあらわす普遍的な物語が聞こえてくると述べる。木下卓は「カズオ・イシグロにおける戦争責任──『信頼できない語り手』が語る戦争」で、なぜイシグロが初期三作において戦争責任を問題としたのかを考察している。岩田託子の「映像にイシグロはなにを見るか」は、TVドラマや映画といったイシグロの映像作品を分析する。またこの特集の最後には武井博美による「カズオ・イシグロ書誌」が掲載されている。そして二〇一一年には、平井杏子がこれまでに発表した論考を加筆修正して、『カズオ・イシグロ──境界のない世界』（水声社）を出版した。巻末では、国内で発表された新聞・雑誌記事がかなり網羅的に列挙されている。現在のところ国内で公刊されたものとしては、この二冊がもっともまとまったイシグロ研究と言えるだろう。

さらにこの頃、日本の新聞・雑誌等に掲載されたイシグロへのインタヴュー記事としては、英語学習雑誌『イングリッシュ・ジャーナル』二〇〇六年一二月号上のものがあるが（別冊付録、二一―三六頁）、ほかにも『文学界』（二〇〇六年八月号、一三〇―一四六頁）や『サイト』（第33号、二〇〇七年、一九四―二〇三頁）、『コヨーテ』（第26号、二〇〇八年、四〇―四四頁）、『ミスターパートナー』（第246号、二〇〇九年三月、四一―四三頁）といった雑誌にも、最後のものを除いて、ある程度まとまった量のイシグロへのインタヴュー記事が掲載されている。それらのなかではこの新作や創作への態度、日本のことなどを語っているが、このようにその内容や対象読者をかなり異にすると思われるいくつかの雑誌で、同じようにイシグロが取り上げられているのは大変興味深い。それは日本においてイシグロがより多くの人々に注目され、受け入れられるようになってきていることの証拠であろう。

こうしてイシグロは、日本で生まれながらイギリスで育った完璧な英語話者として、あるいはそうした経歴を持つ日本出身の世界的作家として、またあるいはますますグローバル化する現代社会の申し子のような存在として、それでいてそのような日本生まれの人物としてはまだまだ稀有な存在として、さまざまな分野の人々の関心をひき続けている。

注

（1）本章ではなるだけ網羅的なものを目指しているが、筆者の不注意ゆえ多々見落としもあるはずである。また当然のことながら入手できた文献に限っている。さらにここではそれらの紹介に徹しており、原則として価値判断は行っていないこと、そしてその紹介もなるだけ簡潔にとどめるため、また筆者の理解力不足ゆえ、一部その要約に偏りが見られるかもしれないことを断っておきたい。文献の情報に関しては、この章に限って記述の重複を避けるため、また参照する際にかなり煩雑になるので、注や参考文献として記すのではなく本文中で示すこととする。

補論2　イシグロと長崎

カズオ・イシグロと長崎。この関係は微妙で複雑である。それはもちろん彼自身が五歳で生まれ故郷であるこの地を離れ、またその初期作品のいくつかにおいて、長崎やそれらしき場所を舞台に設定しているからだ。そしてそのことに関するイシグロ自身の矛盾した言葉や、そこで描かれた長崎と現実のそれとの乖離、さまざまな批評家の解釈などが、この問題をいっそうデリケートなものにしているからである。

たとえばイシグロ本人はあるインタヴューで、長崎を舞台にした長編第一作『遠い山なみの光』の執筆について質問された折、次のように答えている。

> 実際あの最初の小説は、私が書き始めたときは舞台はイギリスだったのです。一九七〇年代のイギリスの西部でした。しかしすぐに私は、同じ話で、長崎を舞台に使うことに決めました。……私はその頃、一九七〇年代、八〇年代にイギリスで育った若者として、ある問題意識、テーマをもっていて、それを表現するのに最も適していると思われる舞台を選んだのです。私は常に小説の舞台にはかなりの

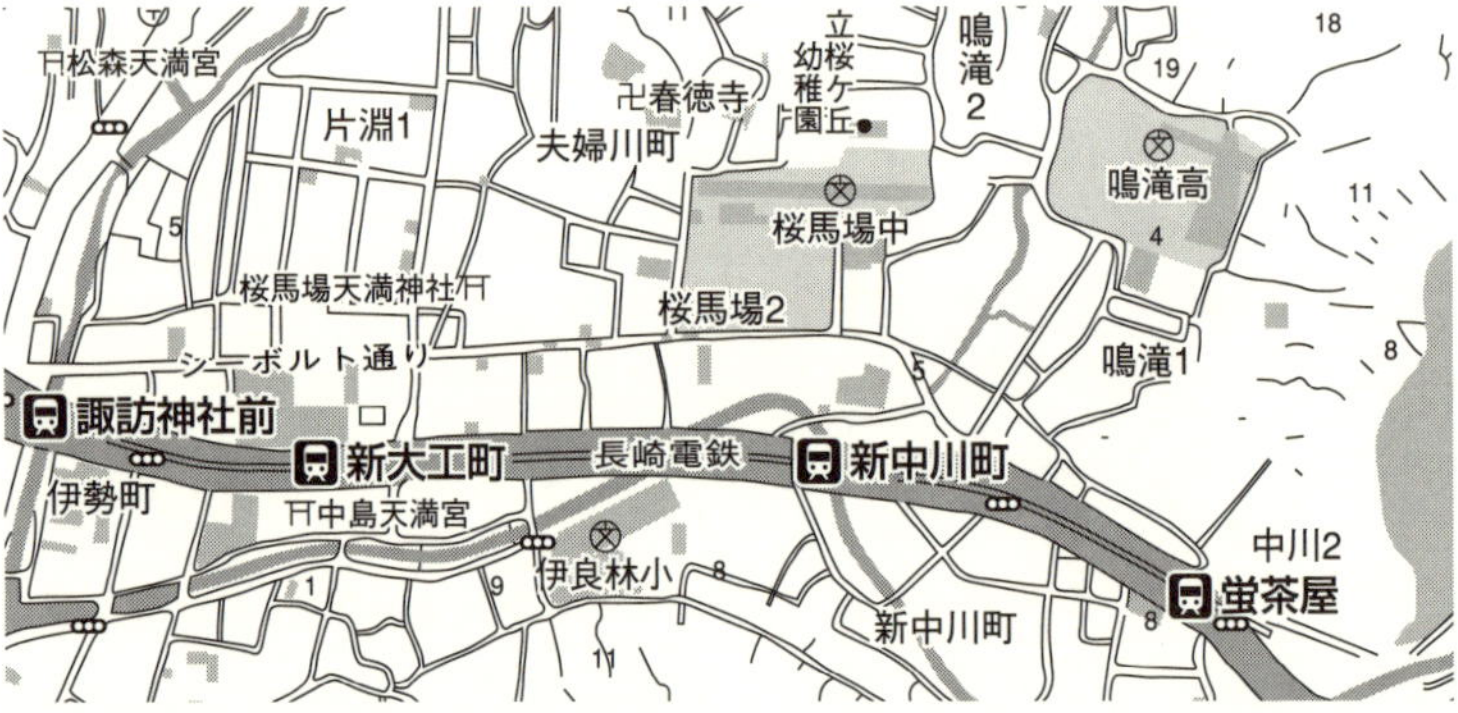

イシグロの生地、長崎の新中川町周辺地図

自由が許されると信じていました。(1)

つまりそれは技術的な理由で持ち込んだもので、必要不可欠な要因ではなかったと言うのだ。しかしまた別の機会に彼は、この作品の舞台を自分の故郷に設定したことについてこのように語っている。

あの本を書いたころの私にとって重要だったのは、子どものころの記憶やイメージを記録に残すことでした。私は五歳で日本を離れましたが、イギリスで育ちながらも、長崎のことを考えながら育ったんです。私にとってはそれこそが日本でしたからね。でも二十四、五歳になって気がついたと思うんです。こんな長崎は私の頭の中に存在するだけで実在はしないんだということを。半分は想像の産物ですからね。それに年をとれば記憶はますます薄れていくでしょう。ですから、私の想像上の長崎を本の中で再現してみたかった。それが主な動機だったような気がします。(2)

こうした一見整合性のない言葉は結局、イシグロについてのエッセイのなかで、詩人・小説家の小池昌代が述べているように、「作家が自作について話していることには、自分でもよくわかっていないことがあるものだし、かなり矛盾があるものだし、どこまで信用してよいのかどうかはわからない(3)」ということなのだろう。その後さまざまな批評家がイシグロの作品における描写と伝記的な事実を結びつけようとしてきたが、そのことについて作者自身は次のように語っている。

そういった種類の人物紹介においてはつねに、作者の人生と作品とのあいだに反響や対比を見つけ出そうとする傾向があります。私はそこから自作のすべてが生まれたと、完全に納得しているわけではありません。――私が自分の子供時代の日本に対する何らかのノスタルジアを感じており、したがってそうしたことについて書いていると。それはちょっとあまりにも整然としすぎています。(4)

ところがこの言葉に続けて彼は、それが「まったく事実に反しているわけでもありません。私が記憶やノスタルジアにひかれる理由の一部は、自分自身の経験においてこうした事柄が、非常に鮮明に結晶化されてきたからだと思います(5)」とも述べている。もちろん五歳までの長崎の記憶だけが、イシグロの創作における源のすべてではありえないだろう。イギリスに渡ってからのさまざまな体験や教育、交友関係、彼が触れた本や映画、音楽など、あらゆるものがその創作に影響を与えているはずである。

しかしながらいくつかの論考が示すように、実はイシグロの長崎および日本は、彼自身が考えているよりもその人生や創作全体に対して、より重要な意味をもっているのかもしれない。たとえば森川慎也はイシグロの祖父母との別れが、特に長編第五作『わたしたちが孤児だったころ』に大きく影を落としている可能性を、詳細な伝記的事実の調査によってあきらかにしているし(6)、遠藤不比人は長編一、二作における過剰なまでの日本名の氾濫に翻訳不能性を見て、それこそが英語にも日本語にも回収しきれない余剰であり、イシグロの外傷/欠損であるとし、そこにこの作家の文学的強度があったと論じている。(7)
さらに平井法はイシグロの長編第一作に描かれた長崎が、意外なほど忠実に現実のそれを再現していながら、そこで意図的に逸脱している部分に着目し、それこそが「後年のイシグロ作品への着実な道筋を示している」と結論づけている。[8] そしてなによりもこの作家は一貫して過去や記憶というものにこだわり続け、現在は過去によって規定され、またその過去の記憶は現在から改変されるという考えを、繰り返し作品のなかで表現してきた。それならばイシグロの過去の一時期を構成する、日本で過ごした日々をここで検証し、彼と長崎の関係を見つめ直しておくことは、少なくともこの作家やその作品の一部を理解することの一助となるはずである。以下、カズオ・イシグロの長崎を作品と伝記的事実や資料、インタヴューをもとにたどってみたい。

1　生家およびその周辺

カズオ・イシグロは一九五四年（昭和二九年）一一月八日、長崎市に生まれた。生家は市の東部、新中川町を流れる中島川のそばに一二〇坪ほどの地所を有する、かなり大きな邸宅であったという。[9] イシグロ自身はこの家について、次のように語っている。「長崎の家はどんな作りでどんな部屋だったたか、全部再現できます。三階建てで、一番上は西洋式の部屋で、三階から階段を転げ落ちたことも覚えています」。[10] ここでイシグロはこの家が「三階建て」であったと述べているが、実際は二階建てで中二階があったらしい。[11] このように若干不正確な部分も見受けられるが、彼にとってこの家の記憶はかなり鮮明なものであるようだ。一九八四年に発表された「戦争のすんだ夏」という短編には、次のような文章がある。「お祖父さまの家には、いちばん上の階に、テーブルと背の高い椅子がならんでいる洋式の部屋があった。そのバルコニーからは庭全体が見えて、二階下が縁側だった」[11]。この描写などはイシグロが説明する生家を彷彿させるようである。またイギリスの新聞『ガーディアン』に、「二つの世界のあいだで」というタイトルのイシグロに関する記事が掲載されたことがあるが、そこにはこの家の床の間に飾られた立派な兜や刀の前で、座布団の上に座らされた乳児期のイシグロの姿を見ることができる[12]。これらのことからうかがえるように、当時の石黒家はかなり暮らし向きがよかったと思われる。

ここで再びイシグロの作品世界に目を転じてみると、そこではよく指摘されるように、大きな建物がしばしば描かれている。たとえば長編第二作『浮世の画家』（一九八六年）の冒頭は次のとおりである。

このあたりでは今でも〈ためらい橋〉と呼ばれている小さな木橋のたもとから、丘の上までかなり急な坂道が通じ

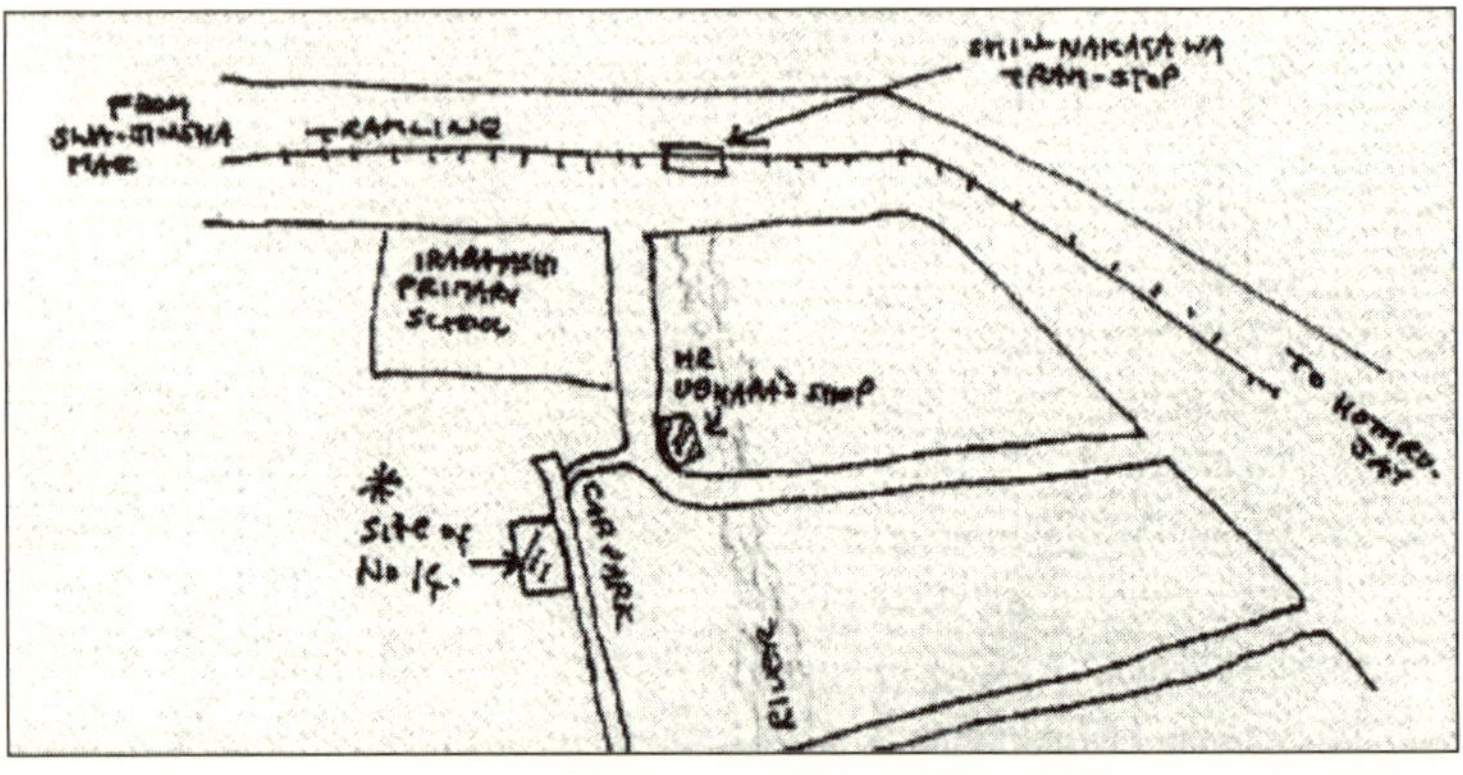

イシグロ自身が書いた生家周辺の地図（『スイッチ』1991 年 1 月号、101 頁より転載）

ている。天気のいい日にその小道を登りはじめると、それほど歩かぬうちに、二本並んでそびえ立つ銀杏の梢のあいだからわたしの家の屋根が見えてくる。丘の上でも特に見晴らしのよい場所を占めているこの家は、もし平地にあったとしても周囲を圧倒するほど大きいので、たぶん坂を上る人々は、いったいどういう大金持ちがこんな屋敷に住んでいるのかと首をかしげることだろう[13]。

大江健三郎がイシグロとの対談でこの個所に言及し、「大きい建物の描写、そこから小説の世界に入っていく入りこみかた[14]」に感心したと述べているが、この「大きな家」は主人公の画家小野益次の虚栄を象徴するものと考えられるし、それはさらにイシグロ自身の記憶に刻まれた彼の生家をも思い起こさせる。また初期の短編「夕餉」(一九八〇年)では、語り手の青年がカリフォルニアから久しぶりに鎌倉の実家に帰ってきたとき、父親が一人で住む家のなかを一緒に見て回るという場面がある。「ぼくは部屋から部屋へ父について行った。家がどんなに大きいかすっかり忘れてしまっていた。唐紙があくと次の部屋が現われる。しかし、どの部屋も驚くほど虚ろだ。ある部屋では燈りがつかず、窓から洩れる淡い光でがらんと何もない壁と畳を見凝めた[15]」。この大きくて空ろな家は、妻を亡くし、語り手を含む二人の子供とも別れて暮らす、孤独な父の姿そのもののようでもあり、その語り手の姿は遠い記憶をたどる作家自身のそれでもあるかのようだ。

そして長編第一作『遠い山なみの光』にも大きな家の描写が見られる。この物語の語り手悦子が長崎で暮らしていた頃に知り合った佐知子という女性は、夫の親戚であるという伯父を頼って東京からやってくるのであるが、その家は次のようであったという。「伯父は裕福で、その家はとてつもなく大きく、住んでいるのは伯父自身のほかにはその娘と女中が一人だったから、佐知子とその娘を入れる余裕は充分にあった。事実佐知子は、この家がいたるところ無人でしんとしているという話をしじゅうしていたのである」[16]。さらに長編第三作『日の名残り』（一九八九年）の主人公、執事のスティーヴンスが勤める屋敷ダーリントン・ホールは、その最盛時において二八人もの召使が雇われていた、イギリスの旧家という設定である。このようにイシグロの作品には、特にその初期のものにおいて、大きな家の描写が頻繁に見られるのである。

またこのイシグロの生家には大きな庭があったらしい。建物自体は取り壊されて、現在の所有者によって新たに建て直されているのであるが、それでも庭は往時の面影を残しているという。そこには石黒家の時代に植えられた楓やツツジが今では大きく育っており、築山や井戸も残っている[17]。短編「夕餉」では、家の庭が舞台の一部を成しており、語り手の青年が妹の菊子とともにそこを散歩する場面がある。それはかなり広い庭らしく、二人は藪のあいだをめぐって古井戸にいたる小道を歩いて行くのである。また長編第五作『わたしたちが孤児だったころ』（二〇〇〇年）の主人公バンクスが、子供の頃暮らしていた上海の家の庭には築山があり、その頂には楓が一本植えられていた。彼は隣に住む日本人の少年アキラとしばしばそこで遊ぶ。この作品の第二章冒頭は以下のとおりである。

上海の我が家の庭の奥には草の生えた小山がひとつあり、その頂上にカエデの木が一本生えていた。アキラとわたしは六歳のころから、その小山のあたりで遊んでいた。今、少年時代のこの友人のことを考えるときはいつも、二人でこの小山を駆け上ったり駆け下りたり、ときには傾斜がいちばんきつくなっているところから飛び降りたりしていたことを思い出す。ときどき疲れはてると、小山のてっぺんに座ってカエデの木の幹に背中をもたせかけて、はあはあとあえいだ。この見晴らしのいい場所からは、うちの庭全体とその庭の端に建っている白い大きな我が家がはっきりと見渡せた。(18)

この家の記憶は子供の目から見たもので、実際はそれほど大きなものではなかったと思う、という修正が直後に施されているのであるが、いずれにしても大きな家と庭は、バンクスの脳裡にしっかりと焼きついた思い出として、ここで鮮やかに描写されているのである。

このイシグロの生家から一歩外へ出ると、それは狭い路地が複雑に入り組んだところで、坂の多い長崎らしく、場所によってはかなり急な階段となっている。彼自身「長崎の坂は急で、僕のイメージでは、坂というのは下から見上げるような存在でした。だから長崎ではいつも見下ろすというよりは、見上げていたという記憶があるのです(19)」と語っているように、故郷の斜面は強く印象に残っているようだ。『遠い山なみの光』では語り手の悦子が義父の緒方さんと、中川に住んでいるかつての教え子に会いに行くという場面がある。その付近はこのような場所として描かれている。

何年もたっているのに、この辺りはたいして変わっていなかった。狭い道筋は、上ったり下ったりしながらくねくねとつづいていた。今でもよくおぼえている家々が、坂道ぞいでも建てられるところにはどこにでも建っている。傾斜地にあぶなっかしくつかまっているような家もあれば、まさかと思うほど狭い場所に割りこんで建っている家もあった。[20]

この箇所は現実の新中川周辺を忠実に再現したように思われるが、『わたしたちが孤児だったころ』には、ずっと悪夢的な様相の迷路が現れる。主人公のバンクスは失踪した両親を救出するため、戦闘が繰り広げられている危険な住宅密集地域に足を踏み入れるのだが、そこは破壊されたスラム街というよりもむしろ、「無数に部屋がある、どこか広大な屋敷の廃墟の跡[21]」ではないかという印象を彼は持つ。そして長編第四作『充たされざる者』(一九九五年)の主人公ライダーや、短編集『夜想曲集——音楽と夕暮れをめぐる五つの物語』(二〇〇九年)の表題作、「夜想曲」の主人公スティーヴが夜中に彷徨する巨大なホテルでは、複雑な迷路と大きな建造物が組み合わされており、長い夢のなかのような不可思議な世界が構築されている。

2　路面電車と幼稚園

イシグロの生家からほんの一〇〇メートルほど北へ行くと、新長崎街道三四号線上を走る長崎電鉄の新中川町駅がある。前述したように『遠い山なみの光』では、悦子が義父の緒方さんとともに市電に乗って、中川に住む彼のかつての教え子に会いに行くという場面がある。「電車を降りると、緒方さんはちょっと立ちどまって顎を撫でた。……わたしたちが立っていたのはコンクリートの広場で、周囲には空の市電が何台もとまっていた。頭上では黒い電線がごちゃごちゃと交錯している。照りつける日射しはかなりつよく、車体のペンキがぎらぎらと光っていた」[22]。駅を降りた辺りのこの風景はむしろ、そこからさらに三〇〇メートルほど東にある終点、蛍茶屋駅のものに近いだろう。また『浮世の画家』では、主人公の小野が長女の元婚約者、三宅二郎と路面電車を待ちながら話をする場面があるし、『充たされざる者』の最終場面には、主人公ライダーが市内を循環する路面電車に乗って、その車両内で出される朝食を食べようとする不思議な光景が用意されている。彼は車内で知り合った電気技師に勧められて、ビュッフェ形式の朝食を取りに行く。

> この電車は循環して走りつづけるのだから、わたしたちの会話が楽しければ、彼は次に自分の停留所がめぐってくるまで、おりるのを延ばしてくれるに

長崎市立桜ケ丘幼稚園第22回（1959年）入園式
（桜ケ丘幼稚園卒園アルバム『おもいで』より転載）
二列目中央のイシグロをはさんで、左端が当時の担任であった田中皓子氏、右が母の静子氏。

違いない。ビュッフェもまだしばらくはここに残っているようだから、ときどき話を中断しては、また食べ物を取ってくることができるだろう。わたしは彼を相手に、もっと取ってきたらと何度も勧め合っている場面すら、思い浮かべることができた(23)。

もちろん長崎の市電でこのように朝食が出されることはないし、それはまた市内を循環することもないが、イシグロはこのイメージを気にいっているらしく、彼がジャズシンガー、ステイシー・ケントのために書いた「朝のトラムで朝食を」という曲の内容は、『充たされざる者』のエンディングと酷似している(24)。

そして新中川町駅からさらに二〇〇メートルほど北へ行ったところに、イシグロが通っていた長崎市立桜ヶ丘幼稚園がある。明治一九年六月に長崎師範学校女子部附属幼稚園として発足したこの幼稚園は、何度かの移転を繰り返しながら昭和六一年(一九八六年)に創立一〇〇周年を迎えている。イシグロが通園していた頃は、現在すぐ南に隣接する桜馬場中学の、体育館の辺りに位置していた(25)。

残念ながら伝統あるこの幼稚園も、市の方針で二〇一一年度末をもって閉園されるが、当時の園舎は木造の立派な建物で、約三〇名ほどのクラスが一年に二組ある、二年制保育の幼稚園であった。卒園アルバム『おもいで』に「一日の保育」という

当時の「一日の保育」
(桜ケ丘幼稚園卒園アルバム『おもいで』より転載)

頁があり、そこではたくさんの遊具がある広い園庭で遊んだり、紙芝居やテレビに見入る子供たちの姿が見られる。イシグロは昭和三四年（一九五九年）四月ここに入園し、卒園まで一年を残した昭和三五年三月に中途退園している。したがってこの卒園アルバムに「石黒一雄」の名前はないが、入園式の写真には母親の静子氏とともに幼い彼の姿が写っているのを見ることができる。担任の所感によると、石黒少年は「風邪をひきやすく、食事にはパンを好んで食べ、お話が好きでラジオの童話を喜んで聞き、絵に興味があって、身近なことによく疑問を持つ子供[26]」だったということである。

その後すぐ日本を離れてから実に二九年が経過した一九八九年秋に、国際交流基金の招きで来日したとき、イシグロはローナ夫人とともにこの幼稚園を訪れている。イシグロはこのときのことを、「むかし住んでいた家はなくなっていましたが、幼稚園へ通った道も大通りの交差点も覚えていたとおりでした。記憶の正確さにびっくりしたくらいです[27]」と述べている。またその際、彼は幼いころ好きだったという当時の担任田中皓子氏とも再会している。[28]この幼稚園から北東へ二〇〇メートルほど行くと、シーボルトの居宅跡がある。現在その隣には記念館が建てられているが、イシグロは一九八九年に来日した折、その年に開館したばかりのこの施設も訪れ、熱心に展示物を見学している。

1989 年にローナ夫人と移転後の園舎を訪問
（田中皓子氏撮影）

イシグロがのちに「博物館で見たあの置物、カーペット……あれはすごかった[29]」と語っているのはこのときのことと思われる。

なお彼はこの来日時、長崎で親類や父の友人に大勢会っている。その人々や故郷の印象をあるインタヴューでは次のように述べている。「あの人たちは私たちをまだ身内とみなしてくれているんです。大都会とはまったく違う社会、そんな気もしました。……長崎はずっと小さいけれども、もっとくつろげたんです。流行の先端を行く街ではないけれども、共同体意識や昔の価値観がまだまだ生きているんです[30]」。もちろんこのときイシグロは長崎だけでなく、福岡や京都、飛騨高山、東京も訪れ、行く先々で多くの親類に会った。「合わせて四〇人くらいでしょうか。私にも叔父や叔母、いとこなんかがいたんですね。肉親しか知らずに育った私にとってはとても楽しい体験でした。……私と日本との関係も少し考え直すようになりました[31]」。その経験は自分の出自を見つめ直す、またとないきっかけになったようである。

3　父と祖父

イシグロの父鎮雄氏は、一九二〇年四月二〇日、上海に生まれている。九州工業大学で電気工学を学んだあと、いくつかの企業や研究所で気象学の研究を続けていたようである。そのあいだに従軍もしており、息子の一雄が生まれた頃は長崎海洋気象台に勤めていた。彼はそこに勤務していた一九四八年から一九五五年の七年間に、おもに海洋機械工学に関する論文を英語のものも含め三五本書いている。そしてイシグロがまだ二歳になって間もない一九五七年一月から一年間、ユネスコの奨学金を受けてイギリスの国立海洋研究所に単身渡っている。[32]この事実からわかることであるが、あるインタヴューでイシグロ自身も「父は私が生まれた頃あまり家にいませんでした。父は科学者としてアメリカやイギリスをたくさん旅していましたので、四歳になってやっと会ったぐらいなんです[33]」と語っているように、長崎にいた頃、父はほとんど家庭に不在がちであった。イシグロはまたこの父について、「伝統的な日本の父親像とはだいぶ違うと思います[34]」と述べているが、実際「少し気難しいところがあって、社会のために何かしたいという思いの強い人[35]」だったようである。

その後父は北海に関する調査を進めるイギリス政府の研究プロジェクトに参加することになり、一九六〇年四月、石黒家は姉の文子と妹の洋子も含めて五人全員で、当時就航したばかりの南回りの飛行機に乗って一日半かけて渡英することになる。一家が落ち着いたのはロンドン南西のサリー州ギルフォードであった。彼らは当初、イギリスにほんの一、二年だけ滞在する予定だったということであるが、[36]あるインタヴューで鎮雄氏はこのようにも語っている。「私は長崎の海洋気象台に勤務していたんですが、

3. JAPAN

Shizuwo ISHIGURO - born 20 April 1920 - Graduated Kyushu Inst. of Technology (Electr. Engg.); special course at Sendai Aviation School (meteorology) - Assistant Researcher, International Electrical Communication Co.; Second Lieutenant, Japanese Army (Meteorological Research Inst.); Assistant Researcher Meteorological Res. Inst., Tokyo (3 years); Researcher and Chief of Instrument Branch, Nagasaki Marine Observatory (7 years) - 35 papers, mostly on oceanographic instrumentation, dated 1948-55, in Japanese and English - proposed subjects of study: electronics in oceanographical measurements - Study programme: 12 months commencing 1 January 1957 in the National Institute of Oceanography, Wormley, under Dr. G.E.R. Deacon.

ユネスコの活動報告書に記された父石黒鎮雄氏の略歴
(http://unesdoc.unesco.org/images/0015/001541/154171eb.pdf より)

一九六〇年、英国の国立海洋研究所に主任研究員として招聘されました。英国は二度目でしたが、その時、永久就職するつもりで、気象庁を辞め、家族を連れて、海を渡ったのです[37]」。それから一〇年後、鎮雄氏には日本のある研究職のポストに就く話もあったらしいが、彼は最後の段階でそれを断り[38]、それからさらに一五年以上イギリスで働き続けた。鎮雄氏が北海の潮汐や高潮の予測のために開発した「電子モデル」はかなり正確なものであったということであるが、イギリスでは一九八〇年までにそれは「デジタルモデル」に取って代わられたという[39]。父はイシグロ自身によると「朝はゆっくり起きてくるし、当時も今も何時間でもピアノを弾いて[40]」いるような人だったという。退職後は盲人のための文字判読器を作ったりしていたらしい[41]。そして鎮雄氏は二〇〇七年八月一三日、イギリスで八七歳の生涯を閉じた[42]。

イシグロの作品で父の姿は、ほとんどいつも厳しく近寄りがたいものとして描かれている。たとえば短編「夕餉」の父親は次のように描写されている。

大きくがっしりした顎と黒々とした眉毛のせいで父はいかつい感じに見えた。今振り返ると周恩来によく似ていたと思う。もっとも、家族に流れる純粋な武士の血をことのほか誇りにしていた父だから、こんな比較はありがたくなかっただろう。父のかもし出す雰囲気は、くつろいだ会話を引き出すものではなかった。なんでも結論づけるように言ってしまう奇妙なものの言い方もよくなかった[43]。

こうした父親像は長編第二作『浮世の画家』や、その次の作品『日の名残り』においても繰り返し見られるが、この第三作において父の姿は最後に少し変化を見せている。主人公スティーヴンスの父は臨終の間際に、次のような言葉を息子にかけるのである。「わしはお前を誇りに思う。よい息子だ。お前にとっても、わしがよい父親だったならいいが……。そうではなかったようだ[44]」。そして第四作『充たされざる者』では、ピアニストの主人公ライダー自身が、演奏旅行で家庭に不在がちな父親となっているのである。イシグロはあるインタヴューで、日本で生まれてイギリスで育ったという環境の変化が、小説を書くのに重要な意味を持ったのかと問われ、「やっぱり、長崎から引き離されたからでしょう。ずっと日本で育っていたら作家にはなっていなかったでしょうね[45]」と答えている。このように、父の仕事の関係でイギリスに渡ったことが、その後の彼の人生に決定的な意味を与えたのは間違いないようである。

その鎮雄氏の父、イシグロにとっては祖父にあたる昌明氏は滋賀県大津市の出身で、戦前の上海日本人社会における最高学府であった東亜同文書院で学んだ。その後伊藤忠商事の天津支社に勤め、そして一九二一年、上海に豊田紡績株式会社が設立される際に責任者の一人となったようである。その頃イシグロの父鎮雄氏が上海で生まれた。そして一家は第二次大戦が始まったため日本に引き揚げてきて、昭和の初めごろ長崎に疎開したらしい。祖父はしばらく仕事で中国とのあいだを往復したが、新中川町で町内会長になり、戦前には観音堂の祠を建てる世話役を務めるなど、地元では名士であったようだ[46]。この祖父はイシグロが「私の人生の初めの五年間、本当に父のような存在でした[47]」と述べていたように、父親が不在がちな長崎時代のイシグロにとって、非常に大切な存在であった。『浮世の画家』や、その習作と考えられる短編「戦争のすんだ夏」では孫と祖父の親密な様子が描かれているし、あらゆる人間関係が破綻しているように思われる第四作の『充たされざる者』でも、ほとんど例外的に少年ボリスとその祖父グスタフの関係だけは良好に保たれている。

イシグロの祖父は孫がイギリスに渡ってしまってからも、彼を日本の子供文化についていけるようにするため、『小学一年生』や『オバケのQ太郎』などの雑誌や漫画、パズルなどが入った大きな包みを毎月送っていたという。しかし昌明氏はイシグロが渡英してから一〇年後の一九七〇年あたりに、長崎の家で亡くなっている。そのとき家族のだれも日本に戻ることができなかったという[48]。そして祖母の嘉代氏も一九八三年に他界し[49]、その後長崎の邸宅は一時空き家になっていた。その間庭の石塔が盗み出されるなど荒れ果てていたらしいが、平成元年に現在の所有者の手に渡り、家屋は建て直された[50]。イシグロが祖父母と別れて日本を発ったときに覚えていることの一つは、彼らにお土産を買って帰ると約束したことであるという。しかしその後一度も再会することなく彼らは死去し、その約束を果たすことはできなかった。このことはイシグロにとって祖父母を裏切ってしまったような、一種の罪悪感として心に残っているようだ[51]。

4　稲佐山と平和公園

イシグロが暮らしていた新中川町から西へ四キロほどのところに、標高三三三メートルの稲佐山がある。麓からロープウェイで五分ほどの山頂付近は公園になっており、そこから長崎市街を見下ろすことができる。イシグロの長編第一作『遠い山なみの光』というタイトルの「遠い山」とはまさに、主人公の悦子がアパートの窓から眺めるこの山のことである。ある日彼女は友人の佐知子とともに稲佐山の頂に登り、そこからの光景を次のように語る。「はるか眼下には、水面に機械がぎっしりかたまっているような港の風景が見える。港の向こうの対岸は、長崎までつづく山々だった。麓には、木造家屋やビルがごちゃごちゃかたまっている。はるか右手には、港から海が広がっていた[52]」。作者自身は物語にこの場面を挿入したことについて、以下のように述べている。「稲佐山のシーンはテクニック上必要だと考えて書きました。彼女を丘の上に立たせて、もっと広い世界があるのだということを認識させる必要があった。言い換えれば、丘に登ることで文字通り広い視野を得させたかったんです[53]」。作品のなかで読み手の視界をも開かせてくれるようなこの場面は、平井法も指摘するように、かなり忠実に現実の長崎を再現したものである[54]。作中、稲佐山の麓にある売店の男が「すばらしい眺めですよ。あの山頂のが、いま建てているテレビ塔です。来年はケーブ

稲佐山からの眺め（著者撮影）

ルカーがあそこまで行くんですよ。頂上まで[55]」と話しているが、「長崎の稲佐山にじっさいにロープウェーが開通したのは一九五八年のことで、そのとき山頂に建設中だったテレビ塔が完成し、頂上までロープウェーが通じたのは翌五九年のこと[56]」だった。イシグロ自身渡英前に家族とともにこのロープウェーに乗って山の頂に登った思い出があり、「特に稲佐山からの眺めはいまでもはっきりと覚えています[57]」と語っている。

そしてこの稲佐山から市街に向かって左手、市の中心部北側の浦上地区に平和公園がある。そこは原爆の爆心地であるが、『遠い山なみの光』では悦子が山上から眼下を眺め、友人の佐知子にこのように語る。「『まるで何事もなかったみたいね。どこもかしこも生き生きと活気があって。でも下に見えるあの辺はみんな』――とわたしは下の景色のほうを手で指した――『あの辺はみんな原爆でめちゃめちゃになったのよ。それが今はどう[58]』」。悦子はまた夫の父である義父の緒方と一緒に、ある日「観光客みたい[59]」に長崎見物に出かけ、この平和公園を訪れる。そしてこの公園の印象を次のように述べる。

その広い緑地には一種荘厳な雰囲気がただよっていた。植え込みとか噴水といったふつうの公園の装飾を最小限におさえたので、厳粛な感じが生まれたのだ。広い芝生と高い夏空、それに肝心な祈念碑――これは原爆で死んだ人びとを祈念する白い巨像で

平和祈念像（著者撮影）

ある——が醸し出す雰囲気が公園全体をつつんでいた。巨像はたくましいギリシャの神に似ていて、座った姿勢からぐっと両腕をのばしている。右手で原爆が落ちてきた空を指し、もう一方の手を左にのばしているその像は、悪の力をおさえていることになっていた。目は祈るように閉ざされている。[60]

イシグロが通っていた桜ケ丘幼稚園の遠足でもこの場所を訪れているが、一年で退園した彼はおそらくその行事に参加していない。[61]しかしイシグロが生まれた翌年の一九五五年に完成したこの像を、家族で見物に行った可能性は大いにあるだろう。長編一、二作の執筆に関し、「基本的には記憶に頼りました[62]」と語るイシグロであるが、「物語の形がはっきりしてから、仕上げの段階ではたしかに歴史の本にも目を通しました[63]」と言うように、この平和祈念像の描写など驚くほど正確である。

このように実はかなり慎重に、イシグロは長編第一作で記憶に残る長崎を再現しているのだが、そこではまた一部で、現実の長崎に対して奇妙な空間のねじれが生じている。悦子は長崎で自分が暮らしていた場所を次のように述べている。「わたしは夫と、市の中心部から市電ですこし行った、市の東部にあたる地区に住んでいた。家のそばに川があって、戦前にはこの川岸ぞいに小さな村があったと聞いたことがある。だがそのうち原爆が落ちて、あとは完全な焦土と化したのだった[64]」。ここで彼女が言う「市の中心部から市電ですこし行った、市の東部にあたる地区」とは、イシグロ自身が暮らしていた新中川方面にあたるが、その地区は直接的な原爆の被害をそれほど受けていない。[65]「原爆が落ちて、あとは完全な焦土と化した」のは現在平和公園のある市の北部浦上方面である。そして市の東に住んでいるはずの悦子は、ときおり市電に乗ってかつて暮らしていた「ナカガワ」を訪れる。つまり本作品中では、現実の長崎における北と東が不可解なほどに入り混じっているのである。[66] しかしこれはもちろんイシグロの創作における瑕疵ではない。彼はこのことについて次のように語っている。

僕は『女たちの遠い夏』(『遠い山なみの光』)で長崎を舞台にしましたが、去年実際に訪れてみたら、ディテールについては間違いだらけだったと痛感しました。ケーブルカーや路面電車なんか、細部が全部違っていたように思います。でもそれでいいと思うようになった。というのもあれが長崎というより、僕が個人的に抱いていた想像上の長崎なんだし、僕があの作品を通じて見出そうとしたのは、長崎という町ではないからです。[67]

また彼は別のインタヴューで、フィクションにおいて想像力を駆使することがいかに重要であるかを力説している。

私は自分が歴史家だとは思いませんし、……たしかに旅行作家でもありません。私は人々に、ある時代の日本であれイギリスであれ、あるいは上海であれ、ある場所がどんなふうであるかを伝えようとしているわけではありません。私は自分の想像の世界を生き生きさせようとしているんです。そして一つの想像の世界をそうした作品のなかに作り上げるには、大変な努力が必要なんです。……結局、作家にとって多くの調査とはその人自身の想像力のなかにあるんです。そのなかに入って、徹底的に調べ上げなければなりません。その世界のなかの雰囲気がどんなものであるかを知らなければならないのです。(68)

つまりイシグロが描いた「ナガサキ」と現実の長崎とのずれは、ほとんど意図的なものであったと言うべきである。正確を期そうとすれば地図を参照するだけで簡単に確認できるようなことを、彼はあえてしなかったのである。そこでは現実と虚構の微妙なずれを問題にするのではなく、それこそがこの作家の特徴の一つであると認識しておかなければならない。そしてその現実と虚構、あるいは現在と過去のあわいにこそ、小説家としてのイシグロの力量が発揮される領分が存在するのであり、創作家としての彼の矜持が保たれているのである。

注

（1）青木保「カズオ・イシグロ——英国文学の若き旗手」『中央公論』（一九九〇年三月号）、三〇四頁。
（2）和田俊「カズオ・イシグロを読む——英ブッカー賞受賞作家ルーツをたどる長崎への旅」『朝日ジャーナル』（一九九〇年一月五日）、一〇二頁。
（3）小池昌代「声のなかへ、降りていくと」『水声通信』第二六号（二〇〇八年九／一〇月号）、六九頁。
（4）Chapel, Jessica. "A Fugitive Past." *Atlantic Online.*（5 Oct. 2000）.［http://www.theatlantic.com/past/docs/unbound/interviews/ba2000-10-05.htm］
（5）同上。

（6）Morikawa Shinya. "'Caressing This Wound': Authorial Projection and Filial Reconciliation in Ishiguro's *When We Were Orphans*." *Studies in English Literature* 51 (2010): 21-39.

（7）遠藤不比人「とくに最初の二楽章が……——カズオ・イシグロの〈日本／幼年期〉をめぐって」『水声通信』第二六号（二〇〇八年九／一〇月号）、九八—一〇七頁。

（8）平井法「カズオ・イシグロ『遠い山なみの光』論」『学苑』第七七三号（昭和女子大学、二〇〇五年三月）、七八—八七頁。

（9）平井杏子「カズオ・イシグロの長崎」『文学界』第五七巻一二号（二〇〇三年一二月）、一七頁。

（10）阿川佐和子「阿川佐和子のこの人に会いたい——カズオ・イシグロ」『週刊文春』（二〇〇一年一一月八日）、一四四頁。

（11）カズオ・イシグロ「戦争のすんだ夏」（小野寺健訳）『エスクァイア』第四巻一二号（一九九〇年一二月号）、一七四頁。

（12）Mackenzie, Suzie. "Between Two Worlds." *Guardian*. (25 March, 2000). 10. またこの記事には両親や姉の文子とともに、障子のある部屋のなかで撮られた、生後間もない頃と思われるイシグロの写真も掲載されている。

（13）カズオ・イシグロ『浮世の画家』（飛田茂雄訳）東京：中央公論社、一九八八年、四頁。

（14）大江健三郎、カズオ・イシグロ「作家の生成」『スイッチ』第八巻六号（一九九一年一月号）、六七頁。

（15）カズオ・イシグロ「夕餉」（出淵博訳）『集英社ギャラリー［世界の文学］五』東京：集英社、一九九〇年、一一二九頁。

（16）Ishiguro, Kazuo. *A Pale View of Hills*. London: Faber & Faber, 1982. 101.『遠い山なみの光』（小野寺健訳）東京：早川書房、二〇〇一年、一四一頁。

（17）この部分の情報は平井杏子「迷路へ、カズオ・イシグロの」『記憶のディスクール——文学空間02』（風涛社、二〇〇五年）六二—六四頁から。

（18）Ishiguro, Kazuo. *When We Were Orphans*. London: Faber & Faber, 2000. 51.『わたしたちが孤児だったころ』（入江真佐子訳）東京：早川書房、二〇〇一年、九一頁。

（19）濱美雪「イングランドからの眺め——丘へとつづくゆるやかな道」『スイッチ』第八巻六号（一九九一年一月号）、八四頁。

（20）前掲 Ishiguro, *A Pale View of Hills*. 141.『遠い山なみの光』二〇〇頁。

（21）前掲 Ishiguro, *When We Were Orphans*. 240.『わたしたちが孤児だったころ』四〇六頁。

（22）前掲 Ishiguro, *A Pale View of Hills*. 141.『遠い山なみの光』二〇〇頁。

(23) Ishiguro, Kazuo. *The Unconsoled*. London: Faber & Faber, 1995. 534-535.『充たされざる者』（古賀林幸訳）東京：早川書房、二〇〇七年、九三八頁。
(24) Ishiguro, Kazuo. "Breakfast on the Morning Tram." In Stacey Kent. *Breakfast on the Morning Tram*. 2007.（Music CD）
(25) この部分の情報は長崎市立桜ヶ丘幼稚園・百周年記念事業委員会『創立百周年記念誌』（一九八七年）による。
(26) "Sydenham's Voice."『スイッチ』第八巻六号（一九九一年一月号）、一〇一頁。
(27) 前掲和田一〇二頁。
(28) 前掲阿川一四五頁。
(29) 前掲濱八〇頁。
(30) 前掲和田一〇二頁。
(31) 前掲和田一〇二頁。
(32) UNESCO. "Activities Report for the Period October 1955 to September 1956." *UNESCO Documents and Publications*.［http://unesdoc.unesco.org/images/0015/001541/154171eb.pdf］
(33) Wachtel, Eleanor. "Kazuo Ishiguro." *More Writers & Company: New Conversations with CBC Radio's Eleanor Wachtel*. Toronto: Vintage Canada, 1997. 24.
(34) 前掲阿川一四六頁。
(35) 前掲 "Sydenham's Voice." 一〇一頁。
(36) この部分の情報は前掲平井「迷路へ、カズオ・イシグロの」五四―七一頁から。
(37)「若き天才たち――英国最高の文学賞受賞で作家になった『石黒一雄』」『週刊新潮』（一九八七年一〇月二九日）、三四頁。
(38) "Part of Us Wants to Put Things Right." *Telegraph.co.uk*.（1 Apr. 2000）.［http://www.telegraph.co.uk/culture/4720310/ePart-of-us-wants-to-put-things-righti.htm］
(39) Cartwright, David Edgar. *Tides: A Scientific History*. Cambridge: Cambridge University Press, 1999. 183.
(40) 前掲阿川一四六頁。
(41) 前掲 "Sydenham's Voice." 一〇一頁。

（42）平井法「カズオ・イシグロ『わたしたちが孤児だったころ』論――上海へのノスタルジーをめぐって」『学苑』第八〇五号（昭和女子大学、二〇〇七年一一月）、三一頁。
（43）Ishiguro, Kazuo. "A Family Supper." (1980) Malcolm Bradbury, ed. *The Penguin Book of Modern British Short Stories.* London: Penguin Books, 1987. 434-435.「夕餉」（出淵博訳）『集英社ギャラリー［世界の文学］五』東京：集英社、一九九〇年、一一三頁。
（44）Ishiguro, Kazuo. *The Remains of the Day*. London: Faber & Faber, 1989. 95.『日の名残り』(土屋政雄訳）東京：中央公論社、一九九〇年、一一六頁。
（45）前掲和田一〇二―一〇三頁。
（46）この部分の情報は、前掲平井法「カズオ・イシグロ『わたしたちが孤児だったころ』論――上海へのノスタルジーをめぐって」二八頁、および平井杏子「迷路へ、カズオ・イシグロの」六五頁より。
（47）前掲 Wachtel 24.
（48）この部分の情報は、前掲 Mackenzie 10 より。
（49）Sinclair, Clive. "The Land of the Rising Son." *Sunday Times Magazine.* (11 Jan. 1987). 36.
（50）前掲平井杏子「カズオ・イシグロの長崎」一七頁。
（51）前掲 Wachtel 23-24.
（52）前掲 Ishiguro, *A Pale View of Hills*. 110.『遠い山なみの光』一五四頁。
（53）前掲濱八四頁。
（54）前掲平井法「カズオ・イシグロ『遠い山なみの光』論」八〇頁。
（55）前掲 Ishiguro, *A Pale View of Hills*. 105.『遠い山なみの光』一四七頁。
（56）前掲平井法「カズオ・イシグロ『遠い山なみの光』論」八〇頁。
（57）前掲濱八四頁。
（58）前掲 Ishiguro, *A Pale View of Hills*. 110-111.『遠い山なみの光』一五五頁。
（59）前掲 Ishiguro, *A Pale View of Hills*. 137.『遠い山なみの光』一九四頁。
（60）前掲 Ishiguro, *A Pale View of Hills*. 137.『遠い山なみの光』一九四頁。

(61) この部分の情報は、長崎市立桜ヶ丘幼稚園・第二三回卒園アルバム『おもいで』による。
(62) Krider, Dylan Otto. "Rooted in a Small Space: An Interview with Kazuo Ishiguro." Brian W. Shaffer and Cynthia F. Wong, eds. *Conversations with Kazuo Ishiguro*. Mississippi: University of Mississippi Press, 2008. 129.
(63) 前掲 Krider 129.
(64) 前掲 Ishiguro, *A Pale View of Hills*. 11.『遠い山なみの光』一一頁。
(65) この部分は「長崎大学医学部原爆被災学術資料センター資料」を転載している『長崎原爆資料館学習資料ハンドブック』六頁の「長崎原爆の被害状況図」参照。
(66) この点は平井法が「カズオ・イシグロ『遠い山なみの光』論」八三―八四頁で指摘している。
(67) 前掲濱八三頁。
(68) Feeney, F. X. "Kazuo Ishiguro and F. X. Feeney." *Writers Bloc*.（11 Oct. 2000）. [http://www.writersblocpresents.com/archives/ishiguro/ishiguro.htm]

あとがき

本書では、カズオ・イシグロがこれまでに発表した全長編小説六作品といくつかの短編小説を、〈日本〉と〈イギリス〉を参照軸として考察してきた。これまで見てきたようにイシグロは、「日本」と「イギリス」のあいだを揺れ動きながら、双方に対する愛着を抱きつつも、そのどちらでもない立場から両者を相対化している。さらにこのイシグロの独特の位置が、あらゆる対象と一定の距離を保ちながら、それらを冷徹に、そして客観的に観察するという態度を生み出し、またそれが特定の価値観だけを支持しないという作品の倫理観とも結びついているように思われる。

ここで本書執筆において反省すべき点とやり残したことを、今後の課題として記しておきたい。

まず筆者は、なるだけ網羅的にイシグロの作品を取り上げ、この作家の全体像を、現時点において可能な限りあきらかにしたいと考えていた。しかしながら資料と筆者の能力不足等から、長編以外の作品については、第七章で扱った「夕餉」のほかはほとんど論じることができなかった。イシグロの作品には、いくつかの長編と内容的に関連した短編や映画のスクリプト等がある。

たとえば初期の短編「戦争のすんだ夏」は、この作品を訳した小野寺健が指摘するように、長編第二作『浮世の画家』のデッサンとも言うべきものであるし、(1)二〇〇一年に発表された短編「日の暮れた村」は、長編第四作『充たされざる者』と共通する部分がある。また二〇〇五年に公開された映画、『上海の伯爵夫人』も、長編第五作『わたしたちが孤児だったころ』とその設定やモチーフの多くを共有している。最近ではさらに、二〇代の頃ミュージシャンを目指し、以前は多くの歌を作詞・作曲していたというイシグロが、友人のジャズミュージシャンであるスティシー・ケントのアルバム、『朝のトラムで朝食を』(二〇〇七)に四曲の歌詞を提供しているのだが、そのなかの一曲でこのアルバムと同タイトルの歌の内容は、『充たされざる者』の最終場面を髣髴とさせるものである。

こうした短編や映画スクリプト、歌詞を、その内容と関連する長編と対比させて考察することによって、イシグロの創作過程の一端をあきらかにできるかもしれないし、それぞれの長編研究に資する部分もあるだろう。またその他の短編「奇妙なときおりの悲しみ」、「Jを待ちながら」、「毒を盛られて」、そしてイシグロが脚本を書いたTVドラマ「グルメ」やもう一本の映画、『世界で一番悲しい音楽』なども それぞれ興味深い作品であるが、本論ではほとんど触れることができなかった。なおイシグロの脚本になるもう一つのTVドラマ、「アーサー・J・メイソンの横顔」はスクリプトも発表されておらず、そのドラマ自体も筆者は未見である。(2)また本書の執筆中、イシグロの第七冊目となる単行書で短編集の『夜想曲集——音楽と夕暮れをめぐる五つの物語』が二〇〇九年に発表されたが、この作品についてもほとんど言及していない。

また本書では、イシグロの伝記的な事実を重く見すぎたかもしれない。もちろん筆者は作品の解釈を作家の経歴とすべて関連づけようとする、いわゆる伝記的批評を目指したわけではない。それでもやはりこの作家の生い立ちやその後の経歴には大変興味深いものがあり、それが彼の作品にさまざまなかたちで反映されていることもたしかであると考えられる。それゆえ各作品を分析する際には、つねに作家の伝記的事実を考慮した。それが作品解釈の大きな助けになると思われたからである。すべてをそこに還元することのないよう十分注意したつもりであるが、それでもある程度の偏りは見られるかもしれない。

これと同じように、筆者は作家自身の言葉を多く参照したが、この点に関しても反省すべきかもしれない。イシグロのような存命中の作家の場合、作者自身の自作に対する言葉が現れてくることがある。特にイシグロは、現代作家のなかでも比較的自作について語る機会が多いように思われるし、近年では彼の人気や経歴ゆえに、その言葉が日本のメディアに取り上げられることも少なくない。作者が作品に対して特権的な地位を占めると考えられたのは以前のことであるし、我々は自作について語る作者の言葉を扱う場合には、くれぐれも注意しなければならない。このことを十分わきまえて、ときにはイシグロ自身の言葉を批判的に取り上げたつもりだが、作家と作品の距離の取り方にはつねに苦労した。

さらに筆者は、イシグロと日本の関係をあえて強調し、特に日本の作家との影響・対比研究などを行なっているが、彼の西洋的側面はここで十分に検証されていない。イシグロが好む作家としてしばしばその名を挙げる、チェーホフやドストエフスキー、カフカなどはいまだ参照すべき源泉として残されている。たとえばイシグロの長編第四作『充たされざる者』が出版されたとき、その圧倒的な分量と、目的を達することもできず、ただ右往左往する主人公の姿を描写した夢のように不可解な内容などから、いくつかの書評ではカフカの『城』との類似点がしばしば指摘された。[3] しかし現時点で、カフカのこの未完の大作を視野に収めることはついにできなかった。

最後にもう一点だけ挙げるとすれば、この作家をもっと現代的な文脈で捉えることはできなかったのだろうか、ということである。その方法としては、「ポストコロニアル」や「ディアスポラ」といった概念を参照することも考えられるだろう。もちろん厳密に言えばイシグロは「ポストコロニアル」作家ではないが、有満も指摘するように、[4] 彼はイギリスに居住しながら自分の立場を「周縁」に位置するものであると認識し、そこからイギリスや世界を相対化している。また日本を離れてもなお「祖国」との繋がりを保ち続けているという意味では、「ディアスポラ」作家と共通する部分もある。そしてまた長崎に生まれ育ったイシグロにとって、アメリカの存在も無視できないもののようである。一度は原爆の投下によって荒廃した街に、戦後九年経って生まれたイシグロは、初期作品で繰り返しその事実を描いている。ほかにも彼の作品にはさまざまなかたちでアメリカの表象が見られるのだが、そこではけっしてあからさまではないけれども、イシグロ自身のこの国に対する複雑な感情が見て取れるように思われる。その点をポストコロニアルの視点から分析することも可能であっただろう。以上に挙げた事柄は今後の課題としたい。

本書が出来上がるまでに多くの方々のお世話になった。いくつかの研究会・学会等で発表した折に貴重な意見をくださった先生方、出版を引き受けていただいた春風社、特に石橋幸子氏と岡田幸一氏には深く感謝の意を表したい。なお本書を刊行するにあたって、京都外国語大学から出版助成を受けたことを、謝してここに記しておかなければならない。

多々至らぬ点はあるが、本書がイシグロの研究にほんのわずかでも貢献できればと願う。

注

（1）小野寺健『エスクァイア』日本版（一九九〇年一二月号）、一七〇頁。
（2）斎藤兆史が以下の論考のなかでこの作品のあらすじを述べ、一部引用し、その文体について分析している。斎藤兆史「文芸翻訳の作法（2）メディア変換とテクスト間相互関連性」林文代編『英米小説の読み方・楽しみ方』東京：東京大学出版会、二〇〇九年、一〇一―一一四頁。
（3）向井敏「『充たされざる者』カフカに源を汲む文学的冒険」『毎日新聞』（一九九七年七月二七日）、九面。Chaudhuri, Amit. "Unlike Kafka." *London Review of Books.* (8 June, 1995). 31.
（4）有満保江「カズオ・イシグロとディアスポラ」『オーストラリアのアイデンティティ――文学にみるその模索と変容』東京：東京大学出版会、二〇〇三年、一一二頁。

初出一覧

第1章　カズオ・イシグロと原爆――アラキ・ヤスサダ事件を参照して
A Pale View of Hills（1982）論
『楽しく読むアメリカ文学』（中山喜代市教授古希記念論文集）大阪：大阪教育図書、二〇〇五年、四八九～五〇七頁。（日本比較文学会第66回全国大会における口頭発表原稿に加筆・修正を施したもの）

第2章　カズオ・イシグロと川端康成――遠い記憶のなかの日本
A Pale View of Hills（1982）論
大阪大学比較文学会『阪大比較文学』（第2号）二〇〇四年、三一～四二頁。（日本比較文学会第39回関西大会における口頭発表原稿に加筆・修正を施したもの）

第3章　英語で書かれた想像の日本語――カズオ・イシグロと翻訳
An Artist of the Floating World（1986）論
『アジアの表象／日本の表象』（二〇〇四－二〇〇五年度大阪大学大学院文学研究科共同研究報告書）

二〇〇五年。（日本比較文学会第41回関西大会における口頭発表原稿に加筆・修正を施したもの）

第4章　カズオ・イシグロの文体とテーマに見られる日本的美学——谷崎潤一郎の『文章読本』を参照して

The Remains of the Day（1989）論

京都外国語大学『研究論叢』（第67号）二〇〇六年、四一～四九頁。（二〇〇六年度大阪大学大学院文学研究科共同研究「方法としての越境——東アジアにおける〈近代〉と異文化接触」における研究成果の一部）

第5章　他者との共生のためのレッスン——『充たされざる者』を読む

The Unconsoled（1995）論

京都外国語大学『研究論叢』（第73号）二〇〇九年、一二七～一三八頁。

第6章　カズオ・イシグロの作品に見られる母性への憧憬——『わたしたちが孤児だったころ』を中心に

When We Were Orphans（2000）論

京都外国語大学英米語学科研究会『SELL』（第24号）二〇〇七年、七九～九二頁。（日本英文学会第1回関西大会における口頭発表原稿に加筆・修正を施したもの）

第7章　カズオ・イシグロの日本表象――川端康成との対比を通して
"A Family Supper"（1980）論
京都外国語大学『研究論叢』（第72号）二〇〇八年、七七～八七頁。
第8章　「オリジナル」と「コピー」の対立――『わたしを離さないで』を読む
Never Let Me Go（2005）論
書き下ろし（日本英文学会第81回全国大会における口頭発表原稿に加筆・修正を施したもの）
補論1　日本におけるカズオ・イシグロ――その受容と先行研究の整理
書き下ろし
補論2　イシグロと長崎
書き下ろし

参考文献一覧

（英語文献）

＊英語の文献は、まずイシグロの作品を小説、短編、脚本、その他に分類し、発表年代順に記載している。また同一出版物等に収録されている場合は、掲載順に列挙してある。なお厳密に言えば*Nocturnes*は短編集であるが、一冊の書として単行で出版されているので、小説の項に含めている。そのあとはアルファベット順に、書評を各作品ごとに記載し、続けて対談・インタヴュー・作家紹介をまとめ、そして批評を本と雑誌等に収録されたものに分けて列挙し、最後にその他の文献を記してある。

Works by Kazuo Ishiguro

Novels

A Pale View of Hills. London: Faber & Faber, 1982.

An Artist of the Floating World. London: Faber & Faber, 1986.

The Remains of the Day. London: Faber & Faber, 1989.

The Unconsoled. London: Faber & Faber, 1995.

When We Were Orphans. London: Faber & Faber, 2000.

Never Let Me Go. London: Faber & Faber, 2005.

Nocturnes: Five Stories of Music and Nightfall. London: Faber & Faber, 2009.

Short Stories

"A Family Supper." 1980. *The Penguin Book of Modern British Short Stories*. Ed. Malcolm Bradbury. London: Penguin Books, 1987. 434-442.

"A Strange and Sometimes Sadness." *Introduction 7: Stories by New Writers*. London: Faber & Faber, 1981. 13-27.

"Waiting for J." *Introduction 7: Stories by New Writers*. London: Faber & Faber, 1981. 28-37.

"Getting Poisoned." *Introduction 7: Stories by New Writers*. London: Faber & Faber, 1981. 38-51.

"The Summer After the War." *Granta* 7（1983）: 121-137.

"October, 1948." *Granta* 17（1985）: 177-185.

"A Village After Dark." *New Yorker* 21 May 2001: 110-119.

Screenplay

"The Gourmet." *Granta* 43（1993）: 89-127.

Other Writings

"I Became Profoundly Thankful for Having Been Born in Nagasaki." *Guardian* 8 Aug. 1983: 9.

Introduction. *Snow Country and Thousand Cranes*. By Yasunari Kawabata.（Trans. Edward G. Sidensticker） Harmondsworth: Penguin Books, 1986. 1-3.

"T." *Hockney's Alphabet*. Ed. Stephen Spender. London: Faber & Faber, 1991. 13-27.

"Letter to Salman Rushdie." *The Rushdie Letters: Freedom to Speak, Freedom to Write*. Ed. Steve MacDonough. Lincoln: University of Nebraska Press, 1993. 79-80.

Liner Notes.（no title）*In Love Again*. By Stacey Kent. Candid, 2003.（Music CD）

"The Ice Hotel." *Breakfast on the Morning Tram*. By Stacey Kent. EMI, 2007.（Music CD）

"I Wish I Could Go Travelling Again." *Breakfast on the Morning Tram*. By Stacey Kent. EMI, 2007.（Music CD）

"Breakfast on the Morning Tram." *Breakfast on the Morning Tram*. By Stacey Kent. EMI, 2007.（Music CD）

"So Romantic." *Breakfast on the Morning Tram*. By Stacey Kent. EMI, 2007.（Music CD）

Reviews

A Pale View of Hills

Bailey, Paul. "Private Desolations." *Times Literary Supplement* 19 Feb. 1982: 179.

Campbell, James. "Kitchen Window." *New Statesman* 19 Feb. 1982: 25.

Lively, Penelope. "Backwards & Forwards." *Encounter* 58.6 (1982): 86-91.

Milton, Edith. "In a Japan Like Limbo." *New York Times Book Review* 9 May 1982: 12-13.

Spence, Jonathan. "Two Worlds Japan Has Lost since the Meiji." *New Society* 13 May 1982: 266-267.

Thwaite, Anthony. "Ghosts in the Mirror." *Observer* 14 Feb. 1982: 33.

An Artist of the Floating World

Behr, Edward. "Britain's New Literary Lion: A Prize for Ishiguro." *Newsweek* 26 Jan. 1987: 53.

Chisholm, Anne. "Lost Worlds of Pleasure." *Times Literary Supplement* 14 Feb. 1986: 162.

Morton, Kathryn. "After the War Was Lost." *New York Times Book of Review* 8 June 1986: 19.

Sinclair, Clive. "The Land of the Rising Son." *Sunday Times Magazine* 11 Jan. 1987: 36-37.

The Remains of the Day

Annan, Gabriele. "On the High Wire." *New York Review of Books* 7 Dec. 1989: 3-4.

Binding, Paul. “Passing the Butler.” *Listener* 25 May 1989: 25.

Gurewich, David. “Upstairs, Downstairs.” *New Criterion* 8.4（1989）: 77-80.

Haylock, John. “An English Butler with a Japanese Work Ethic.” *Japan Times* 20 May 1989: 1.

King, Francis. “A Stately Procession of One.” *Spectator* 27 May 1989: 31.

Rafferty, Terrence. “The Lesson of the Master.” *New Yorker* 15 Jan. 1990: 102-104.

Rushdie, Salman. “What the Butler Didn’t See.” *Observer* 21 May 1989: 53.

Thwaite, Anthony. “In Service.” *London Review of Books* 18 May 1989: 17.

The Unconsoled

Brookner, Anita. “A Superb Achievement: A Reconsideration of Kazuo Ishiguro’s Unappreciated Latest Novel, *The Unconsoled*.” *Spectator* 24 June 1995: 40-41.

Chaudhuri, Amit. “Unlike Kafka.” *London Review of Books* 8 June 1995: 31.

Iyer, Pico. “The Butler Didn’t Do It, Again.” *Times Literary Supplement* 28 Apr. 1995: 162.

Kauffman, Stanley. “The Floating World.” *New Republic* 6 Nov. 1995: 42-45.

Kaveney, Roz. “Tossed and Turned.” *New Statesman & Society* 12 May 1995: 39.

Rorty, Richard. “Consolation Prize.” *Village Prize Literary Supplement* Oct. 1995: 13.

Steinberg, Sybil. “Kazuo Ishiguro: ‘A Book about Our World.’” *Publishers Weekly*18 Sept. 1995: 105.

Wilhelmus, Tom. “Between Cultures.” *Hudson Review* 49.2（1996）: 316-322.

Wood, James. "Ishiguro in the Underworld." *Guardian* 5 May 1995: 5.

When We Were Orphans

Finney, Brian. "Figuring the Real: Ishiguro's *When We Were Orphans*." *Jouvert: A Journal of Postcolonial Studies* 7.1 (2002). 〈http://social.chass.ncsu.edu/jouvert/v7is1/con71.htm〉

Francken, James. "Something Fishy." *London Review of Books* 13 Apr. 2000: 37.

Jaggi, Maya. "In Search of Lost Crimes." *Guardian* 1 Apr. 2000: 8.

Mudge, Alden. "Ishiguro Takes a Literary Approach to the Detective Novel." *First Person Book Page* Sept. (2000). 〈http://www.bookpage.com/0009bp/kazuo_ishiguro.html〉

Oates, Joyce Carol. "The Serpent's Heart." *Times Literary Supplement* 31 Mar. 2000: 21-22.

Never Let Me Go

Haldane, Joseph. "Kazuo Ishiguro, *Never Let Me Go*." *NCUB Journal of Language Culture and Communication* 9 (2005): 111-112.

Kermode, Frank. "Outrageous Game." *London Review of Books* 21 Apr. 2005: 21-22.

Wood, James. "The Human Difference." *New Republic* 16 May 2005: 36-39.

Interviews and Profiles

Ishiguro, Kazuo, and Kenzaburo Oe. "The Novelist in Today's World: A Conversation." *Boundary 2* 18 (1991): 109-122.

Krider, Dylan Otto. "Rooted in a Small Space: An Interview with Kazuo Ishiguro." *Kenyon Review* 20 (1998): 146-154.

Mackenzie, Suzie. "Into the Real World." *Guardian* 15 May 1996: 12.

——. "Between Two Worlds." *Guardian* 25 Mar. 2000: 10-11, 13-14, 17.

Mason, Gregory. "An Interview with Kazuo Ishiguro." *Contemporary Literature* 30.3 (1989): 335-347.

Ohno, Kazumoto. "EJ Interview: Kazuo Ishiguro." *English Journal* 36.12 (2006): 21-36.

Richards, Linda. "January Interview: Kazuo Ishiguro." *January Magazine* 2 June 2000. 〈http://www.januarymagazine.com/profiles/ishiguro.html〉

Shaffer, Brian W., and Cynthia F. Wong, eds. *Conversations with Kazuo Ishiguro*. Jackson: University of Mississippi Press, 2008.

Shaikh, Nermeen. "Q & A: Asia Source Interview." *Asia Source* (2006). 〈http://www.asiasource.org/news/special_reports/ishiguro.cfm〉

Swift, Graham. "Buying a Guitar with Ish: Nagasaki, 1954-60." *Making an Elephant: Writing from Within*. New York: Alfred A. Knopf, 2009. 97-117.

Taylor, Anna-Marie, and Tom Penner. "Ishiguro, Kazuo." Eds. Josh Lauer and Neil Schlager. *Contemporary*

Novelists. Chicago: St. James Press, 2000. 504-506.

Tonkin, Boyd. "Artist of His Floating World." *Independent* 1 Apr. 2000: 9.

Tookey, Christopher. "Sydenham, Mon Amour." *Books and Bookmen* Mar. 1986: 34.

Vorda, Allan. "Stuck on the Margins: An Interview with Kazuo Ishiguro." *Face to Face: Interviews with Contemporary Novelists*. Houston: Rice University Press, 1993. 1-35.

Wachtel, Eleanor. "Kazuo Ishiguro." *More Writers & Company: New Conversations with CBC Radio's Eleanor Wachtel*. Toronto: Vintage Canada, 1997. 17-35.

Wilson, Jonathan. "The Literary Life: A Very English Story." *New Yorker* 6 Mar. 1995: 96-106.

Criticism

Books

Beedham, Matthew. *The Novels of Kazuo Ishiguro*. London: Palgrave Macmillan, 2010.

Bradbury, Malcolm. "The Floating World." *No, Not Bloomsbury*. London: André Deutch, 1993. 363-366.

Childs, Peter. "Kazuo Ishiguro: Remain in Dreams." *Contemporary Novelists: British Fiction since 1970*. London: Palgrave MacMillan, 2005. 123-140.

Connor, Steven. "Outside in." *The English Novel in History: 1950-1995*. London: Routledge, 1996. 83-127.

Head, Dominic. *The Cambridge Introduction to Modern British Fiction 1950-2000*. Cambridge: Cambridge

University Press, 2002.

Holmes, Frederick M. "Realism, Dreams and the Unconscious in the Novels of Kazuo Ishiguro." Eds. James Acheson and Sarah C. E. Ross. *The Contemporary British Novel*. Edinburgh: Edinburgh University Press, 2005. 11-22.

King, Bruce. "The New Internationalism: Shiva Naipaul, Salman Rushdie, Buchi Emecheta, Timothy Mo and Kazuo Ishiguro." *The British and Irish Novel since 1960*. Ed. James Acheson. New York: St Martin's Press, 192-211.

Lewis, Barry. *Kazuo Ishiguro*. Manchester: Manchester University Press, 2000.

Lodge, David. "The Unreliable Narrator." *The Art of Fiction*. New York: Viking, 1992. 154-157.

Massie, Allan. *The Novel Today: A Critical Guide to the British Novel 1970-1989*. London & New York: Longman, 1990. 64.

Parkes, Adam. *Kazuo Ishiguro's The Remains of the Day*. New York: Continuum, 2001.

Peters, Sarah. *York Notes Advanced: The Remains of the Day*. London: York Press, 2000.

Przybyla, Daria. *The Status of Metaphor in (De)constructing Historical Master-Narratives in the Novels of Julian Barnes and Graham Swift and Kazuo Ishiguro*. Sosnowiec: Grin, 2007.

Rennison, Nick. "Kazuo Ishiguro." *Contemporary British Novelists*. New York: Routledge, 2005. 91-94.

Rushdie, Salman. "Kazuo Ishiguro." *Imaginary Homelands: Essays and Criticism 1981-1991*. London: Granta Books, 1991. 244-246.

Shaffer, Brian W. *Understanding Kazuo Ishiguro*. South Carolina: University of South Carolina Press, 1998.

Sim, Wai-chew. *Globalization and Dislocation in the Novels of Kazuo Ishiguro*. New York: Edwin Mellen Press, 2006.

——. "Kazuo Ishiguro." *The Review of Contemporary Fiction* 25.1. Normal: Illinois State University, 2006. 80-115.

——. *Kazuo Ishiguro*. London: Routledge, 2010.

Stanton, Katherine. "Foreign Feeling: Kazuo Ishiguro's *The Unconsoled* and the New Europe." *Cosmopolitan Fictions: Ethics, Politcs, and Global Change in the Works of Kazuo Ishiguro, Michael Ondaatje, Jamaica Kincaid, and J.M. Coetzee*. New York: Routledge, 2006. 9-23.

Stevenson, Randall. *A Reader's Guide to the Twentieth-Century Novel in Britain*. Lexington: University Press of Kentucky, 1993. 130-136.

Todd, Richard. *Consuming Fictions: The Booker Prize and Fiction in Britain Today*. London: Bloomsbury, 1996.

Walkowitz, Rebecca L. *Cosmopolitan Style: Modernism Beyond the Nation*. New York: Columbia University Press, 2006.

Wang, Ching-chih. *Homeless Strangers in the Novels of Kazuo Ishiguro: Floating Characters in a Floating World*. New York: Edwin Mellen Press, 2008.

Willems, Brian. *Facticity, Poverty and Clones: On Kazuo Ishiguro's Never Let Me Go*. New York: Atropos

Press, 2010.

Wong, Cynthia F. *Kazuo Ishiguro*. Tavistock: Northcote House, 2000.

——. "Kazuo Ishiguro's *The Remains of the Day*." *Companion to the British and Irish Novel: 1945-2000*. Ed. Brian W. Shaffer. Oxford: Blackwell Publishing, 2005. 493-503.

Wood, Michael. *Children of Silence: On Contemporary Fiction*. New York: Columbia University Press, 1998.

Wormald, Mark. "Kazuo Ishiguro and the Works of Art: Reading Distances." *Contemporary British Fiction*. Eds. Richard J. Lane, Rod Mengham, and Philip Tew. Cambridge: Polity Press, 2003. 226-238.

Articles and Essays

Aoki, Haruo. "A Preliminary Essay on the Difficulties in Building New Relations between People in *A Pale View of Hills* by Kazuo Ishiguro." 高知女子大学『高知女子大学紀要』人文・社会科学編・第43号（一九九五年）、一―一〇頁。

Coughlan, David. "Reading Kazuo Ishiguro's *The Unconsoled*." 中央大学『総合政策研究』第一〇号（二〇〇三年）、二五九―二八三頁。

Enomoto, Yoshiko. "Japanese Identity in the Novels of Kazuo Ishiguro." フェリス女学院大学『フェリス女学院大学文学部紀要』第34号（一九九〇年）、一七一―一八〇頁。

Hasegawa, Hisami. "Memories and Dreams: A Study of the Imagery in *A Pale View of Hills* by Kazuo Ishiguro." フェリス女学院大学『Ferris Wheel』第3号（二〇〇〇年）、一―一四頁。

Hirabayashi, Mitoko. “The Impossibility of the Mother Quest in Kazuo Ishiguro’s *When We Were Orphans*.” *Studies in English Literature*（Regional Branches Combined Issue）3（2010）: 279-290.

Klein, Ronald D. “Reflections and Echoes – I: Ono’s Life in the Floating World .” 広島女学院大学『広島女学院大学論集』第44号（一九九四年）、三三—五四頁。

——. “Reflections and Echoes – II: Ono’s Life in the Floating World .” 広島女学院大学『広島女学院大学論集』第45号（一九九五年）、七五—九〇頁。

Lang, James M. “Public Memory, Private History: Kazuo Ishiguro’s *The Remains of the Day*.” *Clio* 29.2（2000）: 143-165.

Mason, Gregory. “Inspiring Images: The Influence of Japanese Cinema on the Writings of Kazuo Ishiguro.” *East-West Film Journal* 3.2（1989）: 39-52.

Matsuoka, Naomi. “Finding Out the Truth: The Ordeal by Arranged Marriage.” 日本大学国際関係学部国際関係研究所『国際関係研究・国際文化編』第13巻1号（一九九二年）、六九—七八頁。

—— “Kazuo Ishiguro and Shanghai: Orphans in the Foreign Enclave.” 日本大学国際関係学部国際関係研究所『国際関係研究』第25巻3号（二〇〇四年）、九九—一〇九頁。

Morikawa, Shinya. “‘Caressing This Wound’: Authorial Projection and Filial Reconciliation in Ishiguro’s *When We Were Orphans*.” 日本英文学会 *Studies in English Literature* 51（2010）: 21-39.

McDonald, Keith. “Days of Past Futures: Kazuo Ishiguro’s *Never Let Me Go* as Speculative Memoir.” *Biography* 30.1（2007）: 82.

Mirsky, Marvin. "Notes on Reading Kazuo Ishiguro's *Never Let Me Go*." *Perspectives in Biology and Medicine* 49.4 (2006): 630.

Takahashi, Michiko. "Ourselves Seen Through a Glass, Darkly: The Relationship between Human Beings and Clones in Kazuo Ishiguro's *Never Let Me Go*." 長崎外国語大学『長崎外大論叢』第10巻（二〇〇六年）、一九七―二〇八頁。

Oyabu, Kana. "A Far Eastern Dream: On Kazuo Ishiguro's *A Pale View of Hills*." 金沢大学『言語文化論叢』第1巻（一九九七年）、一八七―二〇八頁。

―― "Change of Life, Change of Tone: Kazuo Ishiguro's *An Artist of the Floating World*." 金沢大学『言語文化論叢』第8巻（二〇〇四年）、七三―九七頁。

―― "Stevens' 'Unhomely' Home: Profession as Home in Kazuo Ishiguro's *The Remains of the Day*." 金沢大学『言語文化論叢』第9巻（二〇〇五年）、二七―四〇頁。

Pounds, Wayne. "The Novels of Kazuo Ishiguro as Socially Symbolic Action." 青山学院大学『英文学思潮』第63号（一九九〇年）、一三三―一五五頁。

Rothfork, John. "Zen Comedy in Postcolonial Literature: Kazuo Ishiguro's *The Remains of the Day*." *Mosaic* 29.1 (1996): 79-102.

Wain, Peter. "The Historical-Political Aspect of the Novels of Kazuo Ishiguro." 北海道大学『言語文化部紀要』第23号（一九九二年）、一七七―二〇五頁。

Wakana, Maya. "Verbalization, Reflection, and Discovery: Listening to the Voices of an Aging Butler in *The*

Remains of the Day." 立命館大学国際言語文化研究所『言語文化研究』第11巻4号（二〇〇〇年）、二二三—二三七頁。

Walkowitz, Lebecca L. "Unimaginable Largeness: Kazuo Ishiguro, Translation, and the New World Literature." *Novel* 40.3 (2007): 216-241.

Wong, Cynthia F. "The Shame of Memory: Blanchot's Self-Disposession in Ishiguro's *A Pale View of Hills*." *Clio* 24.2 (1995): 127-145.

Yoshioka, Fumio. "Beyond the Division of East and West: Kazuo Ishiguro's *A Pale View of Hills*." *Studies in English Literature* (1988): 71-86.

Reference

Mesher, D. "Kazuo Ishiguro." *Dictionary of Literary Biography: British Novelists since 1960*. Ed. Merrit Moseley. Asheville: GaleResearch, 1988. 145-153.

Moritz, Charles, ed. "Kazuo Ishiguro." *Current Biography* 51.9 (1990): 30-33.

Taylor, Anna-Marie. "Kazuo Ishiguro." *Contemporary Novelists*. Ed. Suan Windish Brown. London: St. James Press, 1996, 518-519.

General

Araki, Yasusada. *Doubled Flowering: From the Notebooks of Araki Yasusada*. New York: Roof Books, 1997.

Berry, Ellen E., and Mikhail N. Epstein. *Transcultural Experiments: Russian and American Models of Creative Communication*. New York: St. Martin's Press, 1999.

Bradley, John, ed. *Atomic Ghost: Poets Respond to the Nuclear Age*. Minneapolis: Coffee House Press, 1995.

Briggs, Asa. *A Social History of England*. London: Weidenfeld & Nicolson, 1983.

Cartwright, David Edgar. *Tides: A Scientific History*. Cambridge: Cambridge University Press, 1999.

Clarke, Peter. *Hope and Glory: Britain 1900-1990*. London: Penguin Books, 1996.

Hornsby, Michael. "Novelist Commits Hara-Kiri." *Times* 26 Nov. 1970: 1.

Jackson, Kevin. *Invisible Forms: A Guide to Literary Curiosities*. New York: St. Martin's Press, 2000.

Millhauser, Steven. "Replicas." *Yale Review* 83（1995）: 50-61.

Minear, Richard H., ed. and trans. *Hiroshima: Three Witnesses*. New Jersey: Princeton University Press,1990.

Perloff, Marjorie. "In Search of Authentic Other: The Poetry of Araki Yasusada." Araki 148-168.

——. "Marjorie Perloff Responds." *Boston Review* 22.3-4（1997）: 37.

Petersen, Gwenn Boardman. *The Moon in the Water: Understanding Tanizaki, Kawabata, and Mishima*. Honolulu: University of Hawaii Press, 1979.

Sutcliffe, Thomas. "How to End It All." *Times Literary Supplement* 15 Apr. 1983: 374.

Yasunari, Kawabata. *The Sound of the Mountain*. Trans. Edward M. Seidensticker. New York: Alfred A. Knopf, 1970.

（日本語文献）

＊日本語の文献は、まずイシグロの作品を長編、短編、その他に分類し、発表年代順に記載している。なお『夜想曲集』は厳密には短編集であるが、一冊の書として単行で出版されているので、小説の項に含めている。そのあとはアイウエオ順に、対談・インタヴューを列挙し、続けてイシグロに関連するその他すべての記事・書評・論文等をまとめ、最後にそれら以外の文献を記す。

カズオ・イシグロ作品

長編

『女たちの遠い夏』（小野寺健訳）東京：筑摩書房、一九八四年、（改題：『遠い山なみの光』）。

『浮世の画家』（飛田茂雄訳）東京：中央公論社、一九八六年。

『日の名残り』（土屋政雄訳）東京：中央公論社、一九九〇年。

『充たされざる者』上・下（古賀林幸訳）東京：中央公論社、一九九七年。

『わたしたちが孤児だったころ』（入江真佐子訳）東京：早川書房、二〇〇一年。

『わたしを離さないで』（土屋政雄訳）東京：早川書房、二〇〇六年。

『夜想曲集――音楽と夕暮れをめぐる五つの物語』（土屋政雄訳）東京：早川書房、二〇〇九年。

短編
「夕餉」（出淵博訳）『集英社ギャラリー［世界の文学］5』東京：集英社、一九九〇年、一一二三―一一三三頁、（初出『すばる』一九八二年二月号）。
「戦争のすんだ夏」（小野寺健訳）『エスクァイア』日本版（一九九〇年一二月号）、一七〇―一七六、二一一―二一三頁。
「日の暮れた村」（柴田元幸訳）『紙の空から』東京：晶文社、二〇〇六年、二九七―三二三頁、（初出『パースカイ』二〇〇四年春号、一一〇―一一九頁）。

その他
「ステイシー・ケント『イン・ラヴ・アゲイン』ライナーノート」（柴田元幸訳）『モンキー・ビジネス』第3巻5号（二〇〇八年一一月）、一〇〇―一〇三頁。

（インタヴュー・対談）

青木保「カズオ・イシグロ――英国文壇の若き旗手」『中央公論』（一九九〇年三月）、三〇〇―三〇九頁。

阿川佐和子「阿川佐和子のこの人に会いたい――カズオ・イシグロ」『週刊文春』（二〇〇一年一一月八日）、一四四―一四八頁。

新元良一「カズオ・イシグロ――気泡の生活者」『来たるべき作家たち――海外作家の仕事場1998』東京：新潮社、一九九八年、一五七―一六二頁。

安東美佐子『『国境を超えた作家として』来日したブッカー賞受賞のカズオ・イシグロ氏に聞く」『毎日新聞』（一九八九年一二月一日）、九面。

池澤夏樹、カズオ・イシグロ「第14回ハヤカワ国際フォーラム・対談――いま小説が目指すこと」『ミステリマガジン』第552号（二〇〇二年二月）、一一二―一一七頁。

池田雅之「イギリス人の日本観」『翻訳の世界』（一九八八年五、六、七月）、一〇六―一一一、一一四―一一八、一一二―一一四頁。

伊藤隆太郎「表紙の人――作家カズオ・イシグロさん」『朝日新聞ウィークリー』（二〇〇一年一二月二四日）、八六頁。

大江健三郎、カズオ・イシグロ「作家の生成」『スイッチ』第八巻六号（一九九一年一月）、六六―七五頁。

大野和基「『わたしを離さないで』そして村上春樹のこと」『文学界』（二〇〇六年八月）、一三〇―一四六頁。

河井真帆「ブッカー賞受賞のカズオ・イシグロ氏に聞く」『朝日新聞』（一九八九年一一月二九日夕刊）、七面。

菅伸子「日本でどう読まれるか、不安が半分『女たちの遠い夏』の著者イシグロさんに聞く」『朝日ジャーナル』第26号（一九八四年一二月二八日）、六九頁。

木村伊量「英国人作家カズオ・イシグロさん語る」『朝日新聞』（二〇〇六年一〇月一八日）、二三面。

柴田元幸「Kazuo Ishiguro」『ナイン・インタビューズ――柴田元幸と9人の作家たち』東京：アルク、二〇〇四年、二〇〇―二二四頁。

柴田元幸、カズオ・イシグロ「僕らは1954年に生まれた」『コヨーテ』第26号（二〇〇八年四月）、四〇―四四頁。

高野裕子「傑作『わたしを離さないで』はいかにして生まれたのか」『サイト』第33号（二〇〇七年一〇月）、一九四―二〇三頁。

永井清陽「日本人作家と呼ばれたくない――だが絶賛された『内なる日本』」『読売新聞』（一九八七年九月一四日夕刊）、七面。

――「拒み続けた日本への旅――第一、二作で心の整理」『読売新聞』（一九八九年一一月二四日夕刊）、一五面。

濱美雪「カズオ・イシグロ――A Long Way Home――もうひとつの丘へ」『スイッチ』第8巻6号（一九九一年一月）、七六―一〇二頁。

和田俊「カズオ・イシグロを読む――英ブッカー賞受賞作家ルーツをたどる長崎への旅」『朝日ジャーナル』（一九九〇年一月五日）、一〇一―一〇六頁。


（単行書・書評・論文・雑誌記事等）


青木保、リービ英雄「国境を越える文学」『現代思想』（一九九一年二月）、一六二―一八三頁。

青野聰「残念だが日本では通用しない小説だ」『朝日ジャーナル』（一九八八年五月二七日）、六八―

六九頁。

安部公彦「カズオ・イシグロの長電話――『わたしを離さないで』で気になること」『水声通信』第26号（二〇〇八年九／一〇月）、七〇―七五頁。

新井潤美『へそ曲がりの大英帝国』東京：平凡社、二〇〇八年、一四一―一四二頁。

――「カズオ・イシグロのナラティヴと文化的アイデンティティ」中央大学英米文学会『英語英米文学』第48号（二〇〇八年）、八三―九八頁。

――「カズオ・イシグロの小説における『顔のない』語り手たち」『水声通信』第26号（二〇〇八年九／一〇月）、一〇八―一一五頁。

有満保江「カズオ・イシグロとディアスポラ」『オーストラリアのアイデンティティ――文学にみるその模索と変容』東京：東京大学出版会、二〇〇三年、一一一―一一八頁。

安藤聡「カズオ・イシグロ『日の名残り』――神話的イングランドの崩壊」愛知大学文学会『愛知大学文学論叢』第135号（二〇〇七年）、一六五―一八五頁。

井内雄四郎「カズオ・イシグロ序説」早稲田大学英文学会『英文学』第66号（一九九〇年）、五二―六二頁。

池園宏「カズオ・イシグロ『日の名残り』における時間と記憶」吉田徹夫監修『ブッカー・リーダー――現代英国・英連邦小説を読む』東京：開文社、二〇〇五年、二一一―二二九頁。

石毛昌子「カズオ・イシグロ作品における模索するアイデンティティ」大妻女子大学 *Otsuma Review* 40（二〇〇七年）、一六五―一八二頁。

岩田託子「映像にイシグロはなにを見るか」『水声通信』第26号（二〇〇八年九／一〇月）、一三四—一四一頁。

江南亜美子「謎を書く」ダ・ヴィンチ編集部編『本気で小説を書きたい人のためのガイドブック』東京：メディア・ファクトリー、二〇〇七年、八五—八六頁。

遠藤不比人「とくに最初の二楽章が……——カズオ・イシグロの〈日本／幼年期〉をめぐって」『水声通信』第26号（二〇〇八年九／一〇月）、九八—一〇七頁。

大熊昭信「カズオ・イシグロ」大平章、木内徹、鈴木順子、堀邦維編著『現代の英米作家100人』東京：鷹書房弓プレス、一九九七年、一八—一九頁。

大嶋仁「カズオ・イシグロにおける『日本の名残り』」平川祐弘編『異国への憧憬と祖国への回帰』東京：明治書院、二〇〇〇年、二四三—二七〇頁。

大塚千野「英国への〈バランス〉生み出す日、英のミックス・カルチャー」『朝日ジャーナル』（一九九〇年九月七日）、四五頁。

大槻志郎「Kazuo Ishiguro と薄暮の誘惑——"A Family Supper" の曖昧——」龍谷大学龍谷紀要編集会『龍谷紀要』第22巻2号（二〇〇一年）、五三—六二頁。

大橋健三郎「翻訳の新しい問題と取り組む——二つの文化圏にわたる二重の往還運動を踏まえて」『翻訳の世界』（一九八八年七月）、八八—九一頁。

大藪加奈「Kazuo Ishiguro——沈黙は深い考えが生まれる過程かもしれない」越川芳明他編『世界×現在×文学——作家ファイル』東京：国書刊行会、一九九六年、二二六—二二七頁。

小笠原茂「『日の名残り』カズオ・イシグロ」『潮』(一九九〇年一〇月)、三〇五頁。

岡野宏文、豊崎由美「第90作『日の名残り』カズオ・イシグロ」『百年の誤読——海外文学編』東京：アスペクト、二〇〇八年、三三四—三三六頁。

岡村久子「Kazuo Ishiguro: *The Remains of the Day*——Stevensが語らないこと」甲南女子大学『甲南女子大学英文学研究』第28号(一九九二年)、二五—三九頁。

小川洋子「『日の名残り』カズオ・イシグロ——慎ましさが美しい、英国の執事の物語」『心と響き合う読書案内』東京：PHP研究所、二〇〇九年、一八六—一九〇頁。

小野寺健「カズオ・イシグロの寡黙と饒舌」『英語青年』(一九八八年一一月)、二七—二九頁。

——「カズオ・イシグロの場合」『英国的経験』東京：筑摩書房、一九九八年、一九三—二〇四頁。

片山杜秀「音楽の魔法への期待と幻滅」『続・クラシック迷宮図書館——音楽書月評2004-2010』東京：アルテスパブリッシング、二五〇—二五一頁。

上岡伸雄「『日の名残り』」『現代英米小説で英語を学ぼう』東京：研究社、二〇〇三年、一四四—一四八頁。

川口喬一、高橋和久、富山太佳夫、富士川義之「イギリスの文学——1980年代を顧みて」『英語青年』(一九九〇年二月)、七頁。

川村湊「翻訳批評に向けて——構造的なイデオロギー性を突き抜ける」『翻訳の世界』(一九八八年七月)、八六—八七頁。

——「翻訳批評に向けて——多元的な軸の設定を」『翻訳の世界』(一九八八年八月)、八四—八五頁。

川本三郎「一身にして二世を経る痛苦」『文学界』（一九九〇年一一月）、二七六―二七九頁。

――『充たされざる者』上・下――芸術家の受難」『世界』第640号（一九九七年一〇月）、七一―七四頁。

木下卓「〈外部〉の導入――カズオ・イシグロの新作」『英語青年』（一九九五年六月）、一六頁。

――「逸脱・回帰・周縁の旅――オンダーチェ、イシグロ、クレイシを読む」久守和子、大神田丈二、中川僚子編『旅するイギリス小説――移動の想像力』京都：ミネルヴァ書房、二〇〇〇年、二六八―二八五頁。

――「カズオ・イシグロにおける戦争責任――『信頼できない語り手』が語る戦争」『水声通信』第26号（二〇〇八年九／一〇月）、一二四―一三三頁。

木村和男「帝国の変容」川北稔、小畑洋一編『イギリスの歴史――帝国＝コモンウェルスのあゆみ』東京：有斐閣、二〇〇〇年、一六九―二二六頁。

木村政則『20世紀末イギリス小説――アポカリプスに向かって』東京：彩流社、二〇〇五年。

小池昌代「不可解な「存在」めぐる、戦慄の小説」『朝日新聞』（二〇〇六年五月二八日）、一五面。

――「声のなかへ、降りていくと」『水声通信』第26号（二〇〇八年九／一〇月）、六六―六九頁。

鴻巣友季子「特異な世界から普遍を描く」『朝日新聞』（二〇〇六年五月一七日）、六面。

小林章夫「カズオ・イシグロ『日の名残り』」『愛すべきイギリス小説』東京：丸善ライブラリー、一九九二年、一一七―一二四頁。

――『召使たちの大英帝国』東京：洋泉社、二〇〇五年、九―一四頁。

斉藤兆史『英語の作法』東京：東京大学出版会、二〇〇〇年、一〇三―一一四頁。

――『英語の味わい方』東京：日本放送出版協会、二〇〇一年、一七五―一八三頁。

――「英語の中の日本――日系人作家の3つの小説」『英語の教え方学び方』東京：東京大学出版会、二〇〇三年、一七一―一八五頁。

――「文芸翻訳の作法（2）メディア変換とテクスト間相互関連性」林文代編『英米小説の読み方・楽しみ方』東京：東京大学出版会、二〇〇九年、一〇一―一一四頁。

斉藤兆史、野崎歓『英語のたくらみ、フランス語のたわむれ』東京：東京大学出版会、二〇〇四年。

――『英仏文学戦記――もっと愉しむための名作案内』東京：東京大学出版会、二〇一〇年。

坂口明徳「教えられ得る曖昧技法――カズオ・イシグロ『淡い山の眺め』（一九八二）」20世紀英文学研究会編『今日のイギリス小説』東京：金星堂、一九八九年、七七―一〇〇頁。

――「庭を覗く少年――カズオ・イシグロ『浮世の画家』考」20世紀英文学研究会編『多文化時代のイギリス小説』東京：金星堂、一九九三年、一七―三七頁。

――「冗談は言わないで――カズオ・イシグロ『日の名残り』考」大妻女子大学 *Otsuma Review* 28（一九九五年）、一七―二七頁。

――「カズオ・イシグロの中の小津安二郎の日本――カズオ・イシグロ『わたしたちが孤児だったころ』考」横山幸三監修『英語圏文学――国家・文化・記憶をめぐるフォーラム』京都：人文書院、二〇〇二年、二一四―二三二頁。

――「カズオ・イシグロに谺す山の音」徳永暢三監修『テクストの声』東京：彩流社、二〇〇四年、一八〇―一九三頁。

笹塚ジンタロー「カズオ・イシグロ――イギリス人的であり、どこか日本的　カズオ・イシグロの知られざる素顔」『ミスター・パートナー』第246号（二〇〇九年三月）、四一―四三頁。

柴田元幸「あっと驚くカズオ・イシグロの新作」『愛の見切り発車』東京：新潮社、一九九七年、一五四―一五六頁。

――「カズオ・イシグロ『充たされざる者』」『生半可版――英米小説演習』東京：研究社、一九九八年、七三―七八頁。

――「カズオ・イシグロの新作」『２００Ｘ年文学の旅』東京：作品社、二〇〇五年、三〇―三四頁。

――「カズオ・イシグロ来日」『２００Ｘ年文学の旅』東京：作品社、二〇〇五年、一〇四―一〇六頁。

――「Meat――人等」『つまみぐい文学食堂』東京：角川書店、二〇〇六年、一二四―一三二頁。

柴田元幸、和田忠彦「対談――翻訳と文学」『國文学――解釈と教材の研究』第49巻10号（二〇〇四年九月）、三六―五九頁。

鈴木隆之「よそものの記憶」『群像』（一九九〇年九月）、三〇八頁。

高橋和久「同時代のイギリス小説とラシュディ」『ユリイカ』（一九八九年一一月）、一九八―二〇五頁。

――「残り時間のためのレッスン」『新潮』（一九九一年二月）、二〇四―二〇七頁。

高橋源一郎「翻訳批評に向けて――日本語の文学作品であることを中心にコンパスを回す」『翻訳の世界』（一九八八年五月）、九二―九三頁。

――「翻訳批評に向けて――大いなる外部としての翻訳」『翻訳の世界』（一九八八年六月）、五七―五八頁。

高橋康成「暴力も性も麻薬もない『古風な』小説のもたらす上質な快楽」『中央公論』(一九九〇年九月)、三〇一頁。

田口孝夫「文化の溝――異文化をどう翻訳するか」日英言語文化研究会編『日英語の比較――発想・背景・文化』東京：三修社、二〇〇六年、一八七―一九三頁。

武井博美(編)「カズオ・イシグロ書誌」『水声通信』第26号(二〇〇八年九／一〇月)、一四二―一五三頁。

武田ちあき「Ishiguro, Kazuo」上田和夫編『イギリス文学辞典』東京：研究社、二〇〇四年、一七八頁。

武田将明「あたらしいブーツとすり切れた批評――現代英語圏小説における資本と倫理」『ユリイカ』(二〇〇八年三月)、五三―五九頁。

田尻芳樹「ある家族の夕餉・解説」阿部公彦編『しみじみ読むイギリス・アイルランド文学』東京：松柏社、二〇〇七年、九三―九五頁。

谷田恵司「老執事の旅――カズオ・イシグロの『日の名残り』」東京家政大学『東京家政大学紀要』第32号(一九九二年)、三七―四四頁。

――「寡黙の豊穣――カズオ・イシグロの『遠い山なみの光』」津久井良充・市川薫編『〈私〉の境界――二〇世紀イギリス小説にみる主体の所在』東京：鷹書房弓プレス、二〇〇七年、七九―九八頁。

塚脇由美子「戦争責任の向こうに――カズオ・イシグロの *An Artist of the Floating World*――」日本英文学会関西支部『関西英文学研究』第4号(二〇一〇年)、五一―六八頁。

照屋佳男(編注)『過去・夢・現実――イギリス短編小説五編』東京：南雲堂、一九九〇年。

飛田茂雄「富岡多恵子氏に反論する――軽々しい言葉は文芸批評を腐敗させる」『翻訳の世界』（一九八八年六月）、五九―六〇頁。

――「推敲の例」『翻訳の技法――英文翻訳を志すあなたに』東京：研究社、一九九七年、一一三―一一六頁。

豊崎由美「わたしを離さないで――カズオ・イシグロ」『正面書評』東京：学習研究社、二〇〇八年、一〇二―一〇三頁。

虎岩直子「カズオ・イシグロ」日本イギリス文学・文化研究所編『イギリス文学ガイド』東京：荒竹出版、一九九七年、二八四―二八九頁。

長井苑子「文学にみる老いと病（39）――カズオ・イシグロ『わたしを離さないで』〔土家政雄訳〕」『介護支援専門員』第9巻3号（二〇〇七年）、七六―八二頁。

長井那智子「『日の名残り』に『チップス先生の贈り物――英文学ゆかりの地を訪ねて』横浜：春風社、二〇〇七年、一一〇―一一三頁。

中川僚子「越境する人間――境界に生きる作家」竹田宏編『ヒューマニズムの変遷と展望』東京：未来社、一九九七年、一九一―二一六頁。

――「執事とイギリス的イギリス人」杉浦惇宏編『誘惑するイギリス』東京：大修館書店、一九九九年、二五九―二七二頁。

――「廃物を見つめるカズオ・イシグロ――ゴミに記憶を託す」『水声通信』第26号（二〇〇八年九／一〇月）、八六―九七頁。

中島京子「読み手を震撼させる不気味なリアリティ」『中央公論』(二〇〇六年八月)、三一二—三一三頁。

中村保男「日本人の書いた英文小説の和訳」『名訳と誤訳』東京：講談社、一九八九年、八二—九一頁。

長柄裕美「現実と追憶の揺らぎのなかで——カズオ・イシグロ *A Pale View of Hills* 試論——」鳥取大学『鳥取大学教育地域科学部紀要・教育・人文科学』第3巻2号（二〇〇二年）、一三五—一五〇頁。

——「敗北の抱きしめ方——*An Artist of the Floating World* のオノの場合——」鳥取大学『鳥取大学教育地域科学部紀要・教育・人文科学』第4巻2号（二〇〇三年）、六〇五—六二九頁。

——「カズオ・イシグロの作品にみる粘着性——歴史からの切断と *Never Let Me Go*」鳥取大学地域学部『地域学論集』第4巻3号（二〇〇八年）、三九三—四〇八頁。

西谷修「理性の探求（12）——《思い出をもつ》ことの無残　カズオ・イシグロの最新作について」『UP』第36巻5号（二〇〇七年）、四八—五三頁。

野口忠昭「『日の名残り』論——空白の5日目」立命館大学国際言語文化研究所『言語文化研究』第15巻1号（二〇〇三年）、二二二—二三七頁。

野崎重敦「カズオ・イシグロの『遠い山なみの光』に見る日本人観」愛媛大学『愛媛大学法文学部論集・人文学科編』第24号（二〇〇八年）、五九—七二頁。

平井杏子「カズオ・イシグロの長崎」『文学界』57巻12号（二〇〇三年一二月）、一六—一八頁。

——「食器という表象——小説にみるイギリス陶芸史」安達まみ、中川僚子編『〈食〉で読むイギリス小説——欲望の変容』京都：ミネルヴァ書房、二〇〇四年、二七—五〇頁。

――「迷路へ、カズオ・イシグロの」『文学空間02――記憶のディスクール』風濤社、二〇〇五年、五四―七一頁。

――「遡行するイシグロ――〈ジャパニーズネス〉と〈イングリッシュネス〉のかなたに」『水声通信』第26号（二〇〇八年九／一〇月）、七六―八五頁。

――『カズオ・イシグロ――境界のない世界』東京：水声社、二〇一一年。

平井法（杏子）「カズオ・イシグロ『遠い山なみの光』論」昭和女子大学『学苑』第773号（二〇〇五年）、七八―八七頁。

――「カズオ・イシグロ『充たされざる者』論――〈信頼できない語り手〉をめぐって」昭和女子大学『学苑』第785号（二〇〇六年）、六〇―六九頁。

――「カズオ・イシグロ『日の名残り』論――greatnessとは何か」昭和女子大学『学苑』第792号（二〇〇六年）、一二―二一頁。

――「カズオ・イシグロ『私たちが孤児だったころ』論――上海へのノスタルジーをめぐって」昭和女子大学『学苑』第805号（二〇〇七年）、二一―三一頁。

廣野由美子『批評理論入門『フランケンシュタイン』解剖講義』東京：中央公論新社、二〇〇五年。

深沢俊（編注）『カズオ・イシグロ秀作短編二編』東京：鶴見書店、一九九〇年。

富士川義之「八十年代のイギリス小説」『海燕』（一九九〇年一月）、二三〇―二三三頁。

――「ブッカー賞の作家たち」『読売新聞』（一九九〇年一一月一二日夕刊）、五面。

――「生粋のイギリス作家が少ない」青山南、江中直紀、沼野充義、富士川義之、樋口大介編『世界の文学のいま』東京：福武書店、一九九一年、一八二—一八七頁。

——「過去は外国である——カズオ・イシグロの英国性」『新＝東西文学論』東京：みすず書房、二〇〇三年、一六二—一七五頁。

富士川義之、松村伸一（編注）『予言者の髪の毛・他』東京：英宝社、一九九四年。

藤田由季美「カズオ・イシグロの声をめぐって」『水声通信』第26号（二〇〇八年九／一〇月）、一一六—一二三頁。

正宗聡「Kazuo Ishiguro の *The Unconsoled* における現実世界の規定の問題について」山口大学『山口大学哲学研究』第8巻（一九九九年）、二一—三六頁。

松岡直美「イシグロ・カズオの日本——記憶と概念によるヴィジョン——」日本比較文学会編『滅びと異郷の比較文化』京都：思文閣出版、一九九四年、二三七—二四八頁。

真野泰「Kazuo Ishiguro」『イングリッシュ・ジャーナル』（二〇〇六年一二月）、一六—一七頁。

丸谷才一「現代のイギリスに対する哀惜と洞察」『週刊朝日』（一九九〇年一一月一六日）、一二五—一二六頁。

三浦雅士「戦中の信念を問う——カズオ・イシグロ著『浮世の画家』」『朝日新聞』（一九八八年四月四日）、一二面。

——「執事を通して『英国らしさ』を描いたブッカー賞受賞作」『週刊文春』（一九九〇年九月六日）、一三六頁。

皆見昭「Kazuo Ishiguro の世界」関西外国語大学『研究論集』第47号（一九八八年）、六三—七八頁。

宮井敏「Kazuo Ishiguro: *The Remains of the Day*」同志社大学『英語英米文学研究』第52・53合併号（一九九一年）、三〇六―三一六頁。

向井敏「『充たされざる者』カフカに源を汲む文学的冒険」『毎日新聞』（一九九七年七月二七日）、九面。

村上春樹「カズオ・イシグロのような同時代作家をもつこと」『雑文集』東京：新潮社、二〇一一年、二九二―二九五頁。

山内啓子「カズオ・イシグロの文体――余韻と情感を生み出すイシグロ作品の特徴――」石川慎一郎、加藤文彦、富山太佳夫編『テクストの地平――森晴秀教授古希記念論文集』東京：英宝社、二〇〇五年、四九七―五〇九頁。

山形和美「翻訳で何が重要か――カズオ・イシグロをめぐって」『時事英語研究』（一九八八年七月）、三〇―三一頁。

山崎勉『「品格」と「誠実さ」』『週刊読書人』（一九九〇年八月二七日）、五面。

洋販編『PB300――ワケ（根拠）ありのペーパーバック300選・完全ガイド』東京：洋販、二〇〇五年、二四―二五、一五三頁。

養老孟司「西洋語の重層的構造――カズオ・イシグロの『充たされざる者』」『文学界』（一九九七年一一月）、二五二―二五三頁。

吉岡栄一「家族――カズオ・イシグロ「夕餉」」『國文学――解釈と教材の研究』第52巻13号（二〇〇七年一〇月）、一〇二―一〇四頁。

渡部昇一「*Never Let Me Go* を読む」『楽しい読書生活――本読みの達人による知的読書のすすめ』

東京：ビジネス社、一九四―二〇二頁。

（その他）


井上ひさし、小森陽一、林京子、松下博文「原爆文学と沖縄文学――沈黙を語る言葉」井上ひさし、小森陽一編著『座談会・昭和文学史5』東京：集英社、二〇〇四年、九―一〇五頁。

岩田光子「『山の音』」『川端文学の諸相――近代の幽艶――』東京：桜楓社、一九八三年、二〇八―二二〇頁。

岩村立朗「葬られた原爆展「教訓」訴える旅」『朝日新聞』（一九九七年八月五日夕刊）、一面。

大里浩秋、孫安石編『中国における日本租界――重慶・漢口・杭州・上海――』（神奈川大学人文学研究叢書22）東京：御茶の水書房、二〇〇六年。

越智治雄「『山の音』その一面」日本文学研究資料刊行会編『川端康成』東京：有精堂、一九七三年、二三二―二三九頁。

加藤周一、三浦信孝「日本にとっての多言語主義の課題」三浦信孝編『多言語主義とは何か』東京：藤原書店、一九九七年、二九一―三三五頁。

川端康成『川端康成全集』（第12巻）東京：新潮社、一九八〇年。

川端文学研究会編『風韻の相克――山の音・千羽鶴・波千鳥』（川端康成研究叢書6）東京：教育出版センター、一九七九年。

クラーク、ピーター『イギリス現代史――1900-2000』（一九九七年）（西沢保、市橋秀夫、椿健也、長

谷川淳一他訳）名古屋：名古屋大学出版会、二〇〇四年。

黒古一夫『原爆文学論――核時代と想像力』東京：彩流社、一九九三年。

佐伯彰一『日本を考える』東京：新潮社、一九六六年。

坂田千鶴子「『山の音』――ズレの交響」江種満子、漆田和代編『女が読む日本近代文学――フェミニズム批評の試み』東京：新曜社、一九九二年、一八一―二〇六頁。

高橋孝助、古廐忠夫編『上海史――巨大都市の形成と人々の営み――』東京：東方書店、一九九五年。

谷崎潤一郎『谷崎潤一郎全集』（第20巻）東京：中央公論社、一九八三年。

――『谷崎潤一郎全集』（第21巻）東京：中央公論社、一九八三年。

陳祖恩『上海に生きた日本人――幕末から敗戦まで』（大里浩秋監訳）東京：大修館書店、二〇一〇年。

鶴田欣也『越境者が読んだ近代日本文学』東京：新曜社、一九九九年。

長畑明利「架空の被爆者詩人を巡って」『朝日新聞』（一九九七年八月一九日夕刊）、五面。

――「他者としての証言――アラキ・ヤスサダとポストモダン・ホークスの陥穽」モダニズム研究会編『モダニズムの越境』京都：人文書院、二〇〇二年、一〇一―一二四頁。

長谷川泉「『千羽鶴』と『山の音』――「ほくろの手紙」「水月」に触れて」日本文学研究資料刊行会編『川端康成』東京：有精堂、一九七三年、二一五―二三九頁。

林京子『祭りの場・ギヤマン・ビードロ』東京：講談社、一九八八年。

兵藤正之助『川端康成論』東京：春秋社、一九八八年。

フリース、アト・ド『イメージ・シンボル事典』（山下主一郎監訳）東京：大修館書店、一九八四年。

ブリッグズ、エイザ『イングランド社会史』（一九八三年）東京：筑摩書房、二〇〇四年。

フロイト、ジグムンド「不気味なもの」（藤野寛訳）須藤訓任編『フロイト全集17（1919-22年）不気味なもの・快原理の彼岸・集団心理学』東京：岩波書店、二〇〇六年、一―五二頁。

ベンヤミン、ヴァルター「複製技術の時代における芸術作品」（一九三六）（高木久雄・高原宏平訳）佐々木基一編集解説『複製技術時代の芸術』東京：晶文社、一九九九年。

妙木浩之『エディプス・コンプレックス論争』東京：講談社、二〇〇二年。

村山莊司、大原悦子、安部治樹「半世紀、架空「原爆詩人」が米で波紋」『朝日新聞』（一九九七年八月九日夕刊）、一面。

山本健吉「解説」川端康成『山の音』東京：新潮社、一九五七年、三二四―三二八頁。

ランク、オットー『文学作品と伝説における近親相姦モチーフ――文学的創作活動の心理学の基本的特徴――』（中央大学学術図書63）（前野光弘訳）東京：中央大学出版部、二〇〇六年。

鷲田清一『じぶん・この不思議な存在』東京：講談社、一九九六年。

【著者】荘中孝之（しょうなか・たかゆき）
一九六八年生まれ。バーミンガム大学大学院修士課程〔M.Phil.〕、大阪大学大学院文学研究科博士課程修了〔博士（文学）〕。現在、京都外国語短期大学教授。専門は英文学、比較文学。共著に『日米映像文学に見る家族』（金星堂、二〇〇二年）、『楽しく読むアメリカ文学』（大阪教育図書、二〇〇五年）、『アジア系アメリカ文学を学ぶ人のために』（世界思想社、二〇一一年）、『見て学ぶアメリカ文化とイギリス文化――映画で教養をみがく』（近代映画社、二〇一二年）などがある。

カズオ・イシグロ

――〈日本《にほん》〉と〈イギリス〉の間《はざま》から

2011年3月31日　初版発行
2012年6月9日　二刷発行
2017年10月28日　三刷発行

著者　荘中孝之　しょうなか たかゆき

発行者　三浦衛
発行所　春風社　Shumpusha Publishing Co.,Ltd.
横浜市西区紅葉ヶ丘53　横浜市教育会館3階
〈電話〉045-261-3168　〈FAX〉045-261-3169
〈振替〉00200-1-37524
http://www.shumpu.com　✉ info@shumpu.com

装丁　矢萩多聞
印刷・製本　シナノ書籍印刷株式会社

乱丁・落丁本は送料小社負担でお取り替えいたします。

ISBN 978-4-86110-255-4 C0095 ¥3000E